스노우폭스북스 세기의 책들 20선 ──────

천년의 지혜 시리즈

무엇을 읽어야 할까?

스노우폭스북스는 정말 읽어야 할 책을 선보이고 싶다는 열망의 해법을 찾기 위해 과거로 향했습니다. 이 과정에서 과거에 살았던 사람들이 겪던 문제와 현실이 지금의 모습과 결코 다르지 않다는 사실을 발견하게 되었습니다.
출간 후 1년만 지나도 사라지는 것이 지금의 시장입니다. 이런 때 시대와 세대를 넘어 50여 개 언어와 나라에서, 많게는 2천여 번 이상 적게는 몇십 번 넘는 개정판으로 출간된 책들을 여러분께 보여드리고 싶은 강렬한 열정으로 저희는 가득 차 있었습니다.

어떻게 만들었을까?

약 2년여 동안 세계 각국에 흩어져 있는 오래된 고전 중에서 지금의 많은 사상들을 만들어 낸 시조가 되는 책들을 찾았습니다. 총 1만 2천 종의 도서를 검토했으며 그중 세계적으로 인정받으며 현재까지 절판되지 않거나 고전으로 자리매김한 책 20종을 '세기의 책'으로 명명하고 최종 출간 시리즈로 선정했습니다.
책은 총 20종이며 시리즈로 출간 예정입니다. 1부 경제경영, 2부 자기계발, 3부 에세이, 4부 인문, 5부 철학으로 구분해 여러분께 이 귀중한 불변의 지혜를 전해 드릴 목표를 갖고 있습니다.

왜 만들었을까?

저희는 지금껏 우리 대중의 마인드와 태도의 바른 방향을 제시하는 지혜들을 파생시킨 '최초의 시작'을 전해드리고자 했습니다. 이런 귀중한 불멸의 지혜들을 하나의 시리즈로 묶어 즉각 접해 읽을 수 있게 만들고 싶었습니다.
이로써 지혜와 더 깊은 통찰에 목마른 우리 모두에게 '읽을거리'를 제공하고자 했습니다. 또한 가벼운 지금의 '읽기'에서 보다 깊이 사유하는 '읽는 사람'으로 변화되는 일을 만들어 나가고자 합니다.

THE
WISDOM OF
A
MILLENNIUM

출간 일정 및 분야

전체 출판 기간: 2023년 12월 ~ 2025년 11월 완결

전체 출판 분야: 경제경영, 자기계발, 에세이,
인문·철학, 내면·마음챙김
총 20종

PART 1
경제경영 시리즈 4종

5000년의 부
최초 출간일 1926년

불멸의 지혜
최초 출간일 1910년

부의 기본기
최초 출간일 1880년

결코, 배불리 먹지 말 것
최초 출간일 1812년

PART 2
자기계발 시리즈 4종

영원히 날씬할 방법을 찾고 있어
최초 출간일 2005년

스스로 창조한 '나'
최초 출간일 1903년

꿈을 이뤄 주는 책
최초 출간일 1926년

Coming soon

PART 3
에세이 시리즈 4종

사소한 것들로 하는 사랑이었다
최초 출간일 1997년

Coming soon

Coming soon

Coming soon

세기의 책들 20선

천년의 지혜 시리즈
NO.7
에세이 편 1부

내가 당신과 하고 싶은 것은

사소한 것들로 하는 사랑이었다

내가 당신과 하고 싶은 것은

사소한 것들로 하는 사랑이었다

리처드 칼슨·크리스틴 칼슨 지음 ― 서진 편저·기획 ― 안진환 번역 감수

SNOWFOX

책 소개 / 편저자의 말

따스함이 볼에 스치기 시작하는 3월. 책의 편저를 시작했습니다. '사랑'이라는 흔한 글자 안에 아흔아홉 칸의 방이 있다는 걸, 그래서 그 인간 감정 드라마를 조금 멀리서 바라보게 된 시절의 마음으로요.

혼자 잘 해낼 수 있지만 함께할 때 더 멀리, 더 안전하고 행복한, '그 무엇'을 해낼 수 있습니다. 하지만 그 '함께'를 함께 할 동반자를 찾는 일은 인생의 가장 힘든 숙제인 듯합니다. 책의 두 저자는 어떻게 이런 일을 이뤄냈을까요.

꼬깃꼬깃 구겨진 티셔츠를 입고 헝클어진 수세미 같은 머리로 일어나는 일상생활을 함께하면서도, 낡고 익숙한 불평이 아닌 서로를 더 아끼고 사랑하는 마음을 어떻게 낼 수 있었을까요.

'어제보다 오늘 더 사랑하는 마음'은 모두의 로망이지만 실제로 만만치 않습니다.

하지만 가능하죠. 어제보다 오늘 더 사랑할 수 있어요. 계속 사랑할 수 없는 이유가 '심장이 계속 뛰면 사람이 죽는다'는 우스갯말이 있지만 뛰는 심장이 아니라 은근해지고 깊어지는 심장이면 가능하지 않을까요.

꼭 필요한 건, '그렇게 살고 싶다, 함께'라는 바람이 있어야 하겠습니다. 그런 바람이 없다면 이룰 수 없을 거 같아요. 함께, 계속, 더 놓아주고, 풀어주며, 내어주고, 덮어주는 사랑은….

판단은 내려놓고 눈꼬리, 입꼬리는 더 올릴 수 있는 서로가 될 수 있기를 바랍니다. 될 수 있고 할 수 있고 당연히 가능하다는 걸 알면 더 좋겠습니다.

우리가 사랑했던 사이라면, 계속 사랑하는 사이로 남을 수 있다는 이유를 이 책 속에서 찾아내길 희망해 봅니다.

한낮 찌는 듯한 무더위 속에서

편저자 서진

리처드 칼슨은 진정성, 창의성, 인간미를 모두 갖춘 위대한 사람이었습니다. 그의 책은 셀 수 없이 많은 사람의 삶에 영감을 주었죠.

우리는 노는 게 배움보다 더 매력적인 시대에 살고 있어요. 개인의 성장보다 이익이 더 추구되고 이타적인 행동보다 내 얼굴 셀카가 어떻게 찍혀 나오는지가 더 중요하게 여겨지는 세상입니다.

그래서 '사소한 것들로 하는 사랑'이 그 어느 때보다 관심 있는 주제가 되었나 봅니다. 이 책은 우리가 아름답게 살기 위해 해야 할 일을 간단하고 명확하게 일깨워 줍니다.

저는 대규모로 조직된 강연에서 리처드를 처음 만났어요. 그는 그 행사의 유명 주요 연사였고 저는 소송 전문 변호사를 그만두고 이제 막 자기계발 분야에 뛰어든 그의 오프닝 연설자였습니다. 우리는 자주 만나지 못했지만 전화와 화상으로 만나면서 서로를 잘 알게 됐습니다.

저는 리처드의 깊은 내면과 유머스러움, 가족에 대한 열렬한 사랑과 헌신을 알게 됐죠. 그리고 세상을 더 나은 곳으로 만들기 위해 하고 있는 여러 활동과 목표들도 알게 됐어요.

이토록 따스한 사람 리처드는 우리 곁을 너무 일찍 떠났습니다. 하지만 인생은 그 자체의 흐름을 갖고 있으며 누구도 예상치 못한 반전도 선사합니다. 지금부터 읽을 책은 흔치 않은 지혜와 사랑을 가진 사람이 쓴 글입니다.

이어지는 글은 우리 모두를 더 행복하고 건강하며 용감하게 만들어 줄 것입니다. 친절한 세상을 원하는 사람들과 풍부한 삶을 갈망하는 사람에게 영향력을 미치고 힘을 북돋울 것입니다.

리처드는 이번 개정판이 전 세계적인 출판 불황 속에서 다시 출판되어 이제 막 어른이 되고 사랑을 시작했거나 사랑의 미로에 빠진 듯 답을 찾는 많은 사람에게 전해지게 됐다는 걸 이미 알고 있을 겁니다.

그의 공헌과 이 개정판의 출간을 축하합니다. 그리고 이 책을 선택한 여러분도 축하드립니다.

사랑과 존경의 마음을 담아, 로빈 샤르마[*]

* 로빈 샤르마(Robin Sharma)는 리더십, 동기부여, 자기계발 전문가이자 작가다. 숨겨진 재능과 잠재력을 깨닫도록 도움을 주는 데 25년 이상 헌신해 왔으며, 『나를 발견한 하룻밤 인생 수업』 등의 영향력 있는 글을 쓴 작가다.

남편 리처드를 대신해 여러분께 인사드립니다

『사소한 것들로 하는 사랑이었다』의 30주년을 기념해 멋진 서
문을 써주신 로빈 샤르마에게 진심으로 감사드립니다. 고인이 된
남편인 리처드 칼슨 박사의 글을 계속 이어 나가고 그의 정신과 날
카로운 관찰, 살면서 겪은 사건들에서 탄생한 그의 유산을 대변할
수 있어서 영광입니다.

그는 심오한 생각을 간결하게 표현하는 재능이 있었습니다.
문화, 종교, 언어, 정치, 성별에 상관없이 모든 사람이 진리로써 크
게 공감하는 방식으로 말입니다.

삶의 사소한 짜증은 불씨가 될 수 있습니다. 도움을 어디에서 찾아야 할지 모르는 많은 사람에게 위기는 분기점이 될 수 있지만 수년 동안 계속 도착하는 편지에서 작은 답을 드린 것 같아 행복합니다.

"이 책이 위기를 극복할 수 있게 도와주었어요.", "제 삶의 바이블이에요.", "여러 번 반복해서 읽었는데, 진짜 행복한 사람이 된다는 게 뭘 의미하는지 가르쳐 줬습니다."라는 것입니다.

또는 오프라가 "이 책은 침대 옆에 있어요."라고 말했던 일이나 "읽기 쉬운 챕터로 구성된 이 작은 책은 욕실에 놓여 있답니다." 라고 말한 여러 명사들에게도 같은 감사를 느낍니다.

리처드의 말은 인식을 높이고 불안을 완화해서 사람들의 기분이 나아지게 한다고 합니다. 아마도 자신감과 정신을 건강하게 하는 데 필요한 방법을 알았기 때문인 것 같습니다. 그는 "항상 행복할 수 있는 사람은 없지만, 연습을 통해 생각과 태도를 조금만 조정하면 더 빨리 정상으로 돌아올 수 있다."라고 말했습니다.

이 책은 여러분을 바로 그 온화한 친절이라는 핵심 가치로 되돌려놓을 것입니다. 여러분은 자신의 자연스러운 현재 상태에서 배려심 있고 진정성 있게 산다는 것, 삶에 집중하고 몰입한다는 것이 어떤 의미인지를 되새기게 될 것입니다.

삶은 연습이며, 여러분이 연습하는 것은 물과 햇빛을 받는 묘목처럼 자랍니다. 연습하는 것은 더 강해집니다. 이 책은 여러분이 삶을 단순하게 누리는 방법과 진정으로 행복한 사람이 되는 것이 무엇을 의미하는지 깊이를 더할 것입니다. 다른 사람에게 긍정적인 영향을 미치면서 잠재력을 발휘하는 것을 아름답게 안내할 것입니다.

이 글을 읽고 여기에 담긴 지혜를 받아들여서 작은 것에 연연하지 않고 더 큰 행복과 평화, 큰 기쁨을 느끼며 살아갈 수 있는 용기를 얻게 되길 진정으로 바랍니다.

고인이 된 남편 리처드 칼슨 박사를 기리기 위해, 저는 수백만 명의 삶을 더 나은 방향으로 변화시킬 유산을 이어갑니다. 생명과 사랑의 선물을 소중히 간직하세요.

크리스틴 칼슨

사람들에게 "당신의 상대와 관계는 어떤가요?"라고 질문하면 "글쎄요, 괜찮은 것 같아요."라는 말을 듣거나, 무관심하거나 확신 없는 여러 대답을 듣게 됩니다. 어떤 이유에서든 많은 사람이 '괜찮은' 관계에 안주하는 것이 정상적이고 완전하게 받아들여질 수 있는 일이라고 생각하는 것 같습니다.

때로는 좋은 관계를 유지하고 있다고 답한 커플들조차도 '좋은' 관계의 의미를 혼란스러워하는 것 같습니다. 파트너(연인이나 배우자)에 대한 지속적인 짜증이나 불만을 표현하는 것처럼 보이기 때문입니다. 거기에는 지속적인 갈등이나 말다툼, 조화와 만족감의 부족, 분노, 상대방이 달라지기를 바라는 마음, 진정한 기쁨과 감사의 부족 등도 있을 수 있습니다.

현재, 상대와 어떤 상태의 관계든 문제가 있든, 적당한 사이든 조금만 노력하면 더 좋은 관계가 될 수 있다고 생각합니다. 완벽한 관계는 없으며 모든 관계는 제각기 다르기 때문에, 시야를 넓힐 수 있는 몇 가지 간단한 전략으로 모든 관계가 개선될 수 있다고 믿습니다. 이 책이 바로 그런 것에 대한 것입니다.

인간은 비전이나 목표가 있을 때, 그 목표를 달성하거나 적어도 그 목표에 근접할 수 있다는 점에서 놀라운 존재입니다. 이 사실은 인간관계에서도 가능한 한 높은 비전을 갖는 일이 중요하다는 뜻입니다. 어떤 모양의 사랑이든 만들어 갈 수 있다는 걸 의미합니다.

당신은 가장 친한 친구, 영혼의 동반자, 모든 의미에서 진정한 파트너가 될 수 있습니다. 개인적으로는 물론이고 커플로서도 더 사랑스럽고 경쾌하고 평화롭고 관대하고 감사하고 인내심 있고 수용적이며, 용서할 줄 아는 사람이 될 수 있습니다. 또한 더 큰 관점, 더 나은 유머 감각, 더 나은 경청 능력을 갖출 수 있습니다.

가장 중요한 것은, 자신을 조금 더 가볍게 여길 수 있는 능력을 계발할 수 있습니다. 이런 특성뿐만 아니라 자신이 중요하다고 생각하는 다른 미덕을 많이 가질 수 있습니다. 좋은 점은 나와 상대방의 단점이 드러날 때, 여유를 가질 수 있고, 크게 '신경 쓰지' 않을 수 있다는 점입니다. 이것들은 의지와 약간의 연습만 있으면 됩니다.

우리는 낙관적인 성향을 지니고 있지만 비현실적이지는 않습니다. 사랑하는 사람들이 사소한 것에 신경을 쓰지 않는다면 문제나 이슈 없이 지낼 수 있다고 장담하는 것이 아닙니다. 가끔 서로에게 짜증도 내지 않을 거라고 장담하는 것도 아니며, 의심이 들거나 연인이나 배우자가 나를 미치게 만드는 순간이 없을 거란 것도 아닙니다.

제안하는 것은, 어떤 좌절감을 경험했든 그 좌절감이 줄어들 것이며 고민과 문제조차 더 쉽고 편안한 관점에서 접근할 수 있다는 것입니다. 다시 말해 문제가 발생해도 그 문제를 극복하고 해결할 수 있다는 자신감이 생기며 그러는 동안 다시 사랑의 연결로 되돌아갈 것이라는 점입니다.

이 책을 리처드와 함께 쓰는 일은 정말 즐거웠고 우리가 함께한 삶의 하이라이트 중 하나였습니다. 이것은 우리에게 서로 사랑하고 양육하는 관계의 핵심에 관해 신중하게 되돌아볼 기회를 주었습니다.

우리 둘 다 관계 전문가라고 생각하지는 않지만, 좋은 관계를 맺었다고 생각합니다. 우리는 결혼한 지 14년이 되었고 17년 동안 서로를 알고 지냈습니다. 대부분의 시간 동안 우리는 서로를 사랑하고 친절하고 존중했으며 서로를 최고의 친구라고 생각했습니다. 가끔 서로의 신경을 건드릴 때도 있지만 다행스럽게도 매우 드문 경우라고 말할 수 있습니다.

우리의 관계를 돌아보면 결점도 많았지만 가장 큰 장점은 사소한 일로 자주 다투지 않았다는 점입니다. 대부분 우리는 서로를 너그럽게 받아들이고 약점보다는 장점에 초점을 맞춰왔습니다. 서로를 원망하기보다는 그냥 넘어가는 경우가 더 많았습니다. 우리 둘 다 옳다고 주장하기보다는 친절을 선택하며 너무 경직되지 않을 때, 삶은 훨씬 더 쉬워지고 더 많은 사랑을 경험한다는 사실을 발견했습니다.

인생과 모든 관계에는 분명히 엄청난 도전이 많습니다. 불행하게도 인생의 특정 시기에는 현실이 되는 고통도 있습니다. 하지만 큰 문제를 처리하는 방식을 살펴보는 것은 매우 재미있습니다.

많은 이가 인생의 심각한 문제를 용기, 존엄성, 창의성으로 다룬다는 데 당신은 동의할 것입니다. 자녀 중에 아픈 아이가 있을 때, 모두가 함께 힘을 합칩니다. 나눔과 지원, 기도와 힘으로 이타적인 사랑의 행동이 이어집니다. 마찬가지로 한 커플이 비극을 경험할 때- 가족의 질병이나 사망, 파산, 고통스럽고 힘든 사건- 자주 모이고 힘을 합치고 희생하고 창의적인 아이디어로 인내심을 발휘하는 경우가 많습니다.

다행히도 인생의 대부분은 그렇게 큰일로만 이루어져 있지 않습니다. 다시 말해, 직장에서 해고를 당하거나 이혼 신청을 하거나 몇 시간마다 응급실로 달려가는 일은 자주 없다는 것입니다. 이런 일들은 실제로 일어나며, 이런 일이 발생하면 엄청난 충격을 줄 수 있습니다. 이런 종류의 사건은 가끔 발생하고 흩어지는 경향이 있습니다. 이상하게도 우리는 사소한 일보다 큰일에 더 잘 대처하는 것처럼 느껴집니다. 반드시 극복해야 한다는 것을 알기 때문에 우리 자신과 서로에게 최선을 끌어냅니다.

삶의 대부분은 매일, 일상적이고 사소한 일들로- 서로의 일상, 사소한 번거로움과 좌절, 교통 체증, 전화 무응답, 더 많은 번거로움, 혼란, 어수선함, 의견 충돌, 책임, 분실물, 소음 등으로- 소비되고 있습니다. 따라서 앞에 놓인 작은 문제에 대처하는 방법을 배우는 것이 매우 중요합니다. 사소한 일들을 평정심을 잃지 않고 처리하는 법을 배우면 더 큰 일들도 잘 처리할 수 있게 됩니다.

이 책의 전략으로 작은 짜증이 넓은 시야로 더 쉽게 대처하는 데 도움이 되기를 바랍니다. 사소한 일에 방해 요소가 줄면 서로를 보살피고 사랑하는 새롭고 쉬운 방법을 찾을 수 있을 것입니다.

이 책의 집필 방식에 대한 참고 사항

저희 부부는 전체를 공동 집필했지만, 일부 전략은 리처드의 관점에서 일부 전략은 크리스틴(이하 크리스)의 관점에서 작성되었습니다.

간단하게 하려고 크리스의 관점에서 작성된 전략은 제목 뒤에 '크리스'라고 표시했습니다.

리처드의 관점 또는 두 사람의 관점이 모두 반영된 것은 표시가 없습니다.

우리의 목표는 우리 관계를 모델로 삼거나 어떤 사람이 되어야 하는지에 대한 그림을 그리는 게 아닙니다. 오히려 책에 담긴 아이디어가 꿈꾸는 관계를 만드는 데 도움이 되기를 바랍니다. 따라서 첫 번째 조언은 이것입니다.

별을 따려는 목표를 가지세요.

비전이 높을수록 더 높이 올라갈 수 있습니다. 무엇보다 더 이상 작은 일들에 신경 쓰지 않게 될 것입니다. 적어도 대부분은 그렇게 될 것입니다. 이런 변화가 일어나기 시작하면 여러분은 상상했던 것보다 더 많은 열정과 사랑을 경험하게 될 것입니다.

과정을 즐기세요.
행운을 빕니다.

리처드와 크리스

목차

책 소개 / 편저자의 말 ___ 008

추천사 로빈 샤르마 ___ 011

시작 전에 크리스틴 칼슨 ___ 014

서문 리처드와 크리스 ___ 019

1부
나는 당신과 여전히 사랑을 꿈꿔

1장 연인, 부부보다 친구가 될 수 있다면 ___ 034

2장 우리 채점은 그만두기로 해요 ___ 038

3장 사랑하는 사이의 핵심은 (크리스) ___ 041

4장 '사랑해'와 '그런데'를 섞어 쓰지 말 것 ___ 044

5장 가시박스 속에 담긴 선물 꾸러미 ___ 047

6장 만약 그렇게 하지 않는다면 각오해! ___ 050

7장 그에게는 독심술이 없습니다 ___ 054

8장 그녀(그)는 언제 달라지는가! ___ 057

9장 내 잘못도 잘 아는 사람이 되기로 해요 ___ 061

10장 부드럽게 생각해 줄래요? ___ 065

2부

나도 당신도 어쩌면 사랑을 잘 몰랐던 게 아닐까

11장 생각을 너무 중요하게 생각하지 마세요 ___ 072

12장 이 지구 전체에 나와 같은 지문을 가진 사람 ___ 076

13장 감정의 바람개비 ___ 081

14장 생각은 바라볼 수 있어요 ___ 085

15장 바로, 오늘이에요 ___ 089

16장 침묵으로 대화한다는 건 ___ 092

17장 삶을 꽉 채워주는 '고마워요', '고맙습니다' ___ 096

18장 우리는 모두 너무 바쁘니까요 ___ 099

19장 큰 틀에서 보면 ___ 103

20장 당신의 연인은 인간입니까? ___ 106

3부

함께 있어도 외로운 '함께'가 되지 않도록

21장 미래의 어느 날, 어떤 걸 기억할까요? ___ 114

22장 반응에 반응하지 않기 ___ 118

23장 나와 지내면서 뭐가 가장 힘들어요? ___ 121

24장 드레스룸 불을 그냥 끄고 다닙니다 ___ 126

25장 극단적인 표현으로 말하지 말아요 ___ 129

26장 무조건적인 지지를 해 주는 단 한 사람 ___ 132

27장 함께 있기 쉽고 즐거운 사람 ___ 136

28장 잠, 시, 멈, 춤 ___ 140

29장 깜빡은 너도나도 하니까 ___ 143

30장 조금은 느긋하게 그렇지만 느슨하지 않은 (크리스) ___ 147

4부

그래서 함께 있는 게
가장 행복한 우리가 될 수 있다면

31장 나를 비웃어 주세요 ___ *154*

32장 그 일은 지금 일어난 일인가요? ___ *158*

33장 처음 만났던 그때 그 사람 ___ *162*

34장 남의 떡이 더 커 보일 수 있겠지만 ___ *165*

35장 파트너를 감정 쓰레기통으로 만들지 마세요 ___ *168*

36장 이건 도대체, 누구의 문제일까? (크리스) ___ *171*

37장 당신의 별나라 언어로 대화하기 ___ *174*

38장 여전히 사랑에 빠지고 싶어 하는 사람들 ___ *178*

39장 달력에 표시하세요 (크리스) ___ *181*

40장 통찰력을 함께 나눕니다 ___ *183*

5부

다시 처음처럼 사랑하게 되지 않을까?

41장 서로 공간을 만들어 주세요 ___ *190*

42장 한판 붙을 타이밍 찾기 ___ *194*

43장 나는 괜찮은 사람입니다 ___ *198*

44장 모든 나쁜 일 속에 있는 좋은 일 ___ *202*

45장 어쩌면 거울과 같은 사이라서 (크리스) ___ *206*

46장 이 바보 같은 사람아 ___ *209*

47장 잘 듣기만 해도 진짜 좋은데 ___ *213*

48장 극적인 변화가 일어나는 상황 ___ *217*

49장 당신의 하루를 브리핑 받고 싶지 않아요 ___ *221*

50장 하고 싶은 걸 하게 두세요 ___ *224*

6부

뜨거움은 내려놓고 따스함을 채워서

51장 칭찬은 고래만 좋아하는 게 아닙니다 ___ 230

52장 사람들 앞에서 곤란한 질문하지 않기 ___ 234

53장 말 좀 조용히, 따뜻하게 해줄 수 있을까요? ___ 238

54장 작업 완료 ___ 242

55장 따스한 눈빛, 마음 유지하기 ___ 244

56장 미지근한 것보다는 ___ 248

57장 손이 덜 가는 내가 돼 주기 ___ 251

58장 1, 2분이면 돼요 ___ 255

59장 꿀떡 삼키면 점점 작아지는, 비판 ___ 258

60장 장난치면서 지내요, 우리 (크리스) ___ 263

7부

비난을 멈추고 당신을 이해하고 나면

61장 말을 줄이세요 ___ 270

62장 좀 틀리면 어떤가요? ___ 274

63장 내 행복은 내가 만든다. 휘둘리지 않고! ___ 278

64장 진짜 대화 ___ 282

65장 우울하면 원래 미워 보여요 ___ 287

66장 방어적인 태도는 이제 그만두죠 ___ 290

67장 함께 누군가를 도와요 (크리스) ___ 294

68장 아인슈타인이 한 말 ___ 299

69장 연인과 배우자 사이에서 단 한 가지를 선택한다면 ___ 302

70장 바보처럼, 가까운 사람에게 화를 내니까 ___ 306

8부

우리의 삶은 천천히 평온하게
숨 쉬듯 이어지는 행복으로

71장 이 세상에서 변하지 않는 진실 ___ *314*

72장 분석을 분석하기 ___ *318*

73장 지지하는 것을 선택하세요 (크리스) ___ *320*

74장 당신이 행복하면 내가 좋으니까 ___ *323*

75장 그, 그녀의 꿈이 뭐예요? ___ *327*

76장 어떤 경우든 사랑하는 마음을 낼 수 있다면요 ___ *330*

77장 아이가 부부 사이를 가로막지 않도록 합시다 ___ *334*

78장 긴박한 하루를 보내고 돌아온 내 집 ___ *338*

79장 허락을 구할 나이입니까? ___ *342*

80장 칭찬 잘 받기 ___ *345*

9부

다시 이어지지 않을까

81장 예측할 수 있는 건 예측해야지 ___ *352*

82장 긴급 상황 아닐걸요 ___ *355*

83장 편지 ___ *358*

84장 살얼음판을 걷는 기분 ___ *362*

85장 너 사랑스러운 사람이 될 '계획'을 합시다 ___ *366*

86장 사과를 정중하게 받아주세요 ___ *369*

87장 이렇게나 해 주는 일이 많았다니 ___ *373*

88장 그리고 다른 많은 것들 ___ *377*

89장 다른 사람 입장을 대신 말하지 않기 ___ *380*

90장 질투심을 생각하다 (크리스) ___ *383*

10부
내가 당신을 그리워하듯
당신도 나를 그리워하고 있다면

91장 인간적인 기본 욕구 _____ 392

92장 무조건적인 사랑을 해보세요 _____ 396

93장 미안해요 _____ 399

94장 정말 그만하죠, 비교 _____ 403

95장 십 대에게 사랑을 배우다 _____ 406

96장 나는 우기지 않습니다 _____ 410

97장 인격의 수준이 높아질수록 행복은 배가 됩니다 _____ 413

98장 가끔 폭발할 공간을 허용하세요 _____ 416

99장 처음 사랑했던 그 순간의 마법 같은 날들로 _____ 419

100장 서로를 소중히 여기세요 _____ 422

1부

나는 당신과 여전히 사랑을 꿈꿔

1장

연인, 부부보다 친구가 될 수 있다면

저희 부부가 잘 지낼 수 있었던 딱 한 가지 이유를 꼽으라면 무엇보다 정말 좋은 친구라는 사실일 것 같아요. 우리는 아이들을 넘칠 만큼 사랑하고, 비슷한 가치관과 목표, 함께 알고 지내는 많은 친구와 공통된 관심사가 있어요. 그리고 서로에게 매력을 느낍니다. 영적 가치와 신념이 같다는 축복도 받았죠.

참 멋지고 중요한 부분들입니다. 그러나 제가 하고 싶은 말은 이런 특성도 사랑이 유지되도록 보장하지 않는다는 점이에요. 마치 교회로 가는 차 안에서 결국 다투고 마는 신실한 커플들처럼 말이죠.

비슷한 가치를 공유하는 훌륭하고 헌신적인 부모들이 많지만 대다수가 끊임없이 서로에게 짜증을 냅니다. 서로 친구가 있고, 비슷한 취미와 관심사를 공유하며, 육체적으로 서로에게 끌리지만, 그럼에도 불구하고 미친 듯이 싸우고 질투하며 오랫동안 잘 지내지 못하는 경우죠. 하지만 이런 싸움들은 먼저 서로를 좋은 친구로 여길 때 대부분 저절로 해결됩니다.

친구는 서로를 지지하는 사이죠? 인내심을 갖고 대하는 대상이고 친절하게 대하고 결점도 웃고 넘어가는 관계입니다. 친구는 비밀스러운 말 못할 고민을 털어 놓는 사람이죠. 그리고 내 얘기를 자기 일처럼 듣고 충고해 주거나 같이 머리를 맞대 줍니다.

진지할 때도 있지만 서로 쉽게 즐기고 웃길 수 있죠. 좋은 순간을 함께 나누고 힘든 시간에 서로의 곁을 지켜주는 사람, 그런 사람과 우리는 친구가 됩니다.

이제 자신의 연인이나 배우자를 세상에서 가장 친한 친구처럼 생각하면 좋겠어요. 파트너가 문제를 일으키거나, 문제가 터졌을 때 '이 사람이 내 절친이라면 나는 어떻게 반응하고 행동할까?' 라고 스스로에게 물어보는 거죠.

사람들은 흔히 "내 연인은 나의 가장 친한 친구예요."라고 말하지만 생각, 감정, 행동은 달라요. 오히려 친구를 대할 때보다 더 많이 질투하고 기대하고, 더 요구하고, 감사에 인색하죠. 오래된 연인이나 배우자를 이미 설정이 끝난 사이로 여기면서도 원하는 건 많고 상대가 할 수 있는 것 이상을 요구하고 원합니다.

만약 친구가 "내 꿈은 직업을 바꾸는 거야. 돈은 덜 벌겠지만 더 행복해질 것 같아."라고 말하거나 "내 꿈은 바다 근처에서 사는 거야."라고 말하면 아마도 열정적으로 지지할 겁니다. 친구니까요. 하지만 파트너가 이런 말을 하면 어떨까요?

그 마음을 이해하며 지지해 주거나 그 꿈을 이룰 수 있도록 도와줄까요? 아니면 가차 없이 무시하거나 어떤 식으로든 "당신은 그렇게 할 수 없어(해서는 안 돼). 현실적이지 않아(그게 될 거 같아?). 내가 원하는 게 아니야(내가 싫어하는 걸 당신은 하면 안 돼)."라고 말하거나 생각하면서 깎아내릴까요?

여기서 중요한 건 마음의 의도입니다. 파트너가 하고 싶어 한다고 언제나 해내거나 매번 진짜 시도 하는 것도 아니잖아요. 어떤 건 현실적이지 않은 것도 있고 좋은 방향이 아닌 것도 있고요. 결심대로 회사를 옮기거나 직업을 바꿀 수 있는 것도 아니죠. 제가 말하려는 건 파트너가 원하는 걸 나도 항상 원해야 한다거나 그 꿈이 이뤄질 수 있게 해주는 게 의무라는 게 아니에요. 그저 우리가 친구를 대할 때처럼(연인이나 배우자가 그 꿈을 이룰 수 있든 없든) 내가 진심으로 지지받고 있다는 걸 느끼게 해 주느냐 하는 점입니다. 연인과 배우자 사이에서 이 감정을 느끼는지 여부는 매우 중요해요.

좋은 친구를 사귀는 것 자체가 선물이고 추구할 가치가 있는 목표라는 걸 우리는 알죠. 그런 친구가 있는 곳이면 어디든 가서 함께 있기만 해도 좋듯, 그런 사람이 있는 곳이 집이 된다면 얼마나 행복한 공간이 돼 줄까요? 서둘러 함께 있고 싶으면서 쉼이 되는 곳이 되지 않을까요?

두 사람이 좋은 친구라면 서로의 꿈을 공유하고 응원하면서 어느 한쪽이 희생한다는 생각 없이도 어떤 식으로든 중간 지점을 잘 찾아냅니다. 이런 관계를 서로에게 안착시키려면 약간의 노력이 필요해도 노력할 만한 가치가 충분한 일이 돼 줄 거예요.

2장

우리 채점은 그만두기로 해요

부부와 연인 사이를 망치는 가장 확실한 방법은 내가 한 것과 상대가 하지 않은 일을 일일이 체크하는 일이예요. 더 확실하게 망치고 싶다면 파트너가 어떤 기대에 미치지 못하고 있고 나는 얼마나 잘하고 있는지 정기적으로 말해주면 됩니다.

우스갯소리 같나요? 하지만 거의 모든 커플이 이런 식으로 행동하고 있어요. 이런 습관은 분노나 좌절감, 무관심을 만들고, 좋은 관계를 서서히 무너뜨리는 원인이 됩니다. 많은 사람이 자신이 어떤 걸 희생하고 있는지 따지거나 계산하고 공론화하고 싶어 해요. 몇 번이나 집 청소를 도맡아 하고 있고, 공과금을 냈고, 출근길에 운전했으며 아이들을 돌봤는지 계속 생각하거나 말하는 거죠.

그렇게 하는 이유는 파트너가 고마워하지 않을까 봐, 또는 내 역할 자체에 불만이 있거나, 전혀 다른 이유 때문이겠죠.

이유가 뭐든 불공평하다고 말하거나 느끼는 일로 다투는 일은 모든 면에서 역효과를 만들어요. 이 습관에 빠지면 두 가지가 확실해집니다. 첫째, 스트레스가 쌓여요. 내가 상대보다 더 고생한다는 생각을 자꾸 하면 파트너에게 화가 나고 애정은 식어버립니다. 역할 분담에 불만과 분노가 차오르면 내가 이용당하고 있다는 생각에 지칠 수밖에 없거든요.

둘째, 상대도 점점 나에 대한 분노를 느낍니다. 자기를 나쁘게 평가하고 불쾌하게 여기거나 화내는 사람을 좋아할 리 없죠. 실제로 상대도 가만있지 않습니다. 나 역시 그에 상응하는 것들을 얼마나 많이 하고 있는지 아냐며 화를 내거나 따지거나 하는 태도로 맞받아치는 게 일반적이죠. 양쪽 모두 자신이 얼마나 잘하고 있는지 목소리 높이고 서로에 대한 채점을 매기기 시작하는 것입니다. 그러다 보면 서로 부정적인 감정이 커지다가 문제의 원인이 서로에게 있다고 생각하게 되고 맙니다.

상대가 해야 했는데 하지 않은 걸 생각하는 그 '생각'을 멈추세요. 그냥 버리세요. 내가 한 일은 원래 내가 가장 잘 알아요. 상대가 한 일보다 내가 한 일을 더 잘 파악할 수밖에 없어요. 그래서 더 꼼꼼하고 세세하게 기억하는 거예요. 파트너가 하지 않은 거 말고, 한 걸 생각해 보세요. 어쩌면 진짜가 아니라, 예전에 그랬던 과거사를 지금까지 끌고 와서 현실로 만들고 있는 건 아닌지 따져 보시고요. 사실 '이건 불공평해.'라는 생각을 버릴 때마다 관계는 더 좋아집니다.

크리스와 저는 서로에게 점수를 매기지 않는 게 특별한 이벤트를 해주는 것보다 더 좋은 면이 크다는 걸 깨달았어요. 상대와 나를 채점하는 습관이 계속되거나 내가 손해를 보고 있는 게 확실해도 그 생각에서 멀어지는 게 최선이란 사실을요. 그렇게 할 때 사랑하는 감정을 유지하기 쉽죠.

서로 편안하고 애정이 느껴지는 어느 때 소박하고 진솔한 대화로 두 사람 사이 문제를 이야기 하면 더 쉽게 개선될 수 있다는 걸 기억해 주세요. 이런 과정에서 서로 존중하는 관계가 회복되거나 더 강해질 수 있다는 사실을요.

3장

사랑하는 사이의 핵심은

(크리스)

무엇보다도 친절을, 매일의 최우선 과제로 삼으세요. 친절은 두 사람 사이에 따뜻한 감정을 키워 주는 중요한 요소예요. 친절은 관계를 이루는 중심이 될 수도 있어요. 친절은 평범하고 좋은 모든 날에 유머 감각을 유지시켜 주고 다투거나 팽팽한 긴장감이 있을 때도 싸움으로 번지는 걸 막아 줍니다.

친절은 웃고 싶지 않을 때 웃거나, 우울하지만 쾌활한 척하는 게 아니라 내가 받고 싶은 방식으로 상대를 대하는 것입니다. 친절하게 대우받고 싶다는 걸 전하는 가장 좋은 방법은 먼저 친절하게 대하는 일이죠. 실제로 친절은 전염성이 매우 강해요.

결혼 생활 25년 차인 수는 남편 릭에 대해 말할 때 언제나 행복한 표정을 짓습니다. 그녀의 표정에서 행복한 부부라는 걸 엿볼 수 있어요. 언젠가 그 이유를 물었더니 '세상에서 가장 친절한 사람 중 한 명과 결혼했기 때문'이라고 하더군요. 수는 자신이 고집이 센 편이라고 했어요. 하지만 릭이 침착하고 친절한 사람이라서 고집이 저절로 꺾인다더군요. 수가 피곤한 상태로 집에 돌아오는 날이면 릭은 그녀의 기분에 반응하기보다, 혼자서 감정을 내려놓고 쉴 수 있도록 배려하고 질문이나 조언 없이 그저 함께 있어 준다고 합니다.

연인이나 배우자에게 친구에게 하듯 친절을 베푸는 일은 중요합니다. 잘 들어주고 존중하고 허락을 구하며 미안할 일이 있을 때 사과하는 일이죠. 친절은 예의 바른 행동이고 공손한 태도에요. 상대에게 필요한 걸 먼저 예상하고 '지금 내가 해줄 수 있는 게 뭐지?'라고 스스로 물어보는 일이죠.

친절은 정말로 사소한 것들이에요. 저 역시 세상에서 가장 친절한 사람 중 한 사람과 함께 살고 있다고 생각해요. 리처드는 거의 매일 미소를 짓고 진심으로 감사한 마음으로 아침을 맞습니다. 남편은 제가 최악의 생리 전 증후군으로 예민하게 굴 때조차 온화한 이해심으로 대해주죠. 덕분에 침대 옆에 젖은 수건을 구겨 놓거나 내 칫솔을 사용하는 실수들에 크게 화낼 수가 없어요. 남편이 평소에 그렇게 친절하지 않았다면 아마도 이런 실수는 저를 미치게 했을 거예요.

일이 잘 풀리거나 파트너가 먼저 친절할 때, 친절하기는 쉬워요. 반대일 때는 다릅니다. 기분이 좋지 않을 때 친절할 수 있어야 하고 그렇게 되려면 연습이 필요해요. 기분 나쁘면 화내고 좋으면 친절한 사람을 계속 사랑하는 건 힘들어요.

연인은 서로의 거울입니다. 우리는 우리가 내뱉은 것을 되돌려 받습니다. 사랑하는 사람이 힘든 하루를 보내고 있을 때, '괜찮아', '힘든 날에도 나는 언제나처럼 당신을 사랑해.'라는 미소로 바라봐 준다면 반드시 감사하고 고마운 미소가 나에게 되돌아 올 거예요.

4장

'사랑해'와 '그런데'를 섞어 쓰지 말 것

　　연인 사이에 나눌 수 있는 가장 아름다운 표현은 'I love you.' 입니다. 여기에 '그런데', '하지만'이라는 단어를 붙이면 어떻게 될까요? 이 멋진 말의 아름다움이 축소되고 의미도 대폭 줄어듭니다. 순수하게 존중을 담았던 단어가 교묘하고 이기적인 말로 변해 버리기 때문이죠.

　　크리스는 제게 이 중요한 교훈을 가르쳐 준 최초의 여성입니다. 우리가 사랑에 빠진 지 얼마 지나지 않았을 때 그녀는 내 눈을 똑바로 바라보며 "당신이 5분 동안 두 번이나 사랑을 조건부로 말했다는 걸 알고 있어요?"라고 말했어요. 처음에는 무슨 뜻인지 몰랐습니다. 그녀는 제가, 사랑한다는 말을 잘하는 것에 감사하지만 조건을 붙이면 말의 진정성이 떨어진다는 걸 설명해줬어요. 저는 그녀에게 "당신을 매우 사랑하지만 그렇다고 나를 기다리게 하지 말아 줘", "나를 많이 사랑하는 건 알지만 친구들과 편하게 만날 때는 나를 배려하지 않아도 돼."라고 말했었어요.

그녀는 제가 이런 말이 습관이 되기 전에 서둘러 말했다고 했습니다. 처음 이 말을 들었을 때 저는 약간 방어적이었어요. 하지만 이내 깨달았죠. 그녀는 그저 '고쳐야 할 점에 단서를 달지 말고 솔직하게 말해달라'는 거였어요. 그녀는 '사랑해'와 '그런데'의 분리를 제안한 것입니다. 솔직한 관계에서 스펙트럼의 양쪽 끝(사랑의 표현과 문제를 제기할 자유) 모두 중요하지만, 이 둘은 전혀 관계가 없다는 걸 명확하게 지적해 준 것이었어요.

생각해 보니 맞는 말이었습니다. '사랑해'라는 말 뒤에 붙는 '하지만'이라는 단어의 의도는 불만이나 항의를 더 합리적으로 보이려는 걸 수 있어요. 문제를 제기할 용기보다 먼저 좋은 사람처럼 보이고 싶던 거죠. 바로 이렇게요.

"나는 정말 착하고 인내심 있고 관용적인 사람이고 너를 진심으로 사랑해. 이제 이 사실을 확인했으니, 내 눈에 더 사랑스럽게 보이도록 네가 어떻게 변해야 하는지 말해 줄게." 이건 '내 말의 속셈은 다른 데 있다'고 말하는 거예요. 이 점을 알게 된 다음 제가 관찰한 바에 따르면 정말 많은 사람이 이 '덧붙이는 말'을 수없이 사용한다는 걸 확인하게 된 거예요.

긍정과 부정을 떼서 말하는 방식은 매우 간단하지만 큰 효과가 있었어요. 크리스가 제게 알려준 것처럼 그저 사랑스러운 칭찬과 요구, 또는 지적 사항을 연결해서 말하지 않으면 돼요.

사랑을 느낄 때, 그저 말하세요. 어떤 문제가 나를 괴롭게 하면 그 점을 말하세요. 다만 동시에 두 가지를 묶지 않는 방식으로요. 이렇게 하면 칭찬과 염려, 고민과 노력 모두 훨씬 더 진지하게 받아들여질 것입니다.

- 5장 -

가시박스 속에 담긴 선물 꾸러미

마음은 무엇이든 찾으려고 들면 어떤 상황에서도 보고 싶은 걸 볼 수 있다는 점에서 놀라운 도구라고 생각해요. 비열한 마음이나 추악한 점을 찾으려고 하면 별문제 없이 누구에게라도 찾게 됩니다. 아름다움 역시 그렇게 찾을 수 있죠.

연인이나 부부 관계를 생동감 있게 만드는 비밀 병기는 어려움이나 골칫거리에 숨겨진 '선물'을 찾아내는 거예요. 이 선물들은 종종 성가시거나 긴급한 상황으로 교묘하게 위장해서 도착합니다. 하지만 어려운 상황에서도 관계를 강화시키는 도구가 되죠.

파트너가 잘생긴 낯선 남자와 농담을 주고받고 있다고 상상해 볼까요? 이런 상황에서 어떤 선물을 찾을 수 있을까요? 이 상황을 핑계로, 질투심에 빠지거나 배우자에게 따져 묻거나 다그칠 수도 있어요. 어느 쪽이든 어느 정도 손상은 입게 될 거 같군요. 하지만 선물 찾기로 보면 '경각심 호출'이 됩니다. 더 세심하고 사랑스러운 태도가 필요하다는 파트너의 감정 신호가 되는 거예요.

파트너가 다른 지역에서 일자리를 제안 받았다고 상상해 볼까요? 이건 큰 골칫거리나 반갑지 않은 일로 볼 수도 있어요. 입장을 말하면 기분 나빠하거나 지지하지 않는 사람으로 보일 거예요. 그러나 선물을 찾는다면 내가 얼마나 든든한 지원자가 될 수 있는지 보여 줄 기회로, 새로운 모험을 함께 시작하는 기회로 삼을 수 있습니다.

언젠가 강의가 끝난 후, 결혼한 지 20년 된 부부가 다가왔어요. 남편이 예전에 몸을 다쳐서 평생 불구가 될 뻔한 일이 있었다고 했죠. 아내는 조용히 미소를 짓고 있었습니다. 다치기 전에 남편은 아내와 대화할 시간이 거의 없을 정도로 경력과 야망에 사로잡혀 있었다고 해요. 둘의 관계는 멀어지고 어쩌다 친밀함을 느끼는 건 관계를 가질 때 뿐이었다고 했습니다. 그런데 심각한 부상을 당한 뒤 재활하는 동안 친밀감을 표현하고 말하는 새로운 방법을 배울 수 있었고 그제야 친구가 되는 법을 알게 됐다고 했습니다. 그의 아내는 그가 '세상에서 가장 친절한 남자 중 한 명이 되었다'고 했어요. 물론 희생이 따르고 조정이 필요했지만 사고는 '선물'이었다고요.

　　현명한 사람들은 비극적이거나 고통스러운 상황에서도 선물을 발견합니다. 누구라도 평범한 일상에서 선물을 찾으려는 의지만 있으면 얼마든지 찾아낼 수 있어요. 이런 생각이 일상이 되면 '사소한 일'에 화를 내는 건 거의 불가능하게 됩니다.

- 6장 -

만약 그렇게 하지 않는다면 각오해!

100명을 대상으로 최후통첩을 받는 것이 좋은지 설문조사를 한 적이 있어요. 95명은 아니라고 대답했습니다. 나머지 다섯 명은 "농담하는 거죠?"라고 우회적으로 대답했죠. 다음번 설문조사를 할 때는 질문을 바꿨습니다. 이번에는 "다른 선택지가 있다면 최후통첩을 받았을 때 고마워할 수도 있나요?"라고 물었죠. 약간 다른 질문이지만 대답은 똑같았습니다.

맞아요. 다른 선택지가 있어도 최후통첩은 누구나 좋아하지 않아요. 그런데도 많은 사람이 여러 관계에서 자신이 원하는 걸 얻으려고 이런 말을 씁니다. 하지만 어떤 일이든, 어떤 식으로든, 의도를 갖고 하는 말과 행동은 거의 역효과가 납니다. "정시에 출근하지 않으면 직장을 잃게 될 거야."와 같은 말을 어쩔 수 없이 해야 할 때가 아니라면, 관계 안에서 최후통첩은 거의 환영받지 못하니까요.

최후통첩을 피해야 할 이유가 더 있습니다.

첫째, 최후통첩은 사람을 궁지에 몰아넣고 선택의 폭을 제한하며 왜곡해요. 최후통첩은 가뜩이나 어려운 상황에 공격적이고 불쾌한 압박감까지 들기 때문에 반감이 생길 수밖에 없습니다.

둘째, 최후통첩을 하고 결국 자기가 원하는 걸 얻어도 당한 사람은 원망을 품고 상대에게 반감을 갖게 만들어요.

가령, 진이 로버트에게 "내 가족 모임에 참석하지 않으면 일주일 동안 너와 연락도 안 할 거고 내 차를 빌려주지도 않을 거야."라고 말했다고 해보죠. 로버트는 결국 진의 가족 모임에 참석하더라도 모임 내내 자리가 편치 않을 거예요. 불편한 자리에 오게 만든 진에 대해서 좋아하던 마음도 사라져 버릴 겁니다.

만약 진이 "당신이 함께 가주면 정말 좋을 거 같아. 부담 주긴 싫지만 당신이 오면 기쁠 거 같아."라고 말했다면요?

일반적으로 최후통첩은 그 방법이 아니면 원하는 걸 얻지 못할 거라는 두려움에서 비롯됩니다. 그래서 꼭 얻어 내겠다는 마음으로 요구하고 그걸 들어주지 않으면 뭔가 심각한 일이 생길 거라고 협박하면서 그 전략이 먹혀들길 바라죠. 하지만 문제는 이 방식이 상대를 겁주기보다 밀어내는 경우가 훨씬 많다는 겁니다.

로저라는 남자는 여자 친구 앤에게 푹 빠져 있었어요. 그는 정말 앤과 결혼하고 싶었고, 앤도 그 방향으로 기울고 있었지만 마음의 준비가 덜 된 상태였습니다. 로저는 앤에게 최후통첩을 알렸습니다. "지금 결혼하지 않을 거면 헤어져!"라고 말입니다. 어떻게 됐을까요?

몇 년 후에도 로저는 앤이 자신과 결혼하지 않은 걸 여전히 꽤 씸하게 생각했지만, 앤은 결혼해서 두 명의 예쁜 아이를 낳고 행복하게 살고 있었습니다.

만약 로저가 조금 더 인내심을 갖고 사랑을 베풀었다면 앤도 합리적인 시간 내에 결혼할 준비가 됐을 거예요. 로저와 결혼하지 않았어도 좋은 추억으로 관계를 끝냈을 테고 로저에게도 더 나았을 겁니다. 하지만 앤은 결국 압박감을 이겨내지 못했고 헤어지는 쪽을 선택했어요.

최후통첩을 할 수밖에 없는 상황이 있습니다. 예를 들어, 결혼해서 가정을 꾸리기로 했는데 몇 년을 함께 지내도 상대가 약속을 지키지 않는다면 이런 상황에서는 최후통첩이 필요할 수도 있어요. 하지만 최후통첩을 해야만 한다면 적어도 배우자에게 '이런 방법 말고 차라리 다른 방법이 있었으면 좋겠다.'라고 표현하는 게 좋습니다. 최후통첩을 하는 자신도 마음이 좋지 않다는 걸 알려 놓는 거죠.

중요한 건 뭔가 얻으려고 극단의 장치로 최후통첩을 쓰지 않는 겁니다. 그렇게 하지 않을 때 관계는 더 돈독해지고 자신이 원하는 걸 상대가 이해하는 데 더 도움이 됩니다. 그러니 이제 최후통첩을 하지 말 것을 최후통첩합니다!

7장

그에게는 독심술이 없습니다

인간관계에서 최악의 실수 중 하나는 상대가 내 마음을 알 수 있다고 가정한다는 겁니다. 거기까지 생각하지 않아도 상대가 내 마음을 알아채기를 기대한다는 것이고요.

언젠가 한 친구가 자기 아내가 정리 정돈을 잘 못한다며 불평을 하기 시작했어요. 그 친구는 이 문제가 큰 골칫거리 같았죠. 이전에도 몇 번인가 이야기를 꺼낸 적이 있었거든요. 그래서 물어봤습니다.

"캐롤도 네가 이렇게 힘들어하는 걸 알아?"

캐롤은 그 친구의 불만을 모르고 있었습니다. 한 번도 말한 적이 없었기 때문이죠.

이런 상태의 문제점은 빨리 알수록 유익해요. 자신을 힘들게 하고 내적 혼란을 만들어서 스트레스에 빠지게 만들기 때문이죠. 내가 조절할 수 없는 일에 엄청난 좌절감을 끌어안고 문제가 해결되기를 바라는 상태와 다를 게 없습니다. 어떤 일에 화가 나고 괴롭고 짜증이 나는 사실을 아는 사람은 자신뿐이에요. 이 상황은 스스로 만들어 낸 스트레스 상황 아닐까요?

이런 상태는 배우자에게도 공평하지 않습니다. 배우자가 무슨 이유로 화가 나 있는지 모르고 이런저런 추측을 해 보지만 그나마도 정확하지 않죠. 대놓고 말하기도 뭐하고 그저 이상한 기류에 아닌 척, 모른 척해야 하니 얼마나 답답할까요?

제가 크리스를 만나서 처음으로 힘들었던 건 그녀가 약속 시간에 자주 늦는 일이었어요. 저는 그런 게 싫었고 불만이 쌓이다 친구들에게 하소연하고 그녀가 변했으면 좋겠다고 말했습니다. 그러다 도저히 참기 어려워질 때쯤 크리스에게 직접 말하기로 했죠. 그랬더니 크리스는 약간 당황하면서도 진지하게 말했어요.

"미안해요. 당신이 그렇게 생각하는지도 몰랐어요. 좀 더 일찍 말해줬으면 좋았을 텐데요."

알고 보니 저는 시간 약속을 강박적으로 지키려고 애쓰는 편이었고, 크리스는 몇 분 정도 늦는 걸 크게 문제 삼지 않는 성격이었습니다. 자신이 그런 걸 문제 삼지 않으니 제가 스트레스를 받을 거라고는 생각을 못 한 거죠.

사람을 기다리게 하는 게 좋은 건 아니지만 문제라고 생각한 쪽이 문제 해결의 주축이란 건 분명합니다. 문제 해결 책임은 분명 제 몫이었습니다. 저는 크리스가 제 마음을 읽어주기를 기대했어요. 물론 크리스에게 마법 같은 능력이 많긴 해도 제 마음을 읽을 수 있는 독심술은 없었습니다.

저희가 배운 것은 두 사람 사이에 자신을 괴롭게 하는 게 있다면 상대에게 알리는 게 좋다는 거예요. 다만 두 사람 모두 평화로운 상태일 때를 골라서요. 상대를 존중하며 과장된 감정 호소를 낮추고 비난 없이 상대의 무엇이 괴롭게 하고 있는가를 말한 다음 결과를 지켜보세요.

보통의 경우에 내 마음을 읽어주기를 기대하던 때보다 좋은 결과를 얻을 가능성은 훨씬 높습니다. 가급적 '저 사람이라면 내가 뭘 원하는지, 뭐가 필요한지 다 알 거야!'라는 손해 볼 게 뻔한 생각은 하지 않기로 해요. 상대에게 말해야 상대가 압니다. 그럴 때 두 사람의 사랑도 한결 부드러워질 것입니다.

- 8장 -

그녀(그)는 언제 달라지는가!

이번 내용은 이 책의 가장 중요한 부분 중 하나가 될 듯해요. 연인과 부부 사이의 가장 큰 싸움이 '당신은 왜 변하지 않느냐'하는 것이기 때문이죠.

상대가 달라지기를 바라면 바랄수록 우리는 불만족이 쌓여갑니다. 문제는 이런 생각을 정당화하고 자신이 무리한 요구를 하는 걸 모른다는 데 있습니다.

누군가를 사랑할 때 상대가 조금 더 나은 파트너가 돼 주기를 원하는 건 이기적인 감정이지만 어쩌면 피하기 어려운 마음인 것 같아요. 대놓고 말하든 숨기든, 사실 거의 대다수의 사람이 이런 생각을 할 겁니다. 이건 다른 파트너를 원한다는 것보다 단지, 지금보다 조금 더 나은 파트너면 좋겠다는 뜻이죠.

파트너가 돈을 더 잘 버는 사람, 더 야심 찬 사람, 더 온화한 사람, 더 잘 들어주는 사람, 더 열정적인 사람, 더 잘생긴 사람, 덜 예민한 사람, 더 도움이 되는 사람이기를 원하죠. 또는 더 나은 누군가처럼 되기를 원합니다.

문제는 우리가 가진 것과 원하는 것에 차이가 있을 때, 불만족스럽거나 어떤 좌절감을 느낀다는 거예요. 이건 삶의 모든 측면에서도 마찬가지입니다. 인간관계에서도 적용되고요. 분명히 이해되고 동의하지만, 파트너에게만큼은 이런 마음이나 행동을 멈추는 게 어렵죠.

그러다 보니 "내 연인이나 배우자가 더 나아지고 달라져서 내 기대에 맞게 변한다면 나는 더 행복할 거야."라고 결론을 내립니다. 논리적으로 보이는 이 결론 때문에, 우리 대부분은 파트너가 변하기를 갈망하고 상상하며 때로는 변화하기를 요구해요. 말도 안 되는 일이죠. 그리고 스스로 이렇게 말합니다. "그가 변하기 전까지 난 행복할 수 없을 거야."

결과는 뻔해요. 파트너가 변하지 않거나 기대에 부응하지 못하면 불만족스러운 상태가 계속되니까요. 심지어 파트너가 행복을 방해하고 있다고 확신하고 무시한다고 느끼거나 분개하기도 합니다. 하지만 명심하세요. 그것은 내 잘못입니다. "만약 그(그녀)가 내가 원하는 대로 된다면, 나는 더 행복할 거야."라고 믿는 사람은 어떤 식으로든 불만족스러울 수밖에 없습니다. 아침에 해가 뜨는 것처럼 틀림없는 일이에요.

아주 드물게 파트너가 변한다고 해도 만족감은 오래가지 않습니다. 행복이 파트너의 변화에 달려 있다면 또 다른 변화를 원하는 건 시간문제니까요.

저는 상대방이 집안일을 더 도와주기를 바라는 수십 명의 남녀를 만났습니다. 그들은 싸우거나 협상하거나 진실한 노력으로 마침내 상황을 개선했어요. 그러나 그 변화에 만족과 행복이 크지 않았습니다. 그들은 상대가 더 많이 변했으면 좋겠다고 또다시 생각하고 있었기 때문이죠.

해답은 '무언가 부족하거나 잘못된 느낌' 사이의 연결을 알고 느끼는 겁니다. 자기 생각과 느낌 사이의 연결성을 알게 되면 분명 놀랄 거예요. 실험 삼아 파트너에게 불만족스러운 점, 달라졌으면 하는 점을 기록해 보세요. 그리고 스스로에게 질문해 보세요. "내 눈에 완벽하게 보이기 위해 그(그녀)가 변해야 한다는 희망을 멈춘다면 어떻게 될까?", "내가 그녀를 있는 그대로 사랑하기로 결심하면 어떻게 될까?"

지금 당장 그(그녀)를 있는 그대로 사랑할 방법을 찾아보세요. 관점이 바뀌면 극적인 변화가 눈에 띄게 나타납니다. 나의 요구는 부드러워지고 불만은 사라지기 시작할 거예요. 더 수용적이고 비판하지 않고 용서할 수 있게 됩니다. 방어적이지 않은 의사소통 능력이 향상되고 파트너의 장점을 끌어내는 능력도 향상되고요. 사랑은 더 진실하고 무조건 변화될 겁니다. 내가 기다려 온 사랑은 내 손에 달려 있어요. 해야 할 일은, 그(그녀)가 달라졌으면 좋겠다는 희망을 멈추는 것뿐입니다.

9장

내 잘못도 잘 아는 사람이 되기로 해요

깊이 있는 관계를 유지해 주는 것들은 사랑, 배려, 관대함, 질투하지 않음, 친절, 공통된 가치관, 신뢰, 진실성 같은 특성들입니다. 여기에 반드시 넣어야 할 게 하나 더 있는데요. 그건 '인정'입니다.

이 품성은 사랑하는 마음과 결합하면 최강의 시너지를 내기 때문에 다른 품성이 좀 부족해도 좋은 관계를 유지하는 데 커다란 역할을 해요. 잠시 생각해 볼까요? 혹시 이런 말 자주 들어 봤나요?

"이런, 내가 이 문제를 어떻게 키우고 있었는지 알겠어. 내 잘못이었네."

저는 거의 들어본 적이 없는 거 같아요. 오히려 이런 말을 자주 들었죠. "내 배우자는 요구사항이 너무 많아!", "그는 내 말을 듣지를 않아!", "그녀는 너무 감정적이야!", "자기 할 도리도 다 못하면서!"

대략 수백 가지 표현의 다른 버전인 "하여튼 내 잘못이 아니야!"로 귀결되는 불평의 말과 내 탓 아님의 말입니다. 하지만 이렇게 많이 내뱉는 이 말은 그 어떤 최선도 모두 쓸모없게 만들고 최악의 상황에는 관계를 파괴하기도 해요.

좀 솔직해져 볼까요? 혹시 누군가에게 작은 비난의 말을 한 다음 부드럽고 긍정적인 반응을 받은 적이 있나요? 가령, 사랑하는 사이에서 또는 배우자에게 "당신은 항상 나를 들들 볶잖아!"라고 비난하거나 "당신이 언제 나를 그렇게 배려했어!"라고 포기하듯 내뱉은 말에 상대 반응은 어땠나요? "그래, 맞아. 정말 고마워. 내가 정말 그랬구나. 이제부터 그런 부분은 고칠게. 정말 사랑해."라는 말을 들었나요?

그럴 리 없죠. 상상할 수도 없는 대답 아닌가요? 분명히 상대는 화를 냈거나 방어적인 태도로 변했거나 별 반응을 하지 않았거나 속으로 분노하고 상처받았을 겁니다.

이런 말을 자주 하는 사람이라면 아무리 사랑하는 사이라도 좋은 평가를 할 수 없고 작은 부분까지 함부로 말하는 사람으로 생각하게 될 겁니다.

하지만 자신이 문제를 어떻게 키우는지 알고, 책임을 파악하고 노력하면 얘기는 완전히 달라져요. 배우자가 당신 말을 무시하거나 반발하는 대신, 내 생각을 진지하게 들을 가능성이 높아지죠.

예를 들어, 배우자에게 계속 잔소리를 들었거나 들들 볶인 것 같은 느낌이 들 때 어떻게 말할 수 있을까요? "내가 분명히 예민하게 듣는 부분도 있을 거야. 하지만 만날 당신에게 잔소리를 듣고 있다는 느낌이 드는 게 힘들어. 나도 가볍게 넘길 수 있는 마음을 내볼 테니까 당신이 조금 도와주면 좋겠어."라고 자신의 감정과 함께 놓칠 수 있는 부분을 인정하고 원하는 바를 담아 전달할 수 있습니다. 이럴 때 배우자도 문제의 논점을 분리해서 느끼기 쉽고 감정을 공유할 확률이 높아집니다.

어쩌면 정말로 배우자가 들들 볶는 사람일 수 있죠. 하지만 들들 볶이는 사람 마음이 어땠는지 지금껏 몰랐을 수도 있어요. 그러니 내 마음을 상대에게 정확하게 전달하면 됩니다. 냉소적인 분위기로 갑자기 거리감을 느낄 만큼 차갑게 말하지 말고, 내가 보지 못하거나 느끼지 못한 부분이 있을 수도 있다는 가정도 함께 넣어서요. 혹시 모르죠. 정말 당신이 예민한 걸지도요.

나한테 어떤 책임이 있는지 파악하면 곧바로 해답을 찾을 수 있습니다. 물론 원인이 내 쪽에만 있을 수 없어요. 대개는 양쪽 모두에게 원인이 있겠죠. 하지만 두 사람 중 어느 한쪽이라도 자신의 책임을 인정하지 않는다면 변화는 어렵습니다. 두 사람 모두 인정하지 않고 책임을 깨닫지 못하면 관계는 빠르게 불확실성 안으로 들어가 버려요.

한쪽에서라도 인정하고 책임을 느끼고 깨달으면 합리적으로 해결할 수 있어요. 그리고 반드시 나아집니다.

10장

부드럽게 생각해 줄래요?

저는 대체로 낙관적인 편이에요. 긍정적인 생각이 행복의 열쇠라고 항상 생각했죠. 지금도 그렇게 생각하지만, 긍정적인 생각보다 더 큰 행복의 열쇠는 부드럽게 생각하는 법이란 걸 알게 됐습니다. 사소한 일들로 부부 사이의 사랑을 방해하지 않고 관계를 유지하는 게 목표라면 이 부분은 진지하게 고려할 가치가 있다고 확신해요.

평온하고 사랑스러운 생각으로 마음을 잠시 채워 보세요. 그런 다음 짜증을 내려고 시도해 보세요. 아마도 성공하지 못할걸요. 부드러운 마음은 짜증이라는 요소와 모순되는 감정이거든요. 이 두 가지 특성은 서로를 밀어냅니다.

마음이 부드러우면 사소한 일이나 일상적인 사건에 대해서도 자비로운 반응을 보이는 경향이 있어요. 또한 유머 감각을 잃지 않고 유머러스한 관점을 유지할 수 있습니다. 그날의 사건에 대해 거칠게 반응하기보다는 친절한 태도로 반응합니다. 하루 동안 일어나는 일상적인 일들이 그다지 신경 쓰이지 않고 큰 문제처럼 보이지 않는 거죠.

부드러운 생각은 삶을 즐겁게 느끼도록 만들어요. 지금이 좋고, 지금 이곳이 좋고, 살고 있다는 자체에 충만함을 느끼게 해 주기 때문입니다. 사랑과 평화의 생각부터 용서와 관대함에 대한 생각까지 그 폭도 넓고 다양하죠. 감사의 마음도 들어 있고요. 저는 이 간단한 노력이 다소 냉정한 성품의 사람들에게도 긍정적인 영향을 미치는 것을 보았습니다.

언젠가 정말 '까칠한 사람'으로 정평이 나 있던 남성과 일한 적이 있어요. 그는 추진력 있는 사람이었고 성실한 사람이면서 까다롭고 공격적인 사람이었습니다. 그는 직원에게 요구하는 기준이 높았어요. 또한 아내와 자녀에게 요구하는 기대도 높았죠.

당연히 결혼 생활에 문제가 있을 수밖에 없었습니다. 그의 마음속에는 여유가 생길 틈이 없었어요. 모든 게 기대만큼 돌아가고 있어야 편했으니까요. 그렇지 않으면 그는 곧장 불쾌한 느낌을 드러내고 불만을 표현했습니다.

저는 그에게 실험을 해보자고 제안했어요. 그는 언제나 '최고가 되어야 한다'는 강박이 있었기 때문에 최선의 노력은 의심하지 않을 수 있었죠. 저는 그에게 하루 종일 평온하고 너그럽고 안전한 느낌의 생각으로만 마음을 채워 보라고 했습니다. 성취, 완벽, 성공, 그 밖의 다른 생각으로 마음이 흐를 때마다, 다시 부드러운 생각으로 마음을 돌려놓으라고요. 그것이 제가 제안한 기준이었어요.

그는 정말 부드러워졌어요. 마음을 온화한 감정으로 채우다 보니 금방 여유가 생겼어요. 집으로 돌아가서도 편안하고 여유 있는 느낌을 가족들도 곧장 느꼈어요.

아내가 눈치챌 정도로 그의 기대치도 낮아졌습니다. 그는 조금 더 인내심이 강해지고 짜증도 조금 덜 냈어요. 가장 크게 달라진 건 아이들과 있을 때 서두르지 않았다는 겁니다. 저녁을 먹을 때도 취침 시간을 계산하느라 늘 보았던 시계를 쳐다보지 않고 아이들과 함께 있었습니다.

비록 변화의 폭은 작았지만, 그와 아내가 알아차리기에 충분했습니다. 아내와 아이들이 자신에게 받던 스트레스를 덜 받는다는 걸 알게 된 것은, 그에게 놀라운 경험이었어요.

그는 매우 복잡하게 문제를 다루고 복잡한 삶을 살았지만, 이 작고 간단한 전략이 결국 긍정적인 변화의 문을 열었습니다. 물론 그의 오래된 습관을 바꾸는 데는 많은 시간과 연습이 필요했고, 하루아침에 해결되지는 않았어요. 하지만 부드럽게 생각하기를 실험한 그의 의지는 결혼 생활을 구해주었고, 적어도 관계에 대한 중요한 역할을 보여줬습니다. 때로는 가장 단순한 아이디어가 가장 강력할 때가 있습니다.

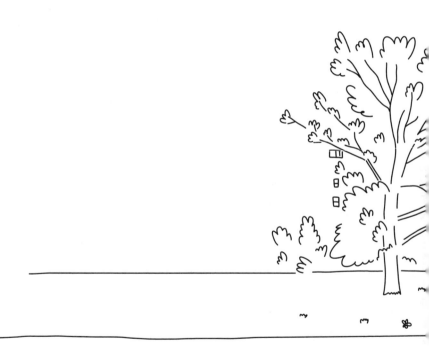

2부

나도 당신도 어쩌면
사랑을 잘 몰랐던 게 아닐까

- 11장 -

생각을 너무 중요하게 생각하지 마세요

매일 수천 개의 생각이 우리 마음을 스쳐 지나가요. 예전에 있었던 일, 내일 가야 할 곳, 텔레비전 프로그램 등 대화 중이든 먹든 마시든 생각은 멈추지 않습니다. 또 아이디어나 어떤 계획, 기대감과 기억들도 올라와요. 꼭 행복하거나 좋은 바람의 긍정적인 생각만 떠오르는 건 아니죠. 그 많은 생각들 안에는 반대의 것도 많습니다. 걱정이나 우려, 혼란, 원망, 후회 같은 것들이겠죠.

우리는 이렇게 과거를 생각하고 미래를 생각합니다. 이 많은 생각 속에 지금, 여기, 현재에만 있는 생각은 많지 않죠.

이 생각들을 크게 두 가지로 나눠 보죠. 그중 첫 번째는 정말 그냥 지나가는 생각일 수 있습니다. 대부분의 생각이 이 범주에 속할 거라고 생각돼요. 하루 종일 너무 많은 생각이 무의식적으로 생겼다 사라지기를 빠르게 진행하고 있어서 일일이 검토하는 것은 불가능하고 비현실적이기까지 하니까요.

가령, '크리스가 이번 주에 시간이 된다면 밖에서 저녁 먹기로 했는데 기억하고 있을까.'라는 생각이 불현듯 떠올랐다고 해볼까요. 생각이 올라왔지만 심각하게 생각하지 않고 그냥 두면 그 생각은 물러가고 또 다른 생각이 그 자리를 메웁니다. 금방 사라지는 거죠.

크리스가 저녁을 먹기로 한 일이 꼭 지켜야 할 일이거나 의미 있는 일이라면 확인차 메모를 해 두는 게 좋겠죠. 그 생각은 메모에 남겨 놓은 걸로 일단 내려놓을 수 있어요. 그냥 지나가도 되고, 언젠가로 말한 약속이었다면 그대로 넘어가는 약속이 될 테죠. 어느 쪽이든 더 이상의 생각은 하지 않아도 돼요. 하지만 다른 가능성을 생각해 볼 수도 있는데, 그 생각에 꼬리를 물고 생각을 계속이어가는 겁니다.

'이번 주에 시간이 되면 외식하기로 한 걸 기억하고 있을까. 어쩌면 잊어버렸을지도 몰라. 아, 크리스라면 그러고도 남을 수 있지. 크리스는 지난번에도 함께 들리기로 했던 새로 생긴 카페에 가는 걸 잊었잖아. 그 외에도 자주.' 이제 생각이 꼬리에 꼬리를 물고 계속되다가 크리스의 평소 행동에 의미가 부여됩니다. 그리고 몇 초도 지나지 않아서 약간 짜증이 올라옵니다. 지금 크리스는 나와 함께 차 안에 있지도 않지만, 점점 더 그녀에게 짜증이 납니다.

공감되시나요? 사소한 생각은 하루에 몇백 번이나 떠올랐다가 사라집니다. 생각은 아무렇게나 떠오르고 사라지는데 그중 어떤 것을 부여잡고 늘어지면 다양한 상상력과 케케묵은 감정들이 한 그릇에 담겨 버리는 꼴이 되고 말아요. 이런 필요 없는 생각과 더해진 상상 덩어리들에 휘둘리지 않으려면 생각에 주의를 기울여야 합니다.

'생각을 멈추거나 내버려두는 게 어떻게 좋은 거지?'라고 생각할 수 있겠지만 잊거나 버리는 게 아니라 내려놓고 흘러가게 두는 것을 말하는 거예요. 그러나 흐르는 생각을 부여잡고 생각에 '부풀려짐을 당하는 것'은 관계에 부정적인 영향을 미칠 뿐 아니라 내가 아닌 상대에게 문제가 있다고 충동질 당하는 꼴이 됩니다.

생각은 고유한 나 자신만의 권리인데 그런 것까지 관계에 부정적인 영향을 준다는 게 받아들이기 싫을지 모릅니다. 세부적인 내용은 모두 다르다 해도 이런 과정은 부부나 연인 사이에 쉽게 일어나고 있어요. 크리스보다 훨씬 건망증이 심한 사람과 사귀고 있는 사람이라 해도, 그게 그렇게까지 문제 될 건 없습니다. 물론 배우자가 그런 일이 없었다며 잊어버린 걸 모른 척하지 않기를 바라고, 또 건망증이 좀 덜하기를 바랄 수 있지만 그게 본질적인 관계를 해칠 정도는 아닐 겁니다.

짜증이 난다고 생각하는 많은 일들이 사실은 너무 심각하게 받아들인 생각일 때가 많다는 걸 인정해 볼까요? 생각을 지나치게 부여잡는 습관 때문일지도 몰라요. 오늘 떠오른 생각을 모두 기억할 수도 없으면서 생각이란 걸 너무 신뢰하고 있지 않았는지 생각을 점검해 보는 겁니다.

대부분은 그냥 사라지거나 지나가요. 생각이란 건 꼭 필요할 때 사용하면 되는 도구입니다. 일상에서 생각이란 그냥 떠오르고 지나간다는 걸 알면 됩니다. 정말 중요한 생각이라면 반드시 다시 돌아옵니다. 그동안은 스치는 생각이 던진 문제와 싸우지 말고 지나가게 두고, 지금 현실에 에너지를 쓰는 걸 선택해 보세요.

12장

이 지구 전체에 나와 같은 지문을 가진 사람

　　모든 관계는 그 자체로 단 하나의 유일한 관계입니다. 이 세상
에 같은 지문이 없다는 사실은 개인마다 전혀 다른 내면을 갖고 있
다는 걸 깨닫게 해줘요. 누군가 나와 인연을 맺을 때는 그 자신만의
역사, 삶, 계획과 기대, 꿈 등을 갖고 만나게 됩니다. 우리는 서로 다
른 것들에 매력을 느끼고 끌리기도 하지만 괴로워하기도 해요.

　　사람마다 나라는 인격체는 각기 다른 요소로, 각기 다르게 형
성된다는 진실에도 불구하고 많은 사람이 관계에서만큼은 내가
선호하는 어떤 틀에 맞춰져야 한다고 생각하는 사람이 많은 것 같
습니다. 하지만 이건 정말 불행한 생각이에요.

　　상대가 보고 느끼고 겪으며 만들어 낸 그 개인의 특성을 지금

내가 공유할 수는 없습니다. 상대를 형성한 그 모든 사연을 내가 지금 겪을 수 없기에 똑같은 방식으로 사고한다는 건 애당초 불가능한 일이니까요. 이런 불가능한 틀을 인연 사이에 끼워 넣으면 불화를 끝없이 만들어 내요.

내가 생각한 바를 상대가 알지도 못하거니와 동일한 조건, 동일한 시간에 있어도 어떤 일에 대해 느끼는 생각이나 판단은 저마다 완전히 다른 조합으로 선택되고 판단되기 때문이에요. 같은 걸볼 수는 있어도 결코 같은 걸 완전히 느낄 수는 없는 게 사람입니다. 전혀 다른 존재로 형성된 고유한 단 하나의 사람을 두고 나와 같기를 바라는 기대 자체가 행복을 저해하는 요소일 뿐이에요.

그러나 이런 조건이 무시된 상황은 일상에 매우 많이 포함돼 있습니다. 가령, 가고 싶지 않은 모임에 참석하도록 강요하는 것이나 가족의 평화를 유지하기 위해 교회에 참석하는 것까지 일일이 셀 수 없는 다양한 방식으로 상대를 옭아맵니다.

저희 부부가 수없이 많은 행복한 배우자와 연인에게서 발견한 공통점은 모두 자기만의 방식과 규칙으로 살아간다는 것이었어요. 친구나 이웃, 가족이나 다른 사람의 눈치를 살피지 않았고 배우자나 연인의 눈치를 보거나 보게 만들지도 않았습니다. 오히려 두 사람 안에서, 나에게 기쁨을 주는 것을 직접 찾고 그 방식으로 인생을 살고 있었어요.

　이런 삶의 방식이 그들과 그 자신들을 더 행복하고 내적으로 더 평화로운 '나'로 있게 해 주니, 더 사랑 많은 두 사람으로 합해져 모든 것을 누리고 있었습니다. 그 안에는 서로 다른 개체인 '나'라는 걸 양쪽 모두 인정하고 그 차이도 인정하고 있었어요. 이런 관계는 서로를 더욱 존중하게 만들어요. 결국 배우자나 연인뿐 아니라 자신이 만나는 모두를 같은 기준으로 이해합니다.

　저희 부부는 다행히 처음부터 살아가는 방식이 조금 달랐어요. 남자와 여자, 아내와 남편이라는 역할에 얽매이지 않았죠. 그래서 집안일이든 아이들을 돌보는 일이든 상황에 따라 분담했습니다. 가끔 각각 떨어져서 혼자 휴가를 보내기도 했고 서로에게 매우 친한 이성 친구가 있지만 그걸로 질투하지 않았어요. 친구들은 이 지점을 가장 이해하지 못했지만요.

　때로는 믿을 만한 보모에게 아이들을 맡기고 완전히 우리 둘만의 시간을 즐기는데 전혀 죄책감을 느끼지 않아요. 이건 다른 부모들과 정말 다른 점인 것 같네요. 저희는 함께 지내는 사랑하는 가족들이 있지만 그들과 전혀 다른 영적(명상과 마음챙김)인 길에 함께 전념하고 있습니다.

　때로는 우리를 이해하지 못하거나 심지어 죄책감을 유도하려는 시도도 있지만 저희는 우리만의 방식이, 우리에게 가장 잘 맞고 좋다는 걸 이미 알고 있어요. 다른 사람에게 더 나은 방식이 있다면 언제든 배우기를 주저하지 않을 것이고 언제든 바꾸거나 바뀔 수 있다는 것도 인정합니다.

남들 기준에 맞지 않거나 누군가 우리에게 실망했다고 해서 방식을 바꾸지는 않을 거예요. 우리는 언제나 서로에게, 그리고 함께 살아가는 사람들에게 친절하고 온화하게 대하자는 생각을 하고 있어요. 때로는 기대만큼 행동하지 못할 때도 있지만 그게 무엇이든 우리가 원하는 걸 실현할 방법을 선택하는 권한은 최종적으로 우리에게 그리고 나 자신에게 있다고 믿습니다.

나 자신은 나만의 방식이 있습니다. 그런 두 사람이 만나 두 사람만의 방식을 만들었다면 그 방식으로 살아가야 한다고 저희는 믿고 있어요. 저희 부부 역시 우리 방식을 존중하기 때문에 다른 모든 사람과 쉽게 친구가 되고 서로의 차이를 존중하면서도 즐겁습니다. 서로 다르다는 걸 이해하는 건 갈등을 최소화하고 불만을 없애줍니다. 이 철학은 개인을 넘어 연인과 배우자에게도 동일하게 적용돼요.

우리는 평생의 동반자이고 비슷한 특성도 많지만, 다른 점도 많이 갖고 있어요. 그 사실을 알고 인정하면 서로 다르다고 짜증을 내거나 속상해하거나 화를 내지 않게 됩니다. 살다 보면 내 상황과 다른 사람의 상황을 비교하기 쉽고 그러다 보면 나보다는 다른 사람의 시선에 얽매여 살고 있는 건 아닌지 혼란스러울 때도 생겨요. 이런 혼란은 오직 자신만의 방식이 포함된, 우리만의 방식으로 살 때 제거됩니다. 부디 여러분도 여러분만의 기준으로 삶을 채워가기를 바랍니다.

13장

감정의 바람개비

우리는 매 순간 감정적인 갈림길에 서 있습니다. 어떤 일이 일어나면 반응을 선택하죠. 안타깝게도 습관적으로 너무 빨리 반응하기 때문에 선택권이 나에게 있다고 생각하지 못합니다. 반응은 마치 살아 있는 생명체처럼 거의 즉각적으로 일어나서 통제할 수 없어 보이거든요. 따라서 마음에 들지 않는 일이 생기면 짜증이 나는 건 당연한 결과라고 생각합니다.

하지만 아무리 짧은 순간이라도 우리는 감정에 선택권이 있어요. 늘 하던 방식대로 반응하지 않을 힘과 능력이 있어요. 이걸 인정하지 않거나 선택하려는 의지가 없다면, 언제나 상대의 행동들 앞에 감정을 좌우 당하는 바람개비로 살 수밖에 없습니다. 따라서 반응하는 감정을 선택할 자유가 있다는 걸 아는 건 매우 중요해요.

언젠가 친구가 해 준 이야기입니다. 친구와 여자 친구는 백화점에서 쇼핑을 하기로 했다고 해요. 친구는 여자 친구가 일방적으로 제안한 쇼핑에 맞추려고 일정을 조절하고 이런저런 일에 신경을 많이 쓴 뒤 약속한 시각에 백화점에 도착했습니다. 한데 약속한 시각에 여자 친구가 도착하지 않은 거예요.

친구는 거의 30분을 기다렸고 화가 나기 시작했어요. 그의 마음은 판단, 분노, 실망, 스트레스 등 온갖 부정적인 생각으로 가득 차기 시작했습니다. 여자 친구가 이전에도 비슷한 일을 했던 때가 기억나기 시작했고 짜증은 점점 더 커지기 시작했죠.

그러다 지금 감정을 이대로 둘 것인지 아니면 툭 내려놓을 건지 생각해 보게 됐다고 해요. 이 분노의 감정을 계속 느낄 것인지, 아니면 내던져 버릴 건지를 말이죠. 친구는 후자를 선택했습니다.

그러자 신기하게 지금 상황이 그리 대수롭지 않아 보였답니다. 그녀가 늦는 건 사실이지만 기다리는 지루함과 함께 머릿속은 짜증으로 가득 차고 마음은 분노로 가득 채우는 것까지 모두 감당할 필요가 있을까 생각한 것이죠.

친구는 화를 낼 권리가 있고 정당화할 수 있는 상황이라는 걸 알지만 그 감정을 계속 키우는 걸 멈췄습니다. 그리고 자기 마음의 평화와 편안함, 행복한 시간을 보내는 게 짜증과 신경질보다 훨씬 중요하다고 자신에게 일깨웠습니다.

친구는 발을 움직여 매장을 둘러보며 자기만의 시간을 보내기로 했어요. 사소한 이 일로 자신을 흥분 상태로 몰아넣지 않겠다고 선택한 거죠.

얼마 후 여자 친구는 헐레벌떡 도착했고 늦은 이유를 정신없이 쏟아냈습니다. 친구가 화가 나 있을 거라고 예상했으니까요. 하지만 친구가 차분할 뿐 아니라 전혀 화내지 않자 오히려 더욱 미안해했습니다. 여자 친구는 자기방어를 하지 않고 미안한 감정이 너무 커서 진심으로 사과를 건넸다고 하네요. 그 모습을 본 친구는 진짜 모든 화가 사라져 버렸다고 해요.

자칫 즐거운 시간이 싸움으로 엉망이 될 수도 있는 상황에서 그가 평소처럼 행동하지 않고 평화로운 감정을 갖기를 선택한 덕분이죠. 친구는 화를 던져 버리고 평화로운 감정을 선택하자 알 수 없는 힘이 내면에서 올라오는 걸 느꼈다고도 했습니다. 작은 일인데 아무렇지 않게 넘긴 그 일이 오히려 여자 친구에게는 감사하고 진심으로 미안한 일이 되면서 그 뒤로 재발 방지가 더 강력해졌습니다.

이 상황처럼 거의 모든 상황에서 감정은 선택 가능해요. 즉각 화를 내고 감정을 표현할 것인지 아니면 반응하지 않거나 넘어갈 것인지, 또는 받아주거나 포용해 줄 것인가도 단 1초 사이에 언제나 결정할 수 있습니다.

화가 난다고 해서 상대가 무조건 잘못한 것이 아닌 경우도 다반사예요. 그저 내 마음에 들지 않아서 화를 내고 짜증내는 경우도 많습니다. 그러니 반드시 정당하지도 않을 화를 달고 다니거나 짜증을 낸다면 감정의 노예가 될 뿐이에요. 언제든 누구로부터든 내 마음은 쑥대밭이 될 수 있는 팔랑거리는 바람개비가 되는 것입니다.

하루에도 수십 번씩 일이 잘못되거나 하기 싫은 일들이 일어나거나 그 방향으로 흘러가요. 하지만 배우자나 연인, 가까운 누군가가 마음에 들지 않는 방식으로 행동하거나 전혀 다른 방식으로 행동한다면 그것은 흘려보내는 연습을 할 또 다른 기회입니다. 포용하고 지나치고 대수롭지 않게 넘기는 연습 말입니다. 분노보다 평화를 선택할 기회죠. 나쁜 행동을 묵인하거나 무관심하거나 냉소적인 반응을 하라는 게 아니에요. 단순히 평화를 유지하는 것이 최선이라고 결정하라는 뜻입니다.

이런 선택을 자주 하면 나와 내 주위 모든 관계에 큰 도움이 돼요. 그런 사람 주변은 언제나 사람들로 북적이고 웃음과 평화가 함께합니다.

14장

생각은 바라볼 수 있어요

지금 말하려는 건 익히기 쉽지 않아도 터득하면 부부나 연인 관계는 물론이고 인간관계 전체가 완전히 새롭게 변화될 수도 있답니다. 먼저 얘기를 들어 보세요.

켈리는 남자 친구를 만나러 가는 길이에요. 운전 중에 몇 주 전 남자친구와의 말다툼이 생각났죠. 가만히 생각해보니 스멀스멀 화가 올라왔어요. 지금 싸우는 게 아닌데도 그때 장면이 생생하게 떠올라서 마치 지금 싸우는 것 같은 느낌이었어요. 가만히 곱씹어 보니 남자 친구가 쓸데없이 고집을 피우고 심술을 부린 것 같았습니다. 지난달 파티에서도 비슷한 행동을 했던 기억이 떠올랐어요. 이제 남자 친구의 버릇에 문제가 있다는 게 확실히 느껴집니다. '오늘도 비슷한 행동을 하기만 해 봐!' 이런 생각으로 잠시 뒤, 그의 아파트에 도착했어요. 남자 친구를 마주했지만 약간 멀어진 느낌입니다. 심각한 수준은 아니지만 차 안에서 했던 생각이 두 사람의 하루에 영향을 줄 정도로 충분했어요.

이걸 '생각 공격'이라고 해요. 상대가 아니라 자신을 공격하는 생각 패턴이에요. 문제는 이 생각이 나를 공격한다는 사실을 전혀 모르는 데 있어요. 생각 공격은 빠르게 자주 일어나고 진행돼서 무슨 일이 일어나고 있는지조차 깨닫지 못합니다.

그래서 정말 문제예요. 영화나 책에 빠지듯 생각에 깊이 빠져들게 되거든요. 켈리처럼 해가 되지 않는 부정적인 생각 몇 가지라도 심각한 문제라고 오해하게 만들기 때문입니다. 그러면 상대는 문제 있는 대상으로 전락해 버립니다. 답답한 점은 내가 만들어 낸 상황인 걸 모르고 화풀이가 시작되는 겁니다. 물론 실제로 문제가 있는 일도 있겠죠. 하지만 '생각'은 문제를 거대하게 부풀리는 경향이 있고 그 단점을 십분 활용한 상태로 만들어 버립니다.

'생각 공격'은 거의 모든 것에 관해, 거의 모든 사람을 대상으로 일으킬 수 있습니다. 내가 뭘 하는 중이든 상관이 없어요. 샤워 중이든, 잠을 자려고 할 때든, 이동 중이거나 개를 산책시키는 중이라도 그 어느 때, 어느 장소에서든 일어날 수 있습니다.

대체로 무언가에 불만이 있거나 마음에 들지 않거나 내 뜻대로 되지 않았을 때 생각 공격이 잘 일어나죠. 곧 있게 될 논쟁이나 성욕 감퇴의 이유, 배우자가 돈을 잘 벌지 못하는 것 등의 실마리를 놓고 최악의 시나리오를 생각하기도 합니다.

'생각'은 유익한 도구이지만 의지력이 있는 상태에서 하는 것과 이리저리 휘둘리고 알아차리지 못하는 방식일 때는 차이가 커요. 고통스러운 생각 공격에 사로잡혀 무슨 일이 일어나고 있는지 인식하지 못할 때는 문제가 되기 때문입니다.

해결책은 분명한데 쉽지는 않아요. 하지만 알아두면 생각에 휘둘려 지내는 걸 평생 중단할 수 있어요. 해야 할 건 이겁니다. 생각을 하고 있는 자신을 알아차리는 거예요. 생각하는 자신을 관찰하는 겁니다. 생각의 환기팬이 돌아가는 순간 '아, 생각이 또 시작됐구나.'라고 알아차리세요. 그리고 '이건 왜곡하고 부풀리면서 나를 망치는 상상과 공상이야.'라고 인식하면 생각을 멈추는 힘이 강력하게 작용합니다. 그것을 생각하는 나를 알아차리면 나머지는 쉬워요. 몇 번만 반복해도 생각을 중단할 수 있게 됩니다.

단, 사람은 고통스러운 생각에 빠져드는 이해할 수 없는 욕구가 있어서 그 힘이 셀 수 있어요. 하지만 알아차리는 시간이 반복되고 또 지나면 훨씬 더 쉬워지고 더 빨리 자신을 제어할 수 있게 됩니다. 생각이 시작되면 그 문제에 대해서 생각할 것인지, 그냥 넘어갈 것인지 선택권을 갖게 되는 거예요.

꼭 기억하세요. 많은 사람이 자기도 모르게 정신적으로 '불행 연습'을 하고 있습니다. 이 노련한 연습에 많은 시간을 투자하기 때문에 연습한 그대로 불행이 일어날 확률이 높아져요. 이 생각은 관계를 망치는 주범인 경우가 많다는 걸 기억하세요.

이 불행 연습을 중단하면 불신과 분노보다 사랑과 존중, 고마움이나 친절이 그 자리를 대신하게 됩니다. 그래서 관계의 좋은 면에 초점을 맞추고 거기에 에너지를 쓰게 되죠. 이걸 터득하면 재미있고 효과적이며 삶이 바뀔 수도 있으니 시도해 보세요.

15장

바로, 오늘이에요

오래된 연인이든, 이제 막 시작한 커플이든 새출발을 함께 다짐하는 건 아름답고 의미 있는 일이라고 생각해요. 이건 관계의 새로운 시작이기도 하고 오늘을 가장 중요한 날로, 어제보다 더 나은 날로 만드는 일이죠.

새로운 시작은 과거의 걱정, 후회, 실망을 버리고 오늘을 관계의 중심으로 만드는 일입니다. 오늘이 중요해지는 날이죠. "어떻게 하면 오늘을 최고의 날로 만들 수 있을까?" 이 간단한 질문에 대한 답변이 관계의 열쇠가 됩니다.

"어제는 꿈이고 내일은 환상일 뿐이다."라는 말이 있죠. 오늘은 현실이며 우리에게 보장된 유일한 날이라는 뜻이에요. 다행히 우리 모두에게는 오늘을 소중한 순간이자 현실로 만들 능력이 있습니다. 과거는 돌아오지 않죠. 그러니 과거에 대한 모든 생각은 놓아 버리세요. 내일은 내일의 반응으로 살게 될 테니 그것도 미리 앞당겨 생각해봐야 아무 소용이 없습니다.

행복은 언제나 '오늘'에만 있어요. 이제 막 만나기 시작한 사이라면 만날 때마다 지난번과 같을 거라고 기대하거나 희망하고, 지금의 마법 같은 감정이 앞으로도 유지될 거라고 믿고 싶을 거예요. 어쩌면 평범하고 당연한 감정일 수도 있죠. 기쁘고 의미 있는 시간이 계속되기를 원하고 행복한 것에 가까이 가려는 건 인간의 본능이니까요. 파트너가 세심하게 배려해 주고 내가 하는 모든 말에 관심을 보이고 마치 세상에 단 하나뿐인 사람처럼 느끼게 해 준다면 황홀한 기분이 드는 건 당연합니다.

사랑스러운 대우를 받고 싶지 않은 사람은 없죠. 하지만 자연과 관계의 변할 수 없는 법칙 중 하나는 좋은 것이든 나쁜 것이든 그것이 무엇이든 똑같은 상태로 계속 유지될 수 없다는 것입니다. 서로에 대한 사랑과 존중이 더 깊어지고 풍부해지며 만족스러워질 수 없다는 뜻이 아니라, 오늘의 감정이나 기분이 내일도 같을 수는 없다는 것입니다.

이 사실을 잘 알지 못하고 현실에 저항하면, 과거를 그리워하고 지금과 비교하며 오늘을 부정적으로 여기는 함정에 빠지게 됩니다. 그리고 파트너에게 이전과 똑같이 대할 것을 요구하게 돼요. 하지만 현실을 받아들이면 매일매일 서로에게 자유롭고 즐길 수 있는 관계가 됩니다.

오랫동안 함께 지내온 사이라도 방법은 똑같아요. 지금 이 순간이 과거와 똑같기를 기대한다면, 그 기대는 지금을 불평스럽게 만드는 원인이 되고 맙니다. 반면에 과거를 현재로 끌어와 잣대로 삼지 않는다면 원망, 판단, 걱정, 분노, 지루함, 좌절로부터 자유로워지고 상대를 즐거운 마음으로 바라볼 수 있게 됩니다.

이러한 아주 작은 받아들임은 쉽기도 하지만 관계에 정말 효과가 좋습니다. 현재 순간은 특별해요. 지금, 이 순간은 지금 밖에 없어요. 아무리 행복한 과거도 모두 오늘에서 생겨난 것들이거든요. 그러니 오늘에 몰입하면 날마다 인생 최고의 날을 만들어 내는 사람이 됩니다.

16장

침묵으로 대화한다는 건

관계가 오래도록 질리지 않고 함께 있다는 충만함을 깊게 나누는 방법은 함께 조용히 앉아 있는 일입니다. 연습이 필요한 일이죠. 이 아름다운 '함께'는 안타깝게도 거의 사용되지 않아요. 하지만 말없이 한 곳을 바라볼 수 있고, 말없이 한 공간에 있으면서, 말없는 따스함을 서로 주고받을 수 있는 관계야말로 지속 가능하며 확실한 서로가 돼 줍니다.

대다수의 인간관계는 대화하고, 논쟁하고, 협상하고, 계획하고, 기억하고, 다투는 '말' 속에 놓여 있어요. 그러나 함께 지낸 세월에 상관없이 따뜻한 우정과 배려, 존중을 품은 채 말없이 조용히 함께 있을 수 있다면 그 관계는 거의 영원할 수 있습니다. 말없이 걷고, 말없이 함께 각자 다른 일을 하면서도 연결된 느낌을 유지할 수 있다면 말이죠.

하지만 알지 못해서, 시도해 보지 못한 커플이 많습니다. 말하지 않고 있으면 부자연스럽게 느끼고 상대를 살펴요. 단절된 상태거나 다투고 화가 난 경우를 제외하고는 한 공간에서 말하지 않는 자체를 부정적인 의미로 알고 있는 경우도 많습니다.

말 없는 대화, 침묵의 대화는 부부와 연인, 깊이 있는 친구의 가장 중요한 일 중 하나입니다. 강력하고 효과적인 이 대화는 깊은 의사소통입니다. 방법도 간단합니다. 조용하고 편안한 장소에 나란히 앉기만 하면 됩니다. 손을 잡을 수도 있고 기대도 좋고 아무것도 하지 않아도 됩니다. 뭐든 괜찮습니다. 처음 몇 번은 말없이 함께 앉아 있는 게 어색하고 힘들 수 있지만, 한두 번 만으로도 두 사람 모두 만족감을 크게 느끼기 때문에 시도해 보기 바랍니다.

처음엔 함께 앉아 각자 편할 대로 눈을 감습니다. 가만히 자기 호흡 소리를 들어 보세요. 폐에 공기가 들어가고 코로 공기가 나오는 순환을 가만히 느껴보는 거예요. 천천히 평화롭게 숨을 쉬세요. 한곳을 주시해도 좋아요. 그저 조용하고 사랑스러운 마음으로, 상대를 내 마음에 담아 놓고 고요하게 앉아 그 공간에 함께 머무는 겁니다.

말 없는 교감, 침묵의 대화는 서로를 쉬게 해 줍니다. 방어벽을 허물고 서로를 향한 깊은 친밀함과 하나인 느낌을 만들어 줍니다. 눈을 뜨고 자리에서 일어서도 서로에게 평화를 느끼고 사랑스러움이 크게 확장된 걸 느낍니다. 마음이 활짝 열리고 이해심이 저절로 일어납니다. 둘 사이에 있던 마찰이 용해돼 버렸거나 해소돼 있습니다. 적어도 그 방향으로 향해 있을 겁니다.

'내 마음에 들도록 당신은 변해야 해.'라고 생각해 온 밑바닥의 감정들이 사라지고, 순수한 시선으로 상대를 있는 그대로 사랑하기 더 쉬워집니다. 짜증도, 사소한 것에 신경 쓰고 있던 예민함도 누그러져 있는 걸 발견하게 됩니다. 머리는 맑아지고 자비로운 미소가 흘러나오는 걸 깨닫게 될 것입니다.

조용히 함께 앉아 있는 일은 저희 부부 관계의 초석 중 하나가 되었습니다. 매일 하는 것도 아니고, 큰 의미를 부여하거나 많은 이야기를 나누지도 않습니다. 이 일은 저희를 기분 좋게 하고 마음으로 서로를 연결해 주기 때문에, 생각날 때마다 그냥 그렇게 합니다. 저희는 보통 아침 일찍 커피를 마시면서 처음에 함께 앉아 있습니다.

많은 사람이 좋은 관계를 유지하기 위해서는 소통이 중요하다고 배웠습니다. 사실일지도 모릅니다. 하지만 아이러니하게도 가장 훌륭하고 사랑스러운 소통 방법 중 하나는 아무 말도 하지 않은 채로 '함께' 있는 것입니다.

　말 없는 대화로 침묵을 즐기고 평화롭고 따뜻한 감정을 느껴 보세요.

17장

삶을 꽉 채워주는
'고마워요', '고맙습니다'

진심으로 감사해하는 걸 서로 아는 건 값진 마음이죠. 마음을 나누지 못한 관계는 모든 면에서 이어 나가기 힘들잖아요. 실제로 사람이 사는 데 참 중요한 요소가 감사하는 마음인 것 같습니다.

감사는 삶을 지탱하게 해 주고 나와 파트너와의 관계를 유연하게 만들어 주죠. 살아있다는 게 얼마나 큰 행운인지를 끝없이 상기시켜 주기도 합니다. 옆에 있는 사람을 당연하게 여기는 마음도 옅어지거나 사라지죠. 작은 일도 놓치지 않고 만족감을 느끼고 현재 가진 것에도 만족하며 더 나은 미래를 준비해 나갈 여유를 갖게 해 줍니다. 감사하는 마음에 집중하면 작은 문제들뿐만 아니라 여러 가지 문제를 멀리 놓고 바라볼 수 있게 됩니다.

파트너의 사소한 단점과 관계의 불완전한 것들에 신경 쓰지 않도록 해주고 사소한 것들 이면의 더 깊은 의미를 볼 수 있게 해줍니다. 또한 문제에 과잉반응하지 않도록 해주죠. 만족해야만 감사하는 건 아닙니다. 예민한 만족감의 잣대와 상관없이 감사를 표현하는 것은 누구와도 유대감을 돈독하게 이어줍니다.

누구나 인정받고 소중하다는 걸 알거나 듣고 싶어 하죠. 누군가가 나를 당연시하거나 과소평가한다고 느껴지면 화가 나고 가까이하고 싶지 않잖아요. 감사하는 마음을 느끼고 그것을 표현하는 데 인색하지 않아야겠습니다. 표현 부족은 관계가 정체되고 지루한 사이가 되는 주요인이죠. 커플들은 서로 인정받고 감사함을 받지 못한다고 느끼면 서로를 배려하지 않습니다.

속으로 하는 감사는 지극히 개인적입니다. 그러나 감사의 표현은 누구에게라도 자주 표현할수록 강력한 평화와 이로움을 전파하는 힘이 있어요. 당신과 나의 인연이 선물 같다는 암묵적인 사실을 강조하게 되니까요. 실제로 감사는 관계에서 생기는 이런저런 문제 대부분을 제거하고 극복하게 하는 힘이 있어요. 다시 말해 감사해야 한다는 것을 기억하는 한, 잘못하고 실수하는 매우 인간적인 사람이란 걸 인정하는 게 됩니다.

우리는 서로를 당연하게 여기는 습관이 많아요. 많은 시간이 흐르고 서로 친숙해지고 바쁜 일상에 눌려 있어서 그런 것 같습니다. 그러다 어느 순간, 내가 사랑하는 사람이 얼마나 특별하고 소중한 존재인지 그가 내 삶에 얼마나 큰 도움을 주는지 잊어버리곤 해요.

잘못된 일에 집중하지 말고 모든 일이 잘 되고 있다고 초점을 바꾸기 시작하면 감사할 일이 수없이 많다는 것을 알게 됩니다. 이게 다예요! 나머지는 저절로 해결될 것입니다.

무엇이 옳은지 생각하다 보면 파트너가 내 삶에 가져다주는 기여와 사랑을 알아차리고 감사하게 됩니다. 그런 다음 알아차린 것에 대해 감사를 표현하기 시작하면 돼요. 이 충만한 마음으로부터 관계는 깊어지고 풍성해지며 필요한 자양분을 공급받게 될 것입니다. 한 독자로부터 받은 아름다운 편지가 감사의 힘을 요약해 줍니다.

"예전에는 그렇게 생각했는데…… 이제는 깨달았어요."

모든 것은 내가 그것을 어떻게 보는지에 따라 달라집니다. 결국 나는 내가 원하는 것을 보게 됩니다. 관계에서 아름다운 것을 찾으려는 마음이 있다면 보게 될 것입니다. 그것들은 이내 관계의 본질이 될 것입니다.

18장

우리는 모두 너무 바쁘니까요

많은 커플이 지금 다루려는 이 문제로 상처받는다는 걸 알아서 이 글을 쓰면서 마음이 아플 정도예요.

우리는 살면서 삶의 무게에 압도당해 자신을 돌볼 시간조차 부족해서 절박해진 나를 발견하곤 합니다. 상처 주려는 의도는 전혀 없지만 나도 모르게 사랑하는 사람은 뒷전으로 밀려나는 경우도 많죠. 모든 일을 잘 해내려고 노력한 건데 세상에서 가장 사랑하는 사람, 내 가족들, 연인, 배우자를 소홀히 하게 됩니다. '두 마리 토끼는 잡을 수 없다.'라는 속담처럼 말이죠. 안타깝지만 사랑하는 사람에게 상처를 주고 벽이 생기기도 합니다.

우선순위에서 밀리는 걸 좋아할 사람은 없습니다. 다른 모든 일과 다른 사람을 위한 시간은 있으면서 유독 나와 가족을 위해 시간을 내는 데 인색하다고 느끼면 누구나 상처받기 마련입니다.

현대인은 누구나 많은 시간을 일에 할애해요. 계속되는 집안일은 언급하기에도 너무 많죠. 언젠가는 반드시 끝내야 하는 집안의 목표도 있을 테고, 꼭 참석해야 할 모임이나 종교 활동도 있을 겁니다.

맞아요. 시간을 만들고 할 일을 줄이는 게 그리 쉽지 않아요. 누구라도 바쁘게 살고 싶지 않습니다. 성인이라면 누구에게나 연이어 생기는 의무들이 있는걸요. 좋은 친구, 좋은 이웃, 좋은 연인, 좋은 배우자가 되고 싶은 마음이야 당연하지만 할 일이 있으니까요. 시간이 조금이라도 나면 취미 활동도 하고 싶고 운동을 해야할 수도 있죠. 대기 목록은 쭉 늘어져 있습니다.

하지만 정신을 차리지 않으면 이 모든 것에 압도 당해 버릴 거예요. 그리고 소중한 사람에게 시간을 덜 쓰게 될 거예요. 함께하는 시간이 줄어들고 산만한 사람이 될지도 몰라요. 이건 의도한 일이 아니에요. 그저 일어나는 일일 뿐입니다.

집에 늦게 들어오는 일이 많아지고 출장이 잦아질 수 있어요. 모처럼의 데이트나 가족 식사가 취소되고 짧아지기 시작할 수 있어요. 집안을 정리하고 꾸미며, 청소하는 일에 모처럼의 시간을 쓸 수도 있어요. 아니라면 아이 학교 일에 참석하거나 세금을 정리하는 일이 있을 수도 있겠죠.

네, 맞습니다. 우리에게는 엄청나게 바쁜 일상이 있어요. 많은 시간이 필요한 중요한 일도 있고 해야 할 책임도 있습니다. 시간은 한정돼 있고 누구도 그 시간 안에 모든 걸 다 할 수는 없어요. 분명히 조절이 필요합니다. 시간을 쓰는 방식을 바꾸거나 우선순위를 재조정해서 많은 시간을 함께 보내는 데 쓰자고 제안하는 게 아닙니다. 그저 이런 상황을 인식하자는 거예요. 이런 삶이 관계에 얼마나 쉽게 스며들 수 있는지 알아차리는 게 중요하다는 거죠.

연인에게 내가 어떤 메시지를 보내고 있는지 생각해 보세요. 세상 누구보다 배우자나 연인을 사랑하지만, 자신이 보내는 메시지는 그 사랑과 모순될 수도 있습니다. 파트너도 정말 그렇게 생각할까요? '말보다 행동이 더 많은 말을 한다.'는 오래된 격언은 사실입니다.

상황을 완전히 극복할 방법은 없을지 몰라요. 저희 부부도 아직 찾지 못했어요. 하지만 정기적으로 관계를 솔직하게 돌아보고 점검해보는 건 큰 도움이 됩니다. 이로써 뻔한 계획을 추가하지 않거나 누군가의 어떤 제안에 '아니'라고 말할 수 있게 되니까요. 경계와 한계를 설정하고 관계를 방해하는 추가적인 목표와 일정을 없애는 데 도움이 될 수도 있습니다. 여러분에게 이 정보가 도움이 되기를 깊이 바라봅니다.

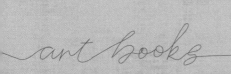

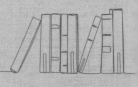

- 19장 -

큰 틀에서 보면

우리는 크든 작든 문제가 생기면 실제 크기보다 부풀려서 보는 경향이 있죠. 분석하고 혹시나 있을 수 있는 최악의 상황을 예상하면서 긴장감을 만들어요. 마음으로 불행을 연습하는 인간의 딜레마이기도 합니다. 작은 문제도 산처럼 키우곤 하니까요. 정도의 차이가 있겠지만 대다수가 대동소이한 패턴을 보인다는 걸 알면, 아는 순간 관점이 바로 서면서 문제를 있는 그대로 볼 수 있는 평화로운 시각이 생깁니다.

매우 간단해요. 불안한 기분이 들 때 '큰 틀에서 이게 정말 큰 문제일까?'라고 질문하는 습관이 큰 도움이 됩니다. 대부분은 질문을 던지는 간단한 생각만으로도 충분한 경우가 많아요. 이 질문은 간단하지만 냉철하게 현실을 직시하게 해 주고, 더 많은 통찰을 하게 되기 때문에 판단 수준을 높여 줍니다. '아, 그렇구나. 뭐, 이 정도면 어때.' 같은 혼잣말을 하는 자신을 발견할 때도 많아질 거예요.

크리스와 저는 이 방법을 배워 꽤 효과적이었습니다. 이 방법을 계속 사용해서 잡다한 일들을 잊어버리고 하루를 보내는 데 도움이 되었습니다. 어떤 일이든 보통은 대수롭지 않은 일이란 걸 나에게 상기시키고 그냥 넘어갈 수 있었죠.

어느 날 크리스가 몇 가지 물건을 사러 마트에 나갈 일이 생겼어요. 꼭 보고 싶은 기사가 있어 신문을 사다 달라고 세 번이나 당부했죠. 그런데 아내는 신문을 사 오지 않았어요. 10년 전의 저라면 크리스에게 싫은 소리를 했을 거예요. 하지만 대수롭지 않은 듯 웃어넘기는 법을 배웠기 때문에 이런 일들을 사소한 일로 치부하게 됐어요. 완벽함을 덜 요구하고 별것 아닌 걸 알고 인내심을 키우자, 그녀는 오히려 제 부탁을 잊어버리는 일이 줄었죠. 그녀가 다시 같은 실수를 해도 저는 괜찮습니다.

크리스도 저와 같은 여유를 보여줍니다. 제가 지나치게 많은 약속을 해 놓고 지키지 못하거나 못나게 굴 때, 그녀는 화를 내거나 짜증스러운 마음을 내지 않습니다. 스스로 그렇게 큰 문제가 아니라고 상기시키는 것 같아요. 어느 때는 정말 너무 속상해서 이렇게 행동하지 못할 때도 있어요. 하지만 그 또한 큰일이 아니라는 걸 알고 있습니다.

한 친구가 "누군가가 죽어가고 있거나, 크게 다치거나, 심각한 위험에 처해있다면 정말 큰 문제라고 생각해. 그런 게 아니라면 별것 아니지."라고 말한 적이 있습니다. 이 말에 완전히 공감합니다.

크리스나 제가 아직 이런 생각을 완벽하게 익혔다고 생각하지는 않지만, 올바른 방향으로 계속 발전하고 있다고 생각해요. 누구라도 그렇게 할 수 있습니다.

20장

당신의 연인은 인간입니까?

　우정과 연애, 결혼의 핵심은 두 사람이 완벽하지 않다는 사실을 알고 노력하는 사람이란 걸 인정하고 받아들이는 것에 있습니다. 서로를 매우 사랑하고 존중하고 함께 이 삶을 함께하기로 약속했다면 아마도 최선을 다해 나갈 테죠. 무엇보다 중요한 건 '두 사람 모두 그저 평범한 사람일 뿐이라는 사실을 정말 잘 알고 있는가?' 하는 것입니다.

　서로의 부족한 인간성을 인정하는 건 관계를 풍요롭게 해주고 건강하게 하며 즐겁게 살 수 있는 근간이 돼 줍니다. 너무 당연한 말처럼 들리나요? 맞아요. 정말 당연한 말입니다. 하지만 얼마나 많은 커플이 이 중요한 사실을 마음에 품고 지낼까요? 상대가 나와 똑같이 부족한 인간이란 걸 인정하기 어려워하는 관계가 얼마나 많은가요? 우리 중 얼마나 많은 사람이 내 연인, 내 배우자보다 낯선 사람에게 더 관대하며 큰 인내심을 보이나요?

얼마나 많은 배우자가 파트너에게 요구하는 조건들이, 평범한 사람이 하기 힘든 것이란 걸 이해할까요? 우리는 얼마나 자주 파트너가 그저 인간적인, 아주 평범한 사람이란 걸 잊어버리고 삽니까?

인간은 매우 복잡해요. 그리스인 조르바가 말했듯 사람은 '재앙 그 자체'입니다. 사람은 실수합니다. 또 언제나 변합니다. 때로는 상처 주는 말로 사랑하는 사람이나 다른 사람을 실망시킵니다. 종종 현명한 판단을 내리지만 때로는 엉망진창인 결정을 하기도 합니다. 기분 나쁜 날도 있고 우울한 날도 있고 불안한 날도 있고 길을 잃고 헤매는 때도 있죠. 남의 말을 잘 듣지 않고 불필요한 곳에 에너지를 몽땅 쓰기도 합니다.

의심하고 두려워하고 속으로 하지 말아야 할 상상을 하거나 이기심을 품고 두려워하고 탐욕적인 생각과 무엇에든 지나친 욕망을 갖기도 합니다. 나라는 똑같은 인간이 가진 이런 부면에 모르쇠로 일관할 수도 있고 부정할 수도 있고 숨기거나 심지어 극복할 수도 있겠지만 그렇든 저렇든 우리는 모두 부족한 인간입니다.

때로는 우울해지기도 합니다. 불안해하고 길을 잃기도 합니다. 우리는 항상 남의 말을 잘 듣지 않습니다. 우리 대부분은 의심과 두려움이 있고 상상 속에서는 이기심과 두려움, 탐욕과 욕망이 있습니다. 모른 척할 수도 있고 부정할 수도 있고 숨길 수도 있고 심지어 극복할 수도 있지만, 사실 우리는 모두 그런 인간입니다.

연인이나 배우자에게 전적으로 헌신하는 것처럼 보일 때조차 마음과 생각으로는 다른 계획이나 걱정을 하고 있기도 하죠. 함께 살다 보면 상대에게 낯선 면을 보기도 하고 내가 사랑해도 되는 사람인가, 내가 사랑하는 사람이 저 사람이 맞나, 하는 일이 생기기도 합니다.

그러나 당신은 완벽한 사람, 실망을 주지 않는 사람, 어떤 어려움도 모두 극복해 낼 사람, 모든 문제를 일시에 해결하는, 그런 비인간적인 사람과 결혼한 게 아닙니다.

제가 내린 결정에 반문하거나 의문스러워하거나, 친구에게 나에 대해 이야기하거나 가정생활 이외에 취미든 자기계발이든 또 다른 열정을 가졌다거나 혼자 여행하고 싶어 하는 등의 이유로 상대를 미워하기 시작하고 멀어지다 이혼까지 하는 사례를 많이 봤습니다. 이게 왜 잘못일까요?

남자 친구나 남편이 야동을 보려고 하거나 길거리를 지나가는 매력적인 여성에게 시선을 뺏기면 미친 듯이 화를 내는 여자들도 많습니다. 하지만 이런 행동 역시 대다수의 남자가 하는 행동 중 일부일 뿐이며 내 파트너도 그 일부에 포함된 인간일 뿐입니다.

많은 사람이 결혼하고 나면 자기 배우자를 무시하는 경우가 많은 것 같습니다. 새로운 규칙을 정하고, 어기거나 부족하면 화를 내고 싸움을 걸고 잘못된 행동을 했다며 다그치기 일쑤입니다. 단순히 상대가 '인간적'이기 때문에 상처 주고 상처받고 질투하고 화를 내는 거죠. 상대를 더 이상 인간이 아닌 것처럼 생각합니다. 단순히 파트너가 인간적이라는 이유로 관계를 망칩니다.

누가 자신을 평범한 인간으로 허용하지 않는 사람과 솔직하게 이야기하고 공유하려고 할까요?

파트너의 인간적인 모습을 허용하지 않으면 많은 문제가 생깁니다. 이건 당연한 진실입니다. 그 당연한 진실을 받아들이지 않을 때 서로에게 벽이 생깁니다. 파트너에게 내 비전을 말할 때마다 비난받게 되면 더 이상 말하지 않게 될 게 뻔합니다. 걱정거리를 털어놓을 때마다 가르치고 잔소리를 듣게 된다면 앞으로는 다른 사람에게 털어놓게 되겠죠.

실제로 커플 대부분이 친밀감과 우정을 잃는 이유는 서로의 인간적인 모습을 허용하지 않기 때문입니다. 기회가 있어도, 그들은 파트너를 밀어낼 가능성이 높습니다.

서로에게 비현실적이고 바람직하지 않은 것을 요구하는 대신 서로를 인간으로 바라보면, 훨씬 자유롭게 되는 마법 같은 무언가가 생겨납니다. 동질감과 서로를 향한 관심을 되찾을 수 있습니다. 유대감도 깊어지고 사소한 일에 화도 잘 나지 않게 됩니다. 유머 있는 사람이 되고 관점도 유연해지고요.

저희 부부가 자주 하는 질문이 있습니다. '인간적이라는 게 무슨 문제가 될까요?'입니다. 인간적으로, 부족한 인간으로 사는 것을 경험하고 더 성장하며 잘 살고 사랑하고 배우는 것. 이게 우리가 이곳에 있는 이유 아닐까요?

3부

함께 있어도 외로운 '함께'가 되지 않도록

21장

미래의 어느 날, 어떤 걸 기억할까요?

"언젠가 우리가 함께한 삶을 되돌아봤을 때 가장 기억에 남는 건 뭘까? 그리고 가장 중요했던 건 뭐라고 할까?"

언젠가 크리스가 점심을 먹던 중에 제게 던진 질문입니다. 저는 그때 그 질문 자체가 참 중요하게 느껴졌어요. 모든 건 멀리서 바라볼 때 더 명확하고 훨씬 덜 시급해 보이죠. 충분한 시간이 주어지면 사람들은 많은 걸 객관적으로 바라볼 수 있고 진짜 중요한 것과 지금 당장 중요해 보이는 것을 구분할 수 있습니다. 삶을 되돌아보는 상상을 해보면 자기 경험을 객관화해서 바라보는 효과가 있는 것 같아요.

저는 그때 크리스에게 나쁜 일보다는 좋은 일을, 부정적인 것보다는 긍정적인 경험을 기억할 거라고 말했습니다. 그런데 크리스는 힘들고 고통스러웠던 경험들이 개인과 관계의 성장에서 진정으로 중요한 경험인 것 같다는 예리한 답을 내놓았죠.

예를 들어 우리가 교통사고로 목숨을 잃을 뻔한 경험이 없었다면, 우리는 생명의 선물을 지금만큼 감사하게 느끼지 못했겠죠. 젊었을 때 경제적으로 힘들었고 어리석은 투자를 했던 경험이 없었다면, 풍요로움이나 사치보다 불우한 사람들에게 베푸는 일의 중요성을 알지 못했을 거예요.

육체적인 고통을 경험하지 못했다면 자신을 돌보는 일의 중요성을 깨닫지 못했을 것이고, 불편함 없는 몸을 갖고 생활하는 일이 선물 같은 감사한 일이란 것도 몰랐을 겁니다. 우리가 좋은 친구를 영영 잃지 않았다면 소중한 하루하루를 천천히 즐기지 못했을 거예요. 선한 사람에게도 나쁜 일이 일어날 수 있다는 걸 인식하지도 못했을 겁니다.

크리스는 시간이 더 지나 뒤돌아봤을 때, 또 어떤 고통의 탈을 쓴 선물들을 받았을지 궁금하다고 했습니다. 아내는 웃으며 "분명한 건 우리가 훗날 되돌아보면서 '그 문제들만 없었어도 훨씬 더 행복했을 텐데'라고 말하지는 않을 거야."라고 말했습니다.

저희는 과거를 돌아보면 무엇이 남아 있을까? 라는 사소한 질문 덕분에 살면서 우리를 괴롭히는 일들 대부분이 아예 기억나지 않거나 기억나더라도 인생에서 그리 중요한 일이 아니라는 걸 깨달았습니다. 말다툼이나 논쟁, 자신을 내세우는 것 같은 일에 쓰는 시간과 에너지는 기억나지 않을 슬픈 낭비일 뿐이란 걸 깨닫게 된 것입니다. 가장 의미 있는 것은 서로, 또는 다른 사람들과 공유했던 사랑, 놀라운 선물 같은 두 자녀와 그들이 우리 삶에 가져다준 기쁨, 그리고 이 땅에서의 짧은 여정에서 경험할 수 있었던 영적 성장과 통찰들입니다.

저희는 서로에 대한 사소한 불만, 성취에 대한 집착, 체중, 외모, 살고 있는 집과 집의 청결, 물질적 소유, 은행 계좌의 크기 같은 문제가 가장 중요한 게 아니라는 데 동의했습니다. 이와 유사한 많은 것들이 행복한 삶에 중요하지 않다는 게 아니라 소중한 것들에 비해 덜 중요하다는 것입니다.

다른 커플들도 먼 미래로 가서 과거를 되돌아볼 때 '우리가 기억하고 가장 소중하게 생각되는 건 뭘까?'란 질문으로 비슷한 통찰을 얻었다고 합니다. 몇몇 친구들은 힘든 시기에 대해서 "지금 당장은 고통스러워 보이지만 돌이켜보면 별것 아닌 일이 될 거야. 그러니 좌절감을 내려놓는 것이 좋지!"라고 말했죠. 이렇게 시야를 넓히면 부부는 사소한 일에 매달리지 않고 더 중요한 일에 집중할 수 있게 되는 것 같습니다.

이 질문은 마음속으로 신경 쓸 가치가 없다고 생각하는 것들을 버리는 법을 배우게 해줍니다. 나중에 의미가 없을 걸 알고 있다면 굳이 신경 쓸 필요가 없죠. 이 질문에 대해 여러분도 생각해 보기 바랍니다.

마음속으로 인생의 마지막 순간을 상상해 보세요. 과거를 되돌아보고 보이는 것을 관찰하세요. 운이 좋다면 우선순위, 습관, 쓸데없는 신념, 삶에 대한 태도 등 바꿔야 할 한두 가지를 발견할 수 있을 것입니다. 그게 아니라도 재미있는 연습이 될 수도 있죠. 이것은 당신이 사물을 바라보는 방식을 바꿀 것입니다.

22장

반응에 반응하지 않기

말실수를 전혀 하지 않는 사람은 없는 것 같아요. 특별한 사람이 아니라면 피곤할 때, 불안할 때, 기분이 좋지 않을 때, 그냥 짜증날 때, 배고플 때조차 말실수할 수 있죠. 좋은 사람이고 나쁜 의도가 없더라도 무신경하거나 무시하는 말, 거만하거나 옹졸하고 심술궂고 무례한 말을 할 가능성은 있습니다.

잘 알지도 못하면서 잘 아는 것처럼 말할 수도 있고 누군가의 외모나 인격에 비난의 말을 할 수도 있죠. 또는 누군가를 부적절하게 훈계할 수도 있습니다. 어쩌면 모든 상황에 해당하는 말실수를 할 수도 있죠. 우린 부족한 '사람'들이니까요.

연인과 배우자도 그렇습니다. 그들도 인간이고 인간은 실수를 잘하니까요. 파트너가 실수할 수 있다는 걸 인정하고 그렇게 행동하면 이점이 많아요. 파트너가 완벽해야 한다는 강박관념을 버리면 상대의 장점을 최대한 끌어낼 수 있는 정서적 환경이 만들어집니다. 파트너는 당신이 자기 행동에 점수를 매기고 있지 않다고 느낄 겁니다. 잘 해야 한다는 압박감을 느끼지 않으니까 편안해할 테고 마음을 열고 더 사랑스럽게 행동할 수 있게 되죠.

파트너가 말실수하면 순간적으로 기분이 언짢아지는 건 당연해요. 그럴 때마다 선택의 갈림길에 서게 됩니다. 반박할 수도 있고 말의 진의를 따지고 들 수도 있겠죠. 일순간 화가 터져 나오거나 어처구니없고 억울한 느낌이 들 수 있습니다.

문을 쾅 닫고 들어가 즉시 친구에게 메시지를 보내거나 전화를 해서 파트너가 지금 어떤 행동을 저질렀는지 말할 수도 있겠죠. 그러나 다른 방법도 있어요. 누구라도 가끔은 하지 말아야 할 행동과 말을 한다는 걸 받아들이는 겁니다. 그러면 그 즉시 마침표를 찍을 수 있어요. 그냥 넘기고 잠시 소강상태가 되도록 하는 거죠.

말은 이미 뱉어졌어요. 주워 담을 수 없는 일이 돼버렸습니다. 그러나 지금 순간은 또 새로운 순간이에요. 조금 전은, 짧아도 과거입니다. 지나간 거예요. 지금은 또 이 순간에서 사랑하는 마음을 유지할 새로운 기회일 뿐입니다.

상대가 이 두 가지 상황에서 각각 어떻게 받아들일지 생각해 보세요. 그는 이미 무신경하고 불쾌한 말을 했습니다. 이제 내 차례예요. 똑같이 대응하고 행동하면서 사랑할 수 없다는 걸 증명하고 싶나요? 문제를 더 악화시키고 싶으세요? 아니면 더 나은 모범을 보이고 싶나요? 복수하고 추궁하는 게 아닌 너그럽고 따스한, 두 사람 사이에 있는 그 사랑을 해결책으로 사용할 수 있지 않을까요?

사랑은 이 문제뿐만 아니라 거의 모든 사소한 일상의 문제에서 가장 강력한 해결책이라고 우리는 강조해 왔습니다. 만약 당신이 상대의 나쁜 말에 반응하지 않고 일관성 있게 사랑이 담긴 태도를 보인다면 상대가 즉시 사과하지는 않아도 스스로 반성하고 실수를 줄여야겠다는 생각을 분명히 할 거예요.

여기서 말하는 관계는 정상적이고 건강한 사랑의 관계에서 가끔 혀를 내두르거나 의도하지 않은 말에 대응하는 방식을 말하는 거예요. 가학적인 행동이나 부정적인 행동 패턴에 대한 말이 아닙니다. 그것은 완전히 다른 얘기니까요.

앞으로 상대가 또 말실수하면 새로운 대응 방법을 시도해 보거나 때에 따라서는 대응하지 않는 것도 좋은 방법이에요. 그러면 말실수를 크게 잘못한 어떤 일이라고 부풀려 생각하기보다 사소한 일로 치부해 버리는 게 생각보다 쉽다는 걸 알게 될지도 몰라요.

23장

나와 지내면서 뭐가 가장 힘들어요?

사랑하는 사람의 솔직한 마음을 듣는 일은 참 어렵습니다. 속마음을 터놓고 이야기하는 일은 가까울수록 특히 더 어렵습니다. 가까울수록 속에 있는 생각이나 방향이 나와 똑같아야 한다고 생각하기 때문입니다. 예상 밖의 생각과 내용을 말하면 분개하고 화를 내고 따질 게 분명하기 때문에 점점 진짜 속마음을 말할 수 없는 상태가 돼 가기 쉽거든요.

당연한 말이지만 상대의 솔직한 답변을 듣기 원한다면 어느 정도의 용기, 겸손함, 받아들이고 내려놓을 줄 아는 성품이 필요합니다.

처음에는 어려워요. 지금껏 덮어 놓고 암묵적으로 예상하거나 크게 들어야 할 이유도 없던 진짜 속마음을 굳이 들어야 하나 싶기도 해요. 불편하니까요. 하지만 그 불편함에도 불구하고 노력할 가치가 충분한 일입니다. 생각만큼 그렇게 어렵지 않을 거예요. 오히려 '진짜 당신 마음을 알고 싶어요.'라는 마음이 내재된 부드럽고 진지한 질문은 상대를 감동시키고 감사하는 마음마저 만들어 내곤 합니다. 거의 모든 사람이 관계를 개선하기 위해 적극적으로 노력하는 파트너에게 고마움을 느껴요.

바로 여기서부터가 느슨해진 사랑의 관계를 더 깊이있게 만드는 지름길이에요. "나와 함께 지내면서 가장 힘든 게 뭐야?"라고 질문을 하든 하지 않든 분명히 나라는 존재는 상대를 어떤 면으로든 괴롭히는 요소가 있어요. 이 사실을 인정하는 게 중요합니다.

문제가 있다는 걸 알면서도 묻지 않고 말하지 않고 있다는 건, 암묵적으로 지금의 방식을 계속 강요하거나 안고 살아야 한다는 거잖아요. 적어도 질문을 하면 상대를 힘들게 하는 게 뭔지 알 수 있고 그것을 바로잡을 기회가 생기게 됩니다. 괴롭히는 것이 무엇인지 알 수 있고 조정할 기회가 생기게 됩니다.

상대의 속마음을 들었다고 당장 내 행동이 바뀌지는 않습니다. 하지만 모르는 척하는 것보다 툭 터놓고 공유하는 건 달라요. 보통은 문제를 덮어 놓을 때 원망하는 마음이 커지니까요. 속에 쌓

아둔 불편한 부분을 속 시원하게 말할 수 있는 것만으로 상대의 불만은 작아져요. 진심으로 마음을 열고 적극적으로 문제를 수용할 태도를 보이면 보통은 날카롭게 서 있던 가시가 빠집니다.

애써 말한 문제를 반박하거나 부정하는 대신 기꺼이 이해해보려고 할 때, 파트너는 당신이 노력하고 있다는 진심을 느껴요. 그 느낌 하나만으로 파트너는 자신을 힘들게 한 어떤 부면에 덜 방어적으로 되고 또 실제 그렇게 행동하게 됩니다. 더불어 점차 분쟁 없이 깊은 유대감으로 그 주제를 논의할 수 있는 상황까지 전개돼요.

당신이 파트너를 괴롭히는 문제를 고치거나 개선하려는 태도만으로 상대는 점점 인내심이 커져서 그 문제로 짜증 내는 게 더 어려워지는 거죠.

몇 년 전, 캘리포니아 북부의 아름다운 해변 마을에서 크리스와 손을 잡고 걷고 있었을 때입니다. 우리 사이의 감정은 사랑스러웠고 저는 안정감을 느꼈습니다. 그때 처음으로 이 질문을 하고 싶다는 생각이 들었어요. 다행히도 크리스는 이 질문 자체를 즐겁게 여겼습니다.

잠시 생각에 잠긴 그녀는 "내가 당신에 대해 가장 신경 쓰이는 건, 세금을 내는 날에는 당신 곁에 있기가 정말 힘들다는 거야."

라고 말했습니다. 그녀는 제가 수표를 쓸 때마다 쉽게 성질을 내고 성미가 급해진다고 말했어요.

사실 생각했던 것보다 사소한 문제여서 내심 안도감이 들었죠. 어쨌든 저는 아내가 힘들어하는 문제를 진심으로 알고 싶었기 때문에 쉽게 받아들일 수 있었어요. 생각해 보니 매번 세금 청구서를 정리할 때마다 제가 예민해졌던 게 사실이었어요. 그래서 앞으로는 더 주의해야겠다고 조용히 다짐했습니다.

비교적 사소한 문제였지만 크리스는 제게 전혀 보이지 않았던 걸 알려준 것이죠. 세금을 낼 때의 제 반응이 나쁜 습관이 되어 주변 사람들에게 악영향을 미치고 있었던 것입니다. 저는 사소한 일에 너무 신경을 쓰고 있었어요. 세금을 내기 전, 내는 동안, 그리고 낸 후에 제 성격과 기분 전체가 바뀔 거라고는 전혀 생각하지 못했지만, 그녀가 절대적으로 맞았습니다. 그 문제가 그녀에게 어떤 영향을 미치는지 알았기 때문에 그 후 몇 달 동안 제 태도를 조정하고 세금을 처리하는 동안 분위기를 조금 더 평화롭게 만드는 것이 비교적 쉬웠습니다.

여러분도 이 질문을 해 보기를 권장합니다. 파트너가 사소한 이야기를 할 수도 있고 좀 더 심각한 얘기를 할 수도 있습니다. 어느 쪽이든 방어적이지 않은 환경에서 편하게 말할 수 있다면 그게 뭐든 더 이상 문제가 되지 않도록 만들 기회가 주어집니다. 파트너에게도 나에게 질문을 해 달라고 요청할 수 있어요. 하지만 꼭 그래야 하는 것도 아닙니다. 무엇이든 보답을 요구하는 건 하수거든요.

24장

드레스룸 불을 그냥 끄고 다닙니다

수년 동안 저희 부부는 정보를 수집할 목적으로 이런 질문을 해 왔습니다. "당신의 파트너에게 가장 거슬리는 것은 무엇인가요?"

세부적인 내용은 사람마다 달랐지만 대개는 거의 작고 사소한 것들이었어요. 평균적으로 세 가지 정도는 갖고 있었죠. 함께 오래 있을수록 파트너에게 이 세 가지만 없으면 관계가 훨씬 좋아질 거 같다는 주장이 많았죠.

저희가 그동안 배운 바로는 이걸 극복할 방법은 두 가지였어요. 한 가지는 환상을 계속 갖는 거예요. 파트너가 언젠가는 분명이 습관 또는 행동을 멈추게 될 거라고 생각하는 거죠. 다른 하나는 포기하는 겁니다. 어려울 거 같나요? 그런데 포기하는 건 생각보다 그렇게 어렵지 않아요. 제가 알려준 두 가지 방법을 저울질해 보면 금세 알게 될 걸요. 현실적으로 어떤 게 더 빠르고 효과적인지요.

골칫거리가 우리를 괴롭히는 이유는 우리가 그것에 관심을 두기 때문입니다. 그것이 언제 사라질지 계속 관찰하고 주시하고 있기 때문이에요. 그 골칫거리들은 나의 적! 그러니 사라져야 할 마땅한 것이라고 에너지를 쏟기 때문입니다. 큰 의미를 부여한 셈이죠.

하지만 그 문제들은 사라지지 않을 거란 사실을 인정해야 합니다. 그것들과 화해하기로 결심하고 그냥 두기로 한다면, 그 행동들 이면에 아무 악의가 없다는 걸 알게 될 거예요. 많은 경우 헛웃음 치는 나를 발견할 수도 있어요.

제 경우는 크리스가 드레스룸 불을 잘 끄지 않고 다니는 게 골칫거리였어요. 지금 생각하면 그게 뭐 그리 큰일이라고 짜증을 냈나 싶지만, 그때는 당연히 그럴 만한 일이라고 생각했어요. 드레스룸 천장이 높아서 전구를 가는 일은 제가 해야 하니까요. 그래서 제 짜증은 매우 타당해 보였습니다.

저는 이유를 설명하며 불평했어요. 한데 모두 헛수고일 뿐이었습니다. 드레스룸 불은 거의 항상 켜져 있었거든요.

그러던 어느 날 문득 깨달았죠. 크리스에 대해 불평할 게 이것밖에 없다면, 나는 정말 운이 좋은 사람이구나! 하고요. 저는 이것보다 훨씬 고약한 버릇이 많은데 이 문제를 잡고 있는 게 가치가 없다는 걸 받아들이기로 했습니다.

전등 스위치는 1초면 끌 수 있고, 하루 종일 수십 개의 스위치를 내리고 올리는데 이게 뭐 그리 대단한 일이라고 스트레스를 받았을까 생각한 거예요. 내가 얼마나 옹졸하면 이런 걸로 스트레스를 받을까. 이런 걸로 스트레스 받는 내가 더 문제구나, 생각한 겁니다.

저는 요즘도 드레스룸 불을 끄고 다녀요. 이제는 웃음이 나요. 어이가 없기도 하고 귀엽기도 합니다. 저렇게 불을 끄기 힘들어하는데 뭐 하러 그렇게 끄라고 했는지 생각하면 그저 웃겨요.

여러분도 파트너가 고쳤으면 하는 행동이 세 가지쯤은 있을 겁니다. 최악의 골칫거리라고 답한 그 문제들을 그냥 그러려니 하세요. 혹시 알아요? 상대는 나한테 짜증 나는 열 가지를 그냥 넘기고 있을는지요.

25장

극단적인 표현으로 말하지 말아요

'항상, 절대로, 매번, 전혀' 같은 단어는 극단적인 표현입니다. "당신은 항상 잘못된 말을 해.", "당신은 항상 너무 늦게 귀가해.", "당신은 아이들과 시간을 전혀 보내지 않아.", "당신은 내 말을 전혀 듣지 않아.", "당신은 전혀 나를 도와주지 않아."라는 식의 표현이죠.

이런 표현은 상대를 코너로 몰겠다는 의사 표현입니다. 극단적으로 정의해서 몰아붙이는 거죠. 거의 모든 사람이 이 말을 듣기 싫어합니다. 이런 말은 불공평한 말이고 비난하고 비판받는 느낌이 단번에 들게 합니다. 실제로 이런 말은 모욕적이라고 생각합니다. 물론 예외도 있어요. 예를 들어 "당신은 언제나 사려 깊어."라고 말하는 건 긍정의 절대적인 표현입니다.

이런 경우를 제외하고 극단적인 표현을 쓰지 않아야 할 두 가지 이유가 있어요.

첫째는 정확하지 않은 극단적 표현이므로 모욕적이고 상처를 주기 때문입니다. 저희 부부는 남편이 자기 말을 '절대' 듣지 않는다고 끊임없이 비난하는 한 여성을 알고 있어요. 물론 그녀의 남편에게 그런 면이 없지 않지만, 그녀의 매몰찬 비난은 지독한 수준이었습니다. 저희도 그녀와 남편이 함께 있는 걸 여러 번 본 적이 있는데 저희가 보기에 남편의 듣기 수준은 평범했어요.

오히려 그가 부인보다 말을 더 잘 듣는 것처럼 보였죠. 그는 아내의 계속된 편잔에도 말을 잘 들으려고 진심으로 노력하는 모습을 보였고 실제로 관련된 강의를 듣기까지 했어요. 제 생각에는 그의 경청 능력보다 그녀의 극단적인 표현이 부부 관계에 훨씬 악영향을 미치고 있는 듯 보였습니다.

만약에 배우자가 "당신은 집안일을 전혀 도와주지 않아."라고 말한다면 기분이 어떨지 생각해 보세요. 정말 게으르고 무책임한 사람이 아니라면 상처받거나 짜증 내거나 반박할 거예요. 아마 당신은 세계 최고로 집안일을 잘하지 않을 겁니다. 배우자가 이 분야에서 더 성실해져야 할 수도 있지만, 조금이라도 노력하고 있다면 당신의 말은 아마도 배신감과 거짓 공격으로 받아들여질 거예요.

극단적인 표현을 쓰지 않는 게 중요한 두 번째 이유는, 내가 원하는 것과 반대로 행동하도록 상대를 자극하기 때문입니다. 또는 아예 하지 않도록 만들기 때문이죠. 부정적인 관점을 파트너에게 드러냈다면 이미 부정적이고 게으른 사람이라는 평판을 심어준 셈이죠. 그렇다면 상대가 왜 협력해야 하나요? 발전할 필요가 뭐가 있을까요? 파트너가 노력해도 어차피 인정하지 않는 걸 잘 아는데요.

극단적인 표현의 나쁜 면을 잘 이해하면 이런 말을 하지 않거나 확실히 줄일 수 있어요. 비난으로는 상대를 좋은 쪽으로 발전시킬 수 없습니다. 불만이 있을 때, 부드럽고 덜 자극적인 접근 방식이 훨씬 더 잘 받아들여져요. 이 방식으로 분명히 더 나은 결과를 얻게 될 거예요. 그러니 가급적 극단적인 표현은 연인이나 배우자와의 관계뿐만 아니라 다른 사람에게도 사용하지 않는 게 좋습니다.

26장

무조건적인 지지를 해 주는 단 한 사람

저희 부부도 아직 부족한 게 많습니다. 다만 관계 초기부터 서로 의욕을 불어 넣는 사람이 돼 주자고 약속한 일이 큰 만족감을 얻게 해 준 것 같아요. 직업적으로든, 개인적으로든 다른 모든 면에서 서로를 지지하고 응원하는 사람이 돼 주자는 약속이었죠.

의욕을 주는 사이란, 응원의 차원을 넘는 역할을 하겠다는 다짐과 같습니다. 내가 원하는 상대의 모습이 아니라 파트너가 원하는 삶과 여정을 해나갈 수 있도록 격려하는 사람이 되는 것이죠. 상황이 좋지 않을 때나 좋을 때나 언제나 믿고 곁을 지키고 함께하면서 그가 자신의 꿈과 욕망을 실현해 나갈 수 있도록 적극적인 역할을 하겠다는 마음입니다. 그의 결정이 완전히 이해되지 않을 때도 가능성을 믿어 주면서 그 결정이 최선이라고 여겨주는 것입니다.

크리스는 그렇게 관계 초기부터 지금까지 언제나 제 의욕을 더 강하게 만들어 주는 사람입니다. 그녀는 저조차 저를 믿지 못했을 때 저를 믿어줬습니다.

대학에 다닐 때 저는 최고 수준의 테니스 선수였습니다. 하지만 테니스를 그만두고 어려운 사람들을 돕고 싶었어요. 저는 그런 분야에서 일하고 싶어서 빅 브라더스 오브 아메리카 프로그램(여러 나라에서 제작된 리얼리티 TV 프로그램으로 참여자들을 통해 인간의 본성을 깊게 들여다볼 수 있도록 구성함)에 합류해 진로를 그쪽 분야로 바꾸려고 했어요. 심리학과 행복에 대해 더 깊이 공부하려는 목표도 갖고 있었습니다.

테니스를 그만두려고 할 때 친구들과 팀 동료, 코치 등 거의 모든 사람이 저를 말리거나 비웃으며 힘들게 했지만, 크리스와 가족은 제외였습니다(이때까지 크리스는 친구였습니다). 사람들은 제가 프로 선수가 될 것으로 생각했고 그동안 열심히 해 온 좋은 선수가 돈과 명성을 충분히 얻을 수 있는 스포츠를 왜 포기하는지 이해하지 못했습니다.

하지만 크리스는 제 결정을 온전히 믿어줬습니다. 우리는 서로를 지지하고 응원하는 존재가 돼 주기로 약속했습니다. 크리스는 제 마음이 더 이상 테니스가 아닌 다른 곳에 있다는 걸 알았습니다. 그녀는 제 본능을 믿고 제가 원하는 행복을 추구하며 멋지게 해 보라고, 자신이 할 수 있는 모든 방법으로 저를 격려했습니다.

학교의 많은 여학생들은 제가 테니스를 그만두고 더 이상 잘나가는 운동선수가 아니게 되자 대부분 제 곁을 떠났습니다. 그러자 곧 한 가지 사실이 확실해졌습니다. 크리스만이 저를 있는 그대로 사랑해주는 사람이라는 점이었습니다. 그녀는 자신이 원하는 모습이 아니라 저와 제가 되고 싶어 하는 그 모습을 사랑한다는 걸 바로 알 수 있었습니다.

이 경험을 하고 얼마 지나지 않아 우리는 곧 사랑에 빠졌고 그 사랑이 지금까지 계속되고 있습니다. 제가 사회 초년 생활을 막 시작했을 때도 그녀는 비슷한 모습을 보였습니다. 당시 저는 작은 회사를 운영하고 있었지만 모두 그만두고 전업 작가가 되고 싶었습니다. 그러기 위해서는 경제적인 안정을 포기해야 했음에도 불구하고 크리스는 제게 꿈을 포기하지 말라고 격려할 뿐 아니라 오히려 그 길을 가 보라고 아예 확정 지어 통보하기까지 했습니다.

"당신에게 의욕을 불어 넣는 게 내 임무야. 당신은, 당신이 뭘

하고 싶은지 잘 알잖아. 그러니까 그냥 시작해."

　제가 깨달은 것은 지속적인 사랑과 존중으로 함께 하는 부부는 독특한 그들만의 방식으로 서로에게 영감을 준다는 것입니다. 파트너에 대해 사랑스럽게 말하는 사람들은 종종 "이 사람 덕분에 살아요."라는 말을 합니다.

　뭐든 시작하기에 너무 늦었다는 건 없습니다. 파트너에게 더 큰 힘이 되고 싶다는 결심만 하면 됩니다. 어떻게 해야 할지 잘 모르겠다면 파트너에게 물어보세요! "내가 어떻게 하면 당신에게 더 보탬이 될까?"라고요.

- 27장 -

함께 있기 쉽고 즐거운 사람

누군가 사사건건 이래라저래라 하면서 챙기고 따진다면 어떨까요? 어려도 이런 건 정말 싫을 겁니다. 다만 부모에게 싫다는 표현을 어떻게 하는 건지 몰라서 당하고 있다가 사춘기가 되면 본격적으로 터트리는 법인데, 어른이 된 나한테 이러면 정말 참기 힘들겠죠. 만약 그렇다면 대답은 이거죠. "좀 꺼져 줄래?"

일반적으로 우리는 비합리적으로 간섭하는 사람을 싫어하고 괘씸하기까지 하잖아요. 그런데 이상하게 연인이나 배우자에게는 이런 걸 아무렇지 않게 합니다. 이런 사람한테 느끼는 감정은 대부분 같아요. "아니, 자기가 뭔데 나한테 이렇게 하는 거지? 도대체 무슨 권리로 저러는 거야? 내가 애야 뭐야?" 정말 딱 맞는 생각입니다.

누구나 간섭하고 지시하는 사람에게 불쾌감을 느껴요. 지나치게 남의 행동을 제한하는 사람하고는 결코 가깝게 지낼 수 없죠. 자기만 그렇게 잘났나 싶잖아요. 이기적인 행동이고요. 이런 성격은 남들과 잘 어울려 지내기도 어렵고 사랑도 그리 쉽지 않습니다. 이런 사람은 원하는 걸 해주지 않을 때 사소한 것에도 곧잘 과민하게 반응해요. 함께 있는 사람은 내가 지금 잘하고 있는지 생각하며 긴장하고 무의식으로 압박감을 계속 느낍니다. 살얼음판을 걷는 기분으로 경계 모드를 계속 켜 놓고 지내야 하죠.

제가 아는 여성분은 간섭이 정말 심한 남자와 결혼했습니다. 그는 그녀가 동성 친구들과 어울리는 것까지 간섭하고 제한을 뒀어요. 직장에서 보내는 시간도 정했습니다. 그녀가 지출하는 모든 목록을 체크했고 평소보다 휴대전화 요금이 더 나온 이유까지 말하라고 요구하는 사람이었어요. 하다못해 그녀가 먹는 음식까지 검사하고 특정 책을 정해주며 그걸 읽으라고 하는 사람이었죠. 결국 그녀는 학을 떼고 남자를 떠났습니다.

이 경우는 정말 심한 케이스죠. 대부분 이렇게까지 하는 사람은 거의 없으니까요. 하지만 미묘한 방식으로는 많습니다. 가령 매 시간 어디에 있는지 뭐 하는 중인지 묻고 모두 다 알 수 없으면 삐지거나 화를 내는 것 같은 거예요.

요즘 부쩍 많이 하는 생각이나 어떤 관점에 대한 신념들, 좋아하는 것들을 같이 좋아해 주기를 바라는 것도 대동소이 한 부분이 있고요. 내가 좋아하는 모임에 갔는지, 가지 말라는 모임에는 가지 않았는지 감독하는 사람도 이 경우에 포함됩니다. 그 밖에도 취미, 운동, 각종 사교모임까지 일일이 간섭하고 조율하는 행동도 있습니다.

간섭이 많은 사람이라고 하면 보통 시끄럽고 독선적인 면이 많은 사람을 떠올리지만 조용히 잘 삐지는 사람도 많습니다. 자신이 간섭하는 사람처럼 보이지 않게 포장하고 차분하게 있지만 요구가 충족되도록 미묘한 방식으로 조정하는 사람도 많아요. 그러다 뜻대로 하지 않으면 말하지 않거나 소통을 단절하는 방식으로 벌을 주는 사람도 많고요.

모든 행동을 재단하고 방식을 제시하는 사람과 함께 있는 건 정말 힘들어요. 그런 사람에게 사랑을 느낄 요소는 없는 거 같고요. 그저 서로 스트레스일 뿐입니다. 내가 상대에게 이렇게 하고 있지 않은지 점검해 봐야 할 거 같아요. 어떤 식으로든 내 방식대로 행동할 것을 제시하고 있지 않은지 살펴볼 필요가 있어요. 만약 그런 게 있다면 이제 한발 물러설 때가 된 겁니다. 그래야 더 사랑

할 수 있어요. 스트레스도 훨씬 줄 거예요. 두 사람 모두가요. 함께

있기 쉽고 재미있는 사람이 돼 주세요.

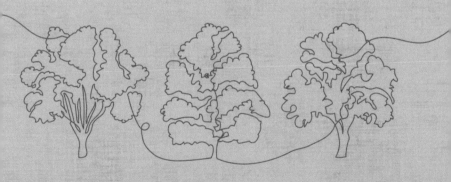

28장

잠, 시, 멈, 춤

작년 오늘, 아니면 지난달 오늘 날짜에 있었던 일 기억나세요? 아마 특별한 일이 아니고서야 기억나지 않을 겁니다. 사람은 어떤 일이 벌어지면 있을 수 있는 여러 가능성을 열어 두고 생각하는 게 일반적이죠. 그때 양쪽의 생각을 주로 하기보다는 중간, 그리고 일 어날 수 있는 나쁜 쪽에 더 치중하는 경향이 있는 거 같아요.

갑자기 화가 나도 좀 지나면 이내 그리 큰 문제가 아니었다는 사실을 깨닫는 경우가 많습니다. 여러 일들이 그토록 급박하게 생 각됐던 건 '멈춤' 없이 처음 맞닥뜨렸을 때, 순간의 충동에 즉각적 으로 반응하기 때문인 경우가 많아요. 마음은 사로잡히면 거기에 매달려 휩쓸려 가는 특성이 있죠.

제가 아는 사람 중에 로버트라는 사람이 좋은 예가 될 거 같습니다. 로버트는 관대하고 사려 깊은 좋은 사람이에요. 하지만 여자친구인 스테파니가 힘들어하는 게 한 가지 있는데 그가 최악의 상황을 상상하고 과민하게 반응하는 일이었습니다. 그는 단 몇 초 만에 문제를 커다랗게 부풀려서 큰일로 만들어 버리길 잘했어요.

한번은 스테파니가 "부모님이 이쪽으로 오신다고 해서 내가 당신이랑 함께 보자고 했어."라고 했더니 순간 사색이 돼서는 근래 자기가 얼마나 바쁜지, 앞으로 몇 주 동안 시간이 없다고 말하지 않았냐며 따지기 시작했습니다. 그는 비상시국이 된 것처럼 사색이 돼서는 왜 자신의 의사를 존중하지 않냐며 화를 냈어요.

그녀의 부모님은 공항을 경유하는 관계로 그들과 가까운 지역에서 단 세 시간 정도 머물 예정이었습니다. 반대편에 살고 계시기 때문에 이때야말로 얼굴을 볼 수 있는 좋은 기회라고 생각했던 거예요. 그게 전부였고 결정은 단순했어요. 그 이상 다른 기대는 전혀 없었어요. 잠시 만나서 가볍게 식사를 하고 나면 부모님도 떠나야 하니까요.

하지만 로버트는 매우 화를 냈고 마치 휴가를 함께 가기로 정해 버린 사람을 대하듯 일을 크게 과장해서 바라봤습니다. 자주 그렇듯 얼마의 시간이 지나서 로버트는 자신의 행동을 사과하는 데

애를 써야 했습니다. 스테파니는 로버트를 무시한 게 아니라 부모님을 잠시 만나게 하고 싶었던 것뿐이었죠. 로버트도 이내 그 사실을 잘 이해했습니다. 하지만 처음에는 펄쩍펄쩍 뛰었고 두 사람은 언성을 높여야 했죠.

이런 반응들과 수천 가지 유사한 반응을 줄일 수 있다면 얼마나 많은 시간과 에너지가 절약될까요. 필요한 건 대부분 '잠시 멈춤' 뿐입니다. 그러면 곧 상황 파악을 잘 해낼 수 있는 마법 같은 생각의 공간이 생겨나요. 그러면 나머지는 저절로 해결됩니다.

잠시 멈추면 상황을 파악하는 데 도움이 됩니다. 중요해 보이는 일도 그렇게 긴급해 보이지 않을 수 있고요. 멈춤 자체에는 평온함을 느끼고 지혜를 주는 무언가가 있습니다. 잠시 멈추면 사소한 문제에 신경 쓰는 걸 피하는 데 도움이 됩니다.

- 29장 -
깜빡은 너도나도 하니까

깜빡 잊는 일 많으시죠? 매일 할 일이 너무 많으니까 잊어버리는 것이 생기게 마련입니다. 세금 내는 걸 잊거나 침대에 빨래를 올려 두고 정리하는 걸 잊거나 빌려주기로 한 약속을 잊는 일은 수도 없어요. 이 당연한 일이 내가 하면 '어쩔 수 없는'이 되면서 파트너가 하면 '또 그랬어? 진짜로?'가 됩니다.

화가 나죠. 하기로 한 걸 잊었다고 생각하니까요. 한데 이런 것도 '나 말고 상대는 완벽하기'를 바라는 억지에서 나온 것입니다. 우리는 자주 "설거지한다면서 또 안 했더라?"라거나 "수건을 화장실이 아닌 엉뚱한 곳에 또 놨던데?"처럼 추궁하면서 실수를 지적합니다. 마치 "머리에 프로그래밍이 왜 안 돼 있는 거야?"라고 따지는 것과 다름없죠. 그러나 로봇이 아니니까 무심코 잊거나 너무 피곤해서, 다른 일에 정신이 팔려서 그 일을 하지 못했을 뿐이거든요. 이게 그렇게 큰일일까요?

일반적으로 파트너의 실수에 마찰을 일으키지 않는 가장 효과적인 방법은 내가 하는 것입니다. 화를 내거나 생색을 내거나 추궁하고 비판하면서 말고! 그저 조용히 내가 하는 방식입니다. 싱크대에 있는 그릇들이 눈에 거슬리면 내가 닦으면 되죠. 납부하기로 한 세금을 잊었다면 내가 납부하면 됩니다.

이런 일들과 이외의 많은 일들은 그저 사소한 일들일 뿐이에요. 거기에 괜한 에너지를 쏟지 말고 더 중요한 것들에 신경 쓰는게 어떨까 합니다. 그렇게 하다 보면 서로 그런 방식의 배려가 자연스러워지고 더 잘 챙기게 되기도 해요. 내가 하지 않으면 파트너가 할 테니 미안하고 고마워서 더 잘 챙기게 되는 선순환 구조가 관계에 들어오게 되거든요.

강연에서 이 이야기를 하면 이렇게 말하는 사람이 있습니다. "그런데 내가 모든 일을 먼저 처리해 버리면 그 사람은 절대로 설거지도 안 하고 공과금도 낼 생각하지 않을걸요. 그러다 보면 내가 다 하게 될 텐데 그건 어떻게 해야 할까요?"

물론 그럴 수 있어요. 하지만 그럴 가능성은 높지 않습니다.

파트너에게 잔소리하고 예민하게 굴고 적대적으로 행동하지 않는다면 분명히 상대는 협조적으로 변합니다. 중요한 건 타이밍이죠. 바닥에 던져 놓은 양말을 보고 화가 치밀 때 애기를 꺼내는 게 아니라, 두 사람 모두 기분 좋을 때 조금 더 신경 쓸 수 있다면 참 고맙겠다, 라고 말하는 거죠.

상대가 놓친 모든 걸 그렇게 해야 한다는 게 아닙니다. 그저 하루가 대다수의 사람에게 버겁고 복잡하다는 걸 인정하자는 거예요. 시간이 충분하다고 생각하는 사람은 거의 없어요. 대부분 할 일이 많고 넘치고 있다고 생각하죠. 그러니 유일하게 마음 놓고 긴장을 풀 공간인 집이나 두 사람이 함께 있는 시간이라도 상대의 실수나 허점에 무뎌지고 덮어주자는 것입니다.

이런 공간도 없으면 사람이 어떻게 삶을 살아 내겠어요. 숨 쉬고, 쉬게 해줄 집과 사람 없어요. 집에서조차 쉬지 못할 때 대부분의 사람은 마음이든 정신이든 몸이든 문제가 생기기 쉽답니다. 지치고 좌절감을 느끼게 되거든요.

이런 환경마저 사라지거나 더 이상 그렇지 않다고 느낄 때, 파트너조차도 우리가 어떻게 지내고 있는지 감시하고 인간이라는 사실을 인정하지 않는다고 느낄 때, 지치고 좌절감을 느끼게 됩니다. 누구라도 주어진 일보다 더 많은 걸 하는 건 싫지만 해야 할 일이라면 내 일이 아니라도 그냥 해버리는 게 가장 좋은 방법인 것 같습니다. 상대가 사랑하는 사람이라면 더더욱이요. 그럴 때 가정은 한층 화목해질 것입니다.

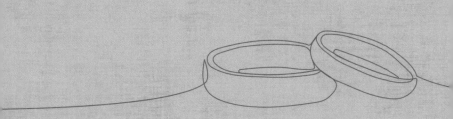

30장

조금은 느긋하게 그렇지만 느슨하지 않은

(크리스)

많은 사람이 너무 바쁘게 삽니다. 바쁘게 살다 보니 균형 잡힌 삶이 어려워요. 늘 바쁘게 움직이고 정신없이 지내는데도 시간은 늘 부족해요. 언제나 서둘러 일을 처리하고 최신 기계들의 도움도 받지만 어쩐지 시간은 좀처럼 여유가 생기지 않습니다.

하지만 이건 내가 선택한 삶의 방식에서 비롯된 일이에요. 앞으로가 중요해요. 앞으로 어떻게 지내고 싶나요? 남은 인생도 쫓기듯 허둥지둥 뛰어다니며 비상사태 상태로 계속 지내고 싶지 않겠지요. 조금 차분해지고 이성적으로 판단하며 여유를 가질 수 있다면 얼마나 좋을까요? 평화와 평정심을 찾는 열쇠는 삶의 균형입니다.

균형이 깨지면 건강이 나빠지고 가정이 어지럽고 인간관계가 혼란에 빠지는 경우로 이어지죠. 매번 서두르고 건망증이 생기고 극도로 좌절감을 느끼거나 이런 감정 전체를 반복적으로 느낍니다. 균형을 잡고 중도의 마음을 키우면 모든 감각이 완화되고 평화를 느끼며 살아 있다는 행복을 느낄 여유를 만날 수 있어요.

인생은 '추'와 같아요. 추의 이상적인 위치는 완벽한 균형이 있는 정중앙입니다. 추가 너무 왼쪽으로 가면 다시 오른쪽으로 이동하려고 하고 반대도 마찬가지입니다. 이처럼 내 상태가 가장 잘 드러나는 지표는 내 기분입니다.

일반적으로 평화롭고 만족스러운 기분이 든다면 비교적 중심을 잘 잡고 올바른 선택을 하는 중이라는 뜻이죠. 반면 어수선하고 압박감이 들면 중심을 잃은 상태니 '조정이 필요하다'는 알람일 가능성이 높습니다.

균형을 잘 맞추려면 상식적인 방식이 가장 좋아요. 하루 18시간씩 일하는 건 과해요. 3시간 수면도 극단적이죠. 매일매일 열심히 운동하지 않지만, 규칙적인 운동이라면 좋아요.

삶의 균형에 대해 생각해 봐야 할 거 같아요. 건강하고 행복한 생활 방식을 지원하고 돕는 결정을 선택하세요. 휴가를 다녀왔다면 밀린 일을 처리하기 위해 더 많이 일해야 합니다. 그러나 무리하지 마세요. 프로젝트가 끝났다면 일을 놓고 가족과 함께 시간을 보내면서 만회하면 좋겠죠. 다만 뭐든 서두르지 마세요. 서두르는 느낌은 나도 불안하게 만들고 함께 있는 사람과 주변 사람들까지 불안하게 만듭니다.

몇 년 전에 저희 부부는 생활이 얼마나 분주해졌는지 깨닫게 됐어요. 매번 시간에 쫓기는 기분이었고 너무 많은 일을 하려고 한다는 걸 알아차렸습니다. 하루에 너무 많은 일을 해결하려고 했죠. 해서 몇 가지를 포기해야 했어요. 그래야 균형을 되찾을 수 있다는 게 보였거든요. 그러자 삶이 다시 관리하에 들어왔어요.

언젠가 리처드와 갔던 레스토랑에서 이제 막 점심을 함께 먹으려고 만난 것 같은 두 사람이 각자 휴대전화로 바쁘게 통화하는 걸 봤습니다. 좀 이상하지 않아요? 바쁜 시간에 점심을 먹으려고 만난 건데 서로 전화하기 바쁜 게요.

혼돈 대신 균형 있는 삶을 선택한다고 모든 게 완벽해지지 않겠지만, 삶의 질이 훨씬 높아지고 평화로워진다는 건 명백한 사실입니다. 두 사람이 더 여유 있게 걸을 수도 있고 대화를 하게 해 주기도 해서 그만큼 좋은 관계를 만들어 준다는 것도요. 따라서 완벽하지 않더라도 너무 바쁘게 삶에 휘둘려 지내고 해야 할 일 리스트에 따라 사는 일은 조금 느슨해지면 좋겠어요.

성실하게 지내면서도 쫓기지 않고 스스로 삶을 지휘하는 것은 참 멋지거든요. 우리가 기울이는 노력은 그만큼 가치 있는 결과를 가져다줄 거예요.

4부

그래서 함께 있는 게
가장 행복한 우리가 될 수 있다면

31장

나를 비웃어 주세요

함께 지낸 시간이 길면 파트너가 '나' 만큼이나 나를 잘 아는 지점에 도달하게 됩니다. 배우자는 나의 별난 부분을 알게 되고 짜증 낼 것들까지 예상하는 준 도사급이 되죠. 내가 어떻게 스스로 무덤을 파는 지도 알게 되고요. 숨기고 싶어도 도저히 숨길 수 없는 대상이 되는 겁니다.

당연히 누구나 단점 투성이고 내 단점을 너무 잘 알고 많이 아는 그 사람 앞에서조차 내 부족한 점들을 가볍게 비웃어 줄 수 없다면 앞으로 험난한 시간을 보내야 합니다. 나를 잘 아는 배우자가 놀려대고 결점을 보고 때때로 그것을 지적할 때 방어적인 태도를 보이거나 각을 세우고 매번 공격적으로 행동하면 어떻게 되겠어요. 이런 태도는 약점을 더 잘 보이게 하고 단점을 더 크게 보이는 꼴이 되고 맙니다. 두 사람 사이에 또 다른 문제를 만들고 처음에는 사소했던 일들이 점점 거대하게 부풀어 큰일로 만들어 버리죠.

행복하고 사랑 넘치는 커플들은 대부분 두 사람 모두 자신을 비웃을 줄 아는 능력이 있어요. 유쾌하고 유머 감각이 넘치죠. 내 부족한 면이 드러나면 스스로 셀프 디스도 잘하고 누가 지적하면 그 지적에 숟가락을 얹는 사람들입니다. 그 자체로 편안하고 즐겁고 유연한 감각 소유자들입니다.

때때로 놀리거나 장난을 쳐도 괜찮고 지적해도 편안한 분위기가 조성되죠. 양쪽 모두 공격받는다고 생각하지 않으니까 더 성장하게 만드는 요소가 됩니다. 감정이 격해질 수 있는 상황에서 누군가가 유머 감각을 유지하면 대부분의 경우 상황은 완화되거나 눈 녹듯 사라집니다.

언젠가 몇몇 부부 커플들과 시간을 보내고 있던 때였어요. 한 아내가 남편에게 "당신은 말이 너무 많아."라고 약간 비꼬듯 말하는 거예요. 그러자 남편이 껄껄 웃으면서 "맞아. 내가 또 혼자 떠드는 재주가 있지."라며 아주 온화하게 웃었어요. 그는 아내의 말에서 상황을 알아채고 겸손하게 자신의 성향을 비웃을 줄 알았습니다. 기분이 상할 수 있는 상황을 유머로 정돈한 거예요.

유머 감각을 잃지 않고 받아들이면 대개 그 말을 한 사람이 좀 미안해해요. 자신이 너무 거칠게 훅! 들어갔나 하는 마음을 알아차리고는 자기 말에 사과하는 경우도 많습니다. 사실 사과하지 않아도 문제 될 건 없죠. 애초에 큰 문제로 받지를 않았으니까요.

수년 동안 저희 부부는 많은 모임에서 비슷한 경우로 서로 얼굴을 붉히는 일을 수백 번 봐왔습니다. 비꼬는 말, 지적하는 말을 들은 쪽에서 그 말을 가볍게 넘기지 못하고 방어적으로 나오고 얼굴을 붉히는 건 그 말을 너무 심각하게 받아들였기 때문이죠. 유머 감각을 발휘하지 못하고 날카롭게 반박하게 되면서 싸움이 벌어진 거예요.

마음에 유연함이 떨어지거나 모든 상황에 너그러운 마음이 적은 사람은 속마음을 잘 숨기는 것 같다가도 결정적인 상황이 되면 여지없이 들키고 맙니다. 그때그때 기분을 이기지 못하고 말투나 목소리 톤, 몸짓이 변하기 때문이죠.

자신이 단점은 적고 장점만 많은 사람이라도 배우자와 많은 시간을 보낸 이상 배우자는 '나'를 잘 알게 돼요. 그러니 무슨 말이든 진실이 녹아 있을 수밖에 없어요.

하지만 사실과 완전히 다른 말도 그냥 웃어넘기는 게 가장 좋은 거 같아요. '나'를 너무 각 잡고 심각하게 생각하기보다 스스로 농담거리로 삼을 줄 알면 여러 사람과 훨씬 잘 지낼 수 있는 사람이 됩니다. 이건 '나'를 깎아내리거나 업신여기는 것과 전혀 달라요. 유연한 사람과 함께 있으면 화낼까 봐 조바심을 내며 신경 쓰고 말하거나, 짜증낼까 봐 살얼음 밟듯 조심스럽게 말하고 행동할 필요가 없게 됩니다.

결국 나 자신을 포함해서 연인이나 배우자에게 더 안전하고 평화로운 분위기를 주기 때문에 두 사람은 더 사랑스럽고 즐거울 것입니다.

32장

그 일은 지금 일어난 일인가요?

어느 날 운전 중에 라디오 방송을 듣게 됐어요. 청취자 참여 방식이었는데 30여 분 사이, 세 명의 남녀가 전화를 걸어서 배우자에 대한 불만을 털어놓기 시작했죠. 하지만 그 불만이란 게 과거형 - 이미 한 일, 상상형 - 했을 수도 있는 일에 대한 것이었어요. 적어도 모두 1년은 지난 일 같았죠. 순간 라디오를 끌까 싶었는데 상담하는 분의 처방이 위험천만한 거 같아서 계속 들어보게 됐습니다.

세 사람의 문제는 각각 달랐어요. 한 여성은 남편이 2년 전에 다른 여성과 '바람을 피웠을지도 모른다'고 했어요. 그녀는 이 생각에 완전히 빠져서 떨쳐 버려지지도 않고 어떻게 해야 할지 고민하고 있었죠.

또 다른 여성은 지난 몇 년 동안 남편이 거리감을 두고 자기 말에 귀를 기울이지 않는다고 했어요. 자신이 뭘 잘못했는지 알고 싶어서 애쓰는 중이지만 '이랬을 수도 있고 저랬을 수도 있다'고 추측하고 있었죠.

마지막으로 전화한 남성은 결혼 첫해에 아내가 카드를 엄청 써서 그 빚을 갚는 동안 무력감을 느꼈었다고 했습니다. 지금은 아내가 버릇을 고친 것 같지만 또다시 과소비 할지 모른다는 생각에 잠도 설치고 집안 재정에 나쁜 영향을 준 아내에게 여전히 화가 난다고 했어요.

라디오를 듣다가 소리를 지를 뻔했답니다. '이제 그만 잊어 버려요!'라고 고함치고 싶을 정도로요. 하지만 라디오 진행자는 오히려 사건과 고민에 더 깊이 파고들고 질문하고 분석하면서 추가적인 걱정을 머릿속에 더 채워 주고 있었어요. "여기에 패턴이 있을지도 모른다는 생각은 해보셨나요?" 또는 "세상에, 이런 걸 전에도 들어본 적이 있어요. 조심하세요."라고 말하면서요.

저는 외도나, 시큰둥한 태도, 과소비를 해도 된다는 게 아니에요. 다만 이런 문제들은 결혼뿐만 아니라 다양한 인간관계에도 일어날 수 있는 문제란 걸 알아차릴 필요가 있다고 생각합니다. 이미 지났거나, 확인되지 않는 것들에 집착하고 계속 꼬리에 꼬리를 무는 상상력을 더해 거기에 감정을 혹사시키는 게 얼마나 사람 사이에 부정적인 영향을 주는지를 생각해 보자는 거예요. 과거는 지나갔어요. 이미 사라져서 이 지구상에 없어요. 그런 과거를 붙잡고 잊지 않는 게 모든 인간관계, 특히 연인과 부부 사이에 얼마나 나쁜 영향을 미치는지 알아야 할 것 같아요.

과거 문제를 붙잡고 놓지 못한 채 사는 사람과 자주 만나는 일, 얼마나 괴로운 시간이에요? 비현실적인 기대나 지나친 기대를 거는 사람을 계속 사랑하는 건 또 얼마나 어렵습니까? 이 세 사람뿐만 아니라 우리 대부분에게도 적용되는 말은 '그만하면 충분하다.' 아닐까요?

과거 문제가 아니어도 인간관계는 힘들어요. 이미 지나간 일에 사로잡혀 있으면 사랑하고 용서하고 성장하는 데 도움이 되지 않습니다. 과거의 이슈와 문제, 걱정거리에 집중하면 두려움과 의심, 좌절감으로 가득 차게 될 뿐이니까요. 그리고 다시 한 번 강조하지만 과거는 이미 지나갔고 그 어떤 영역을 벗어난 힘으로도 되돌릴 수 없어요. 그리고 그럴 필요도 없죠. 이미 이 우주 전체에서 용해된 일, 사라진 게 바로 '과거'니까요.

사랑 외에는 아무것도 하지 마세요. 좌절감은 보통 다른 영역으로 번지게 되고 결국에는 사소한 일에 화를 내게 만듭니다. 머릿속 기억을 버리라는 게 아니에요. 우리는 모두 실수하고 완벽하지 않은 행동을 하고 가끔은 판단 착오를 하지만 용서하고 비판하지 않는 분위기에서는 이상적인 환경을 만들 수 있어요.

사랑하는 사람이 어떤 종류의 실수를 해도 그 문제를 큰 사건으로 키우지 않고 상대를 사랑하고 지지하는 것이 최선입니다. 이렇게 하면 파트너는 나와 그 어떤 문제든 편하게 의논할 수 있게 되고 서로 성장하고 도움을 주고 받는 사이라고 느낄 거예요.

과거 문제를 여전히 붙들고 있다면 이제 놓을 때가 됐어요. 어제도 과거입니다. 부정적인 감정을 품고 꽉 막힌 마음으로 지내는 대신, 용서하고 잊고 앞으로 나아가기로 결심하면 어떨까요. 그러면 더 풍부하고 개방적인 깊은 사랑과 진실한 관계로 서로 보상받게 됩니다.

33장

처음 만났던 그때 그 사람

집이 추우면 크게 두 가지 방법으로 온도를 올릴 수 있어요. 먼저, 균열을 막는 방법이죠. 집 주변을 살펴서 창문이 닫혔는지 확인하고, 문풍지가 잘 붙어 있는지, 다락방의 단열재와 문틈이나 문 가장자리에 균열이 없는지 확인합니다. 직접적인(훨씬 빠른), 또 다른 방법은 난방 온도를 높이는 것이죠. 짧은 시간에 작은 균열이 있든 없든 상관없이 집은 곧 따뜻하고 아늑해집니다.

이 논리를 관계에 대입해 볼 수 있어요. 이론적으로는 모든 문제를 없애버리면 사랑으로 가득 찬 관계를 만들 수 있지만 현실적이지 않죠. 집을 더 직접적이고 효과적인 방식으로 따뜻하게 하듯 관계의 온도를 직접적으로 높이면 효과가 큽니다. 따끈한 온도가 유지되는 관계는 더 친절하고 더 관대하고 더 자주 칭찬하고 비판적인 판단이 줄게 돼요. 짜증 대신 가볍게 넘기고 눈동자도 더 자주 보고, 듣는 것도 쉬워지죠. 따지기보다 덮어두는 쪽을 택하고 내가 하고 싶은 것보다 파트너가 원하는 걸 일상에서 우선시 생각하게 해 줍니다.

간단히 말해서 '처음 만났을 때 하던 말과 행동을 다시 한다.'라고 생각하면 돼요. 이런 식으로 관계의 온도를 높이면 참견이나 노력 없이도 상대의 단점 때문에 생기는 불편한 감정들이 저절로 약해집니다.

생각해 보면 당연한 이 방법은 거의 사용되지 않고 있어요. 대부분 다른 접근 방식을 선택하죠. 단점이나 부족한 면을 고치려고 드는 방식인데요. 흔히 '어떤 조건이 충족될 때까지', '변화가 보이기 시작할 때까지'라고 기준을 딱 정해 놓고 거기에 도달되기 전에는 좋게 대해 줄 수 없다고 말해요. 하지만 관계 문제 대부분은 온도가 충분히 달궈지지 않으면 개선되기 어려워요. 수레를 끌어야 하는 말을 수레 뒤에 묶는 셈입니다.

케이틀린은 남편 프레드가 직장에서 해고된 후 '축 늘어져 있는 그가 안 됐으면서도 꼴 보기 싫다'고 털어놨습니다. "그의 게으름을 보는 데 지쳤어요. 하는 일이라고는 가만히 앉아서 멍하게 있는 것뿐이에요. 이제는 뭐든 노력조차 거의 안 한다니까요. 남편이 정신을 차릴 때까지 잘해줄 생각이 없어요."라고요.

저는 그녀에게 온도를 높이는 개념을 소개했죠. 익숙해지는 데 시간이 좀 걸렸지만 결국 그녀는 원칙적으로 좋은 생각이라는 데 동의했고 미묘한 변화를 만들어 내는데 성공했습니다. 그리고 관계는 더 부드러워졌어요.

그녀 말에 따르면 '바가지 긁기'를 그만뒀다는군요. 남편과 조금 더 가까이 앉아서 텔레비전을 봤고 문제를 심각하게 보던 시선도 버렸습니다. 친구처럼, 배려하는 행동을 하기 시작한 거예요. 그러자 프레드와의 관계에 놀라운 변화가 생겼어요. 프레드가 생기를 되찾기 시작하는가 싶더니 농담도 곧잘 하게 됐다고 합니다. 중요한 건 그가 마음을 열고 그동안 하지 않던 깊은 속내를 말하기 시작했다는 점이었죠. 그녀는 이전에 보지 못한 남편의 세심한 내면을 보게 되었어요. 비교적 짧은 기간 내에 프레드는 다시 일어서게 됐고 둘은 전보다 더 돈독해졌습니다.

어떤 상황에 있든 상관없이 이런 역학 관계는 모든 관계에 적용됩니다. 저는 더 사랑스러워지는 게 쓸모없는 경우를 본 적이 없어요. 둘 사이의 온도를(열정을) 끌어올릴 수 있는 몇 가지 방법을 생각해 보세요. 분명히 만족할 만한 일이 생길 거예요.

34장

남의 떡이 더 커 보일 수 있겠지만

우리는 뭐든 '더, 더, 많이, 많이' 시대에 살고 있습니다. 작은 집을 더 큰 집으로 바꾸고, 오래된 자동차를 새 차로 바꾸거나 더 나은 일자리, 더 많은 수입, 더 나은 은퇴 계획, 더 나은 경험을 원하죠. 더 좋은 몸매를 원하고 최고의 헬스클럽에 다니기를 원합니다.

우리는 더 빠르고 좋은 컴퓨터를 원하지만 일이 년만 지나도 구식이 되고 맙니다. '낡은 것 말고, 새롭고 더 좋아진 새것으로' 같은 광고에 반응하면 상술에 넘어가 더 많은 빚을 지게 됩니다. 그래요. 대다수의 사람들은 항상 원하고, 원하고, 더 많이 원합니다.

그러나 언제나 더 좋은 게 있어요. 어떤 면에서 우리는 파트너에게도 같은 행동을 합니다. '지금과 다른 것이 더 좋을 것'이라는 생각 말입니다. 적어도 한 번쯤 피할 수 없는 일인 거 같아요. 다른 사람이 더 잘생겼거나 더 좋은 연인이 될 수도 있고 나에게 더 잘 대해주거나 더 잘 들어주거나 더 세심하게 배려하는 사람도 있을 거예요. 이 사람 말고 다른 사람이었다면, 어쩌면 지금보다 더 나았거나 만족스러웠을 수도 있습니다.

이런 생각들은 매체 때문에 더 심해지는 경향이 있는 것 같아요. 드라마나 영화에서는 거의 모든 사람이 바람을 피우거나 새로운 사랑을 찾으니까요. 그러나 누구도 오래 만족하지 못합니다. 물론 새로운 파트너가 해답이 될 수도 있지만 일반적이라기보다 예외적인 경우가 분명합니다.

안타까운 건 실제로 새로운 파트너를 찾고 있지 않아도 생각만으로 이미 관계를 제대로 즐기지 못한다는 것입니다. 더 중요한 건 최상의 관계를 만들 기회를 망친다는 거죠. 지금보다 더 나은 걸 생각하거나 내가 갖지 못한 것과 누군가에 대한 환상으로 비교하면, 불만과 좌절감이 커집니다. 갖지 못한 것에 대한 미련은 상상과 공상, 환상을 더욱 부풀릴 뿐입니다.

저희 부부는 여러 상담을 통해 배우자를 떠나 더 젊거나 더 잘생긴 사람, 더 자상한 사람, 더 부유한 다른 사람을 만난 남녀를 만났습니다. 그들은 거의 예외 없이 현실보다 환상이 더 컸다는 걸 인정했죠. 새로운 사람은 훌륭할 수 있지만 다른 사람과 마찬가지로 그들도 문제가 있었답니다. 새로운 파트너와 함께 새로운 문제도 오게 되니까요. 그렇게 또다시 "다른 사람과 함께라면 이런 일을 겪지 않아도 될 텐데."라고 하게 될 뿐입니다. 사실일 수도 있지만 다른 걸 참아야 할 수도 있어요. 이 사실만은 확실하다고 장담합니다.

파트너와 더 많은 평화와 만족감을 느끼고 싶다면 매우 유용하고 쉬운 방법이 있습니다. 나 자신이 더 나은 걸 찾는 경향이 있다는 걸 인식하고 알아차리는 거예요. 그게 전부예요. 별거 아닙니다. 그리고 어떤 사람, 어떤 스타일, 어떤 성격을 가진 누군가를 상상하는 데 시간을 쓰는 대신 이미 맺고 있는 관계를 최대한 좋게 만들 방법을 찾는 일입니다.

지금 있는 것에 감사하게 되면 '좋아 보이는 게 언제나 더 좋은 건 아니라는' 사실을 알게 될 것입니다.

35장

파트너를
감정 쓰레기통으로 만들지 마세요

누구나 가끔 넋두리하고 싶어요. 마음에 쌓인 걸 털어놓으면 기분이 한결 편해질 때가 많죠. 치료나 이완 방법으로 가끔은 털어놔야 할 때도 있고요. 하지만 가끔 투덜거리는 것과 일상적인 짜증은 큰 차이가 있습니다.

한 사람이 일상생활에서 감정을 그대로 자주 드러내면 같이 있는 사람은 그야말로 감정 쓰레기통이 됩니다. 감정을 그대로 드러내는 문제 중 하나는 투덜거릴 소재가 끝없이 많다는 거예요. 다시 말해서 거슬리는 일이 사방에서 보이고, 그러다 보면 투덜거림에 중독된다는 점입니다. 그래서 무의식으로 감정을 표현하고 판단할 거리들이 많은 걸 은근히 즐기게 되죠. 이런 사람과 함께 있는 사람은 늘 감정 쓰레기통이 될 수밖에 없습니다.

하루를 마치고 조금 피곤한 상태로 집으로 돌아왔어요. 비교적 평화로운 기분이 들고 편안하게 느껴집니다. 저녁 식사 전에 책을 몇 분 동안 읽으려고 하는데, 파트너가 퇴근하고 들어와 하루를 불평하기 시작합니다.

물론 힘이 돼 주고 싶기 때문에 책을 내려놓고 잘 듣기 시작해요. 이후 10분 동안 온갖 비난의 말과 불공평하고 힘든 일에 대해 듣죠. 한데 점점 기분에 큰 변화를 겪습니다. 파트너의 말은 너무나 설득력 있어서 꽤 그럴듯합니다. 한데 계속해서 부정적인 소문과 음모들, 누군가 한 잘못된 결정에 대한 예도 추가됩니다. 이제 그의 말속에는 잘못한 열두 명과 자신을 화나게 만든 네 명까지 더해졌습니다.

물론 파트너는 정말 기분이 좋지 않았던 거예요. 하지만 내일이 되면 또 달라요. 듣는 사람도 그걸 알면 처음 들을 때부터 지나치게 감정이입하지 않고 들을 수 있겠죠. 하지만 이런 사람 말을 들으면서 매번 균형 있게 감정을 유지하는 건 어렵습니다. 약간의 푸념은 몰라도, 기본적으로 감정을 그대로 드러내고 표현하는 습관은 정말 이기적인 행동입니다. 의견이나 마음을 털어놓는 거라고 말할지 모르지만, 그 분출의 대가는 듣는 사람이 치르고 있으니까요.

적당한 선에서 감정을 드러내는 걸 나쁘다고 하는 게 아니에요. 하지만 느껴지는 걸 곧잘 말하고 드러내는 잦은 투덜거림은 반드시 수위 조절이 필요합니다. 그렇지 않으면 내가 아끼는 사람이 감정 쓰레기통이 돼요.

가장 좋은 방법은 정도의 수위를 인식하는 거예요. 다시 한 번 말하자면, 넋두리하거나 조금 투덜거릴 수는 있지만 그것도 절제하는 편이 더 좋습니다. 그렇게 할 때 사랑하는 사람의 마음은 덜 너덜거리게 될 거예요. 배려해 주세요.

36장

이건 도대체, 누구의 문제일까?

(크리스)

함께 살 때 폭발하게 하는 건 치약을 흘리고 닦지 않거나 변기 뚜껑을 덮어 놓지 않는 일, 신었던 양말을 아무렇게나 벗어 놓는 일 같은 사소한 일들이에요. 그렇지 않나요? 이런 것들이 미치게 만들잖아요.

아무리 사랑해도 한 공간에서 살면 사소한 행동에도 쉽게 짜증 날 수 있습니다. 그렇게 사랑한다면서 같은 공간을 사용하기 때문에 짜증 난다니, 참 아이러니한 일 아닌가요? 사랑하는 사람의 반복되는 어떤 행동이 정말 거슬린다면 따지기 전에 '도대체 누구의 문제일까?'라는 질문을 해봅시다.

저는 오래전부터 샤워 후에 쓸 예쁜 색 새 수건을 골라 놓으며 아침을 시작하곤 했어요. 그런데 매번 리처드가 저보다 먼저 욕실에 들어가는 거예요. 샤워를 하고 준비해 둔 보송보송한 새 수건을 더듬거려 찾아보면 늘 축축하게 젖어 있는 수건이 만져졌죠. 그러면 물을 뚝뚝 흘리면서 수건을 다시 가지러 가야 했습니다. 정말 환장할 노릇이었어요.

하루는 수건을 챙기다가 이것도 남편이 먼저 쓸 거라는 생각에 화가 나기 시작했어요. 하지만 어떤 이유에서인지 그날 이런 생각이 들었습니다. '수건 한 장을 가져오면서 왜 두 장을 가져오지 않았을까? 이건 도대체 누구의 문제일까?'

생각해 보면 이 상황은 정말 좀 웃겨요. 저는 아침마다 정말 화가 났는데 리처드는 그 이유를 전혀 모르고 있었거든요. 남편은 수건을 준비해 주는 아내가 얼마나 다정한지 생각하고 있었다는 거예요.

제가 아는 커플 중에 아내도 비교적 깔끔하지만 남편이 강박적으로 깔끔해서 정리 정돈이 생활화된 부부가 있어요. 남편은 정말 '깔끔한' 사람이었죠. 어느 날 밤 아내는 설거지를 마치고 싱크대에 양상추 한 조각이 남은 걸 보지 못하고 부엌을 나왔습니다. 이후 부엌으로 간 남편이 싱크대를 보고는 날카롭고 신경질적인 큰 목소리로 "파멜라, 당장 이리 와서 난장판 된 부엌을 빨리 치우는 게 어때?"

자, 이건 누구의 문제인가요? 당연히 남편의 문제죠. 만약 자신이 강박관념과 별난 버릇이 있는 사람인걸 알면 멋쩍게 웃어 버리거나 아내에게 그렇게 소리 지르지 않았을 거예요 아내 역시 남편의 특이한 버릇을 이해하고 그의 문제라고 인식하면, 그것을 개인적인 지적으로 받아들이지 않고 털어 버리거나 대수롭지 않게 넘길 수 있게 됩니다.

일상에서 사소한 문제로 늘 짜증이 난다면 누구에게나 유별난 각자만의 단점이 있다는 걸 기억하는 게 도움이 돼요. 위의 경우처럼 자신이 더 유별난 사람일 수도 있습니다. 상황을 솔직하고 겸손하게 되돌아보면 분명한 해결책이 보이거나 상황을 다르게 바라볼 수 있는 여지가 생깁니다.

그러니 짜증이 날 때는 스스로 '이건 도대체 누구의 문제일까?'라는 질문을 해보기로 해요. 적어도 몇 번은 '아. 이건 내 문제구나.'라는 대답이 나올 거예요.

- 37장 -

당신의 별나라 언어로 대화하기

존 그레이가 『화성에서 온 남자 금성에서 온 여자』 책에서 지적한 것처럼, 남자와 여자는 다릅니다. 사실 똑같은 사람은 없죠. 모두 내 눈으로 세상을 볼 뿐입니다. 모든 사람이 각자 자기 경험과 자신만의 기준으로 정보를 처리하죠. 따라서 지속적인 사랑을 위해서는 상대의 관점을 이해할 필요가 있습니다.

저희 부부는 완전히 정반대 성향을 가진 커플을 알고 있어요. 조앤은 직관적이고 창의적이며 감성적인 성격이었어요. 언제든 즉각적이고 탁월한 결정을 내릴 수 있는 직관적인 사람이었죠. 반면 레이는 완벽한 분석적 사고형이어서 논리적이지 않거나 의견에 동의할 수 없으면 곧바로 까다롭고 공격적인 태세로 돌입하곤 했습니다. 왜 틀렸는지 곧장 이유를 찾는 편이라서 더 그랬죠.

두 사람이 처음 만났을 때, 서로 정반대의 성격에 확실히 끌렸어요. 레이는 조앤의 털털함과 순간을 그대로 즐기는 모습에 빠졌습니다. 자신보다 덜 공격적이고 더 자상한 사람과 함께해야 한다고 생각해 왔는데 조앤이 바로 그 사람이었던 거죠. 조앤 역시 레이의 성실하고 주도적인 성격이 좋았습니다. 밤낮없이 일에 몰두하고 문제를 분석하는 데 집중하면 잠도 자지 않는 그의 성격에 깊은 인상을 받았어요. 두 사람은 서로를 보완하며 행복하게 살 수 있다고 믿었습니다.

하지만 몇 년이 지나는 사이 서로의 차이점은 더 이상 매력이 아니었습니다. 설렘이 사라지는 시기가 오자 현실적인 차이가 곧 드러났어요. 레이는 조앤의 감정적인 의사 결정을 이해할 수 없었죠. 그의 관점에서 조앤은 '신중하게 생각하지 않은' 결정을 내리면서 좌절하는 사람이었습니다. 조앤은 레이의 체계적이고 공격적인 의사소통 스타일에 맞서는 게 힘들었어요. 대학 시절 토론 팀 주장이었던 경력까지 있어서 대화가 끝나면 상대적 열등감도 느껴지고 좌절감도 들었죠.

진취적인 조앤은 더 나은 소통법을 찾아 나섰어요. 결국 찾지 못하면 남은 건 이별뿐이라고 생각했거든요. 조앤은 갈등이 생길

게 확실하거나 불편한 주제가 생기면 요점을 정리해서 체계적이고 직선적인 방식으로 말하는 법을 배웠습니다. 이렇게 말하는 것만이 레이가 그녀의 말을 알아들을 수 있는 유일한 대화법이란 걸 알기 때문이었습니다.

조앤은 항복한 게 아니라 지혜를 발휘한 거예요. 두 사람 사이의 친밀감을 끌어올리기 위한 선택이죠. 상대의 방식대로 대화할 때 더 나은 소통을 할 수 있으니까요. 결과는 성공적이었습니다. 레이가 조앤의 관점에 언제나 동의하는 건 아니지만 말을 하는 도중에 판단하고 조목조목 따지는 반응이 줄었거든요. 그리고 더 잘 듣는 사람이 됐어요. 레이는 자신에게 익숙한 대화 방식 덕분에 조앤의 정보를 비로소 이해하게 됐습니다. 더 나아가 조앤이 편하게 느끼도록 대화하려는 노력도 보였어요.

조앤은 이제 레이와의 대화에서 어느 정도 주도할 수 있다고 느끼고 있어요. 그가 잘 듣기 위해 애쓰는 걸 보면서 의지도 더 생겼다고 합니다.

저는 남성이 더 사고적이고 여성은 더 감성적이라고 생각하지는 않아요. 그저 생각하는 방식이 모두 다를 뿐이죠. 이 사실을 실제로 깨달으면 관계의 불편함에서 자유로워질 수 있습니다. 어느 관계든 우호적으로 변화시킬 수도 있고요.

기억해야 할 건 지금 일어난 문제는 모두 내 기준에서 문제일 뿐이란 점입니다. 그러니 파트너를 이해할 수 있지 않을까요.

38장

여전히 사랑에 빠지고 싶어 하는 사람들

수년 동안 많은 사람들이 '사랑에 빠지고 싶다'는 속마음을 털어놨습니다. 그 마음을 누구보다 이해해요. 하지만 연애 외에도 삶을 사랑으로 채울 수 있는 방법이 많습니다.

제가 아는 친구의 지인 이야기예요. 그녀는 많이 외로웠다고 해요. 누군가와 깊은 사랑에 빠져 있을 수 없다면 삶이 완전하지 않은 것처럼 생각했다고 했어요. 친구들은 소개팅을 해주고 다양한 클럽을 연결해 주거나 연인을 만나는 가장 전통적인 방법 등 여러 조언을 아끼지 않았어요. 하지만 소용이 없었습니다. 그 누구와도 기대하는 것만큼의 깊은 사랑을 느낄 수 없었어요. 그러다 누군가 제안해 준 자원봉사를 시작한 계기로 모든 게 변했다고 합니다.

그녀는 양로원에서 자원봉사를 시작했는데 이 단순한 사랑의 실천이 삶을 바꾸는 촉매가 된 것이죠. 그녀는 구십 대의 사랑스러운 여인과 '사랑(은유적으로 표현하자면)'에 빠지게 됐는데 사랑을 나누고 베푸는 경험이 상상하지 못한 방식으로 마음을 열어 준 것입니다. 그녀는 이 일을 할 수 있게 된 기회에 감사를 느꼈어요. 이렇게 마음이 열리자 삶의 모든 면에서 사랑을 느끼게 됐죠. 그 어느 때보다 더 행복하고 평화롭고 큰 성취감을 느낄 수 있었습니다. 그리고 사랑에 대한 정의를 갖게 됐어요.

얼마 뒤에 오랫동안 친구로 지내던 남성과 연인이 된 그녀는 표현하기 어렵지만 마음에 가득 찬 사랑이 자신을 다른 사람으로 만들었다는 걸 느낄 수 있었다고 해요.

사랑의 감정은 전염성이 있습니다. 마음이 열려 있고 다른 사람들과 사랑을 나누며 바쁘게 움직일 때, 더 많은 종류의 사랑이 나에게 흘러옵니다. 낭만적인 사랑, 사랑스러운 파트너십, 결혼, 모두 훌륭합니다. 그리고 사랑을 표현하고 사랑을 받는 방법은 무수히 많아요. 그녀처럼 자원봉사를 하고 반려동물을 돌보고 자연을 감상하는 일이나 자신의 취미와도 사랑할 수 있어요.

내가 즐길 수 있고 내 영혼을 사랑으로 키워주며 누군가와 나눌 수 있다면 마음을 사랑으로 채울 수 있습니다.

제 인생에서 제가 가장 사랑했던 시간 중 하나는 대학생 시절입니다. 저는 'Big Brothers Big Sisters of America' 단체에서 빅 브라더로 자원봉사를 했어요. 덕분에 당시 겨우 여섯 살이었던 소년과 함께 멋진 시간을 보낼 수 있었죠. 그 경험은 제 인생을 바꿔 놓았습니다. 얼마 지나지 않아 크리스를 만난 것도 우연이 아닌 것 같아요.

내가 사랑의 감정(인간, 동물, 신, 자연 또는 생명에 대한 단순한 사랑 등)으로 가득 차 있을 때, 사랑을 끌어당길 수 있게 됩니다. 마음이 사랑으로 가득 차고 그 사랑을 나눌 때 더 친절해지고, 더 부드러워지고, 더 인내하게 됩니다. 관점이 향상되고 더 만족스러워지고요.

사랑받기만을 바라면, 사랑을 베푸는 것이 얼마나 멋진 일인지 잊어버리기 쉽습니다. 하지만 사랑을 나눌 수 있는 새로운 방법을 발견하면, 삶에 마법 같은 변화가 일어납니다. 다른 사람에게 더 많은 관심을 갖고 더 포용적이고 현명해지죠. 마치 자연의 법칙처럼요.

사랑을 표현하고 나누고 사랑하는 방법을 더 많이 발견할수록 사랑의 감정에 둘러싸이게 될 거예요. 현재 연애 중인지 아닌지, 연애하고 싶은지 아닌지는 중요하지 않아요. 상황이 어떻고 꿈이 뭐고 취향이 어떻든, 사랑을 표현할 기회로 삶을 가득 채우는 건 언제나 좋은 생각입니다.

39장

달력에 표시하세요

(크리스)

생리 전 증후군은 실제 증상입니다. 저도 임신했을 때를 제외하고 매달 겪는 문제거든요. 여자라면 피할 수 없는 것 중 하나죠. 불현듯 생각이 복잡해지거나 유난히 우울한 기분이 들 때, 달력을 보면 아니나 다를까 생리 일주일 전쯤입니다. 그즈음 되면 평소에는 아무렇지 않은 것들이 갑자기 거슬리거나 문제처럼 느껴져요. 생리 전 증후군만으로도 힘든데 그 상태에 파트너가 끼어들면 상황은 훨씬 심각해지죠.

리처드는 결혼 후 10년 동안 거의 매달 저에게 "크리스, 무슨 문제 있어? 무슨 일이야?"라고 물었답니다. 그러다 어느 땐가 제가 참지 못하고 소리를 질렀어요. "문제는 무슨 문제! 제발 달력 좀 봐요!"라고요.

물론 이때를 핑계 삼아, 이 시기에 버럭 화를 내거나 마음 놓고 짜증을 내는 건 좋지 않아요. 하지만 실제로 더 예민한 감정에 놓이고 평소보다 별것 아닌 게 더 나빠 보인다는 걸 알면 나에게도 도움이 됩니다.

상대가 이런 사실을 이해하면 서로에게 여유를 만들 수 있고 긴장감과 우울한 감정들이 '곧 지나갈 것'을 알 수 있습니다. 서로 잘 보이는 곳에 달력을 두고 표시해 두면 큰 도움이 돼요. 그러면 특별히 배려하고 애틋한 마음을 내고 인내심을 갖는 데 좋습니다. 달력에 표시해 두면 서로의 화를 누그러뜨리는 데 확실히 도움이 되고 내가 평소와 다르게 말하거나 까칠하게 대했을 때, 남편이나 연인이 이해하는 데 도움을 줍니다.

저는 생리주기 때 곧 스쳐 지나갈 먹구름이 왔다고 여겨요. 지금 보고 느끼는 것과 실제 상황이 다를 수 있다는 걸 기억할 때라고도 느낍니다. 잠시 스트레스가 다가왔지만 대처하는 능력은 곧 정상으로 돌아온다는 것도요.

- 40장 -

통찰력을 함께 나눕니다

제니퍼는 평생 자신을 괴롭히는 것들을 '참는데' 보냈어요. 누군가 자신이 싫어하는 일을 하면 미워했습니다. 적어도 오랫동안 그 사람을 좋지 않게 보면서요. 이런 성격은 그녀를 다소 매정하고 까다로운 사람으로 보이게 했습니다.

그러던 어느 날 직장 동료가 그녀가 개발한 아이디어 공을 가로채는 일이 생겼어요. 더구나 그 사람은 능력을 인정받아 특별 프로젝트를 제안 받기까지 했어요. 안타깝게도 현실적으로 사실을 증명할 방법이 없었습니다. 한동안 그녀는 분노했고 원래 습관대로 보복할 방법을 궁리하며 동료를 처단할 생각으로 가득 차 있었죠.

그러던 중 자신이 나쁜 생각을 계속 하고 있기 때문에 모든 상황이 실제보다 더 악화되고 과장되고 있다는 걸 깨달았어요. 분노와 원망에 지쳐 있었고 마침내 더 이상 이렇게 살지 않을 때가 됐다는 생각을 하게 된 거예요.

그리고 조금씩 달라지기 시작했습니다. 그녀는 오랫동안 행복을 원해왔어요. 이전에도 용서의 힘에 관한 책을 읽었고 이론적인 수준에서 용서를 이해했지만 실제 생활에서 시도하지 못하고 있었죠. 그녀는 이번만큼 용서하기에 더 좋은 기회도 없다는 생각이 들었어요. 그리고 용서하기로 결심했습니다.

그러자 신기하게 마음이 열리기 시작했어요. 상황을 더 잘 받아들이고 분노가 엷어질 정도로 긴장이 풀렸습니다. 그리고 평범한 사람 대부분이 정직하고 보통은 남의 아이디어를 훔치지 않는다는 것을 알아차렸어요. 이제 제니퍼는 아이디어를 훔친 사람에게 증오가 아니라 연민이 필요하다는 결론까지 이르게 됐습니다.

그녀는 용서에 대한 이 경험과 깨닫게 된 사실을 연인 스티브와 공유했어요. 스티브는 어려운 상황에서 마음을 연 그녀에게 감명을 받았죠. 두 사람 사이에 새로운 소통의 문이 열리게 된 것입니다.

스티브는 꽤 오랫동안 영성을 공부하고 있었고, 비교적 유연한 사람이었어요. 제니퍼와 결혼을 망설인 것도 그녀가 원한을 품는 경향이 있다는 걸 염려했기 때문이었죠. 이 습관을 고칠 수 있을지 확신이 필요했어요.

이번 경험과 과정을 나눈 대화는 그들을 새로운 차원으로 한층 더 깊어지게 해 줬습니다. 제니퍼는 원한 대신 용서를 선택하는 일이 늘었어요. 이런 극적인 성장은 스티브에게도 많은 깨달음을 주었죠. 그런 성장과 깨달음의 선순환이 계속되며 둘 사이 관계는 점점 더 깊어졌습니다.

이 이야기는 해피엔딩이에요. 두 사람은 얼마 지나지 않아 약혼하고 결혼했습니다. 물론 영구적인 유대감을 만드는 데는 많은 요소가 있어요. 제니퍼와 스티브가 관계에서 궁극적으로 성공할 수 있었던 것은, 깨닫게 된 통찰을 나눈 덕분이었습니다.

깨달음, 즉 통찰은 또 다른 알아차림으로 이어져요. 그리고 사랑하는 사람과 그 통찰을 공유할 때 효과는 배가 됩니다.

5부

다시 처음처럼 사랑하게 되지 않을까?

- 41장 -

서로 공간을 만들어 주세요

사랑하는 사람과 오랜 시간 함께 지내다 보면 많은 전환기를 맞습니다. 전환기는 주로 결혼과 임신, 자녀의 출산, 이사나 이직, 사랑하는 사람의 죽음, 은퇴 또는 자녀의 출가 같은 '큰일'들이죠.

이런 큰일들은 크고 작은 삶의 변화를 만들고 두 사람 관계에 난관이 되기도 해요. 이런 과도기를 가장 평화롭게 헤쳐나가는 방법은 시간을 오래 두고 그 변화의 기간을 여유롭게 허용하는 것입니다. 과도기가 한동안 지속될 거라고 예상하면 조급함이나 답답함도 줄어들어요. 이때 적응할 시간이 만들어지는 셈이죠.

가령 아이가 태어나는 건 어느 부부에게나 적응이 필요한 큰 변화 중 하나죠. 하지만 대다수의 부부가 정서적으로 부모가 될 준비가 돼 있지 않습니다. 또한 앞으로 겪게 될 감정적 변화와 아이가 삶에 어떤 의미를 갖는지 이해하지 못해요.

아이를 키워 본 사람은 흔히 인생이 아이의 출생 이전과 이후로 나뉜다고 말합니다. 아마도 직접 겪어 보기 전까지 그 말을 정확히 이해하지 못할 겁니다.

모든 큰 변화들도 마찬가지예요. 새로운 도시로 이주해서 아는 사람이 전혀 없는 상황의 어려움은 직접 겪어 보지 않는 한 이해할 수 없잖아요. 집에 신생아가 생기는 것은 의심할 여지 없이 인생에서 가장 마법 같은 시기 중 하나입니다. 그러나 새로운 도전도 많이 따라옵니다. 수면 부족이라는 스트레스와 아기를 돌보는 일에 적응하는 것은, 이미 안정된 부부도 시험에 들게 하니까요. 일부 남편들에게는 어색한 시기이기도 합니다. 아내가 다른 영혼을 양육하는 모습을 보며 행복한 사람도 있지만, 어떤 이들은 이 첫해에 고립감과 소외감을 느끼기도 하니까요.

돌이켜 보면, 우리 부부가 이 시기를 잘 견뎌낼 수 있었던 이유 중 하나는 과도기마다 많은 시간을 함께 내기로 다짐했기 때문이었습니다. 앞으로 펼쳐질 우리의 삶이 예전과 같을 거라는 기대를 하지 않고 과거의 삶과 현재를 비교하지 않기로 협의하고 결정했기 때문이죠.

이 결정은 정말 큰 위로와 도움이 되었습니다. 우리는 새로운 일들이 펼쳐질 때마다 익숙하지 않다고 좌절하는 대신, 있는 그대로를 받아들이고 포용할 수 있었어요.

우리는 이 철학을 아기를 처음 낳는 젊은 부부들과 공유했습니다. 그리고 거의 예외 없이 큰 도움이 됐다는 말을 들었어요. 이 방법은 거의 모든 과도기에 같은 원리로 적용됩니다.

가장 친한 친구 커플이 새로운 곳으로 이사를 앞두고 어린 자녀 때문에 이사하는 걸 걱정했어요. 그 도시는 익숙하지 않았고 친구도 없었거든요. 하지만 이들은 겁먹거나 미리 걱정하지 않고 전환기의 시간을 허용하라는 저희 부부의 조언을 그대로 받아들이기로 했어요.

그들은 삶이 이전처럼 빠르게 안정될 것을 기대하지 않았습니다. 대신 인위적인 전환 기간을 만들었어요. 그들은 적어도 1년 동안은 정착을 기대하지 않기로 했죠. 덕분에 새로운 친구를 만나고 긍정적인 경험을 할 때마다 그들은 기뻐하고 감사했습니다. 새로운 삶은 점점 편해졌고 지금은 그 이전보다 더 행복하다고 합니다.

전환은 과속 방지턱과 같아요. 과속 방지턱에 접근할 때는 속도를 줄여야 합니다. 자기 삶이 그대로 유지되기를 기대하거나 가장 익숙한 삶을 재현하려고 하기보다는, 열린 마음으로 변화를 받아들이려고 노력해 보세요. 당황하지 않고 충분한 시간을 허용한다면 무용수처럼 우아하게 다음 단계로 나아갈 수 있을 겁니다.

42장

한판 붙을 타이밍 찾기

기분이란 정말 신기하죠. 기분이 좋을 때는 세상이 아름다워 보여요. 관계 안에서 상대의 좋은 면이 보이고 안정감과 사랑, 만족감, 유머 감각이 유지되죠. 완벽하지 않고 문제가 없는 게 아니라도 상대의 장점은 매력적이고 기쁨을 주며 단점은 상대적으로 중요하지 않게 느껴집니다.

심지어 상대의 괴팍한 면조차 독특한 인물이라는 증거로 여깁니다. 더 나아가 서로를 만나서 행운이라고 여겨요. 타협하고 쉽게 용서하고 일상의 사소한 일들을 금방 잊어버리고 깊이 생각하지 않아요. 방어적인 태도를 보이지 않고 오히려 내가 지금 어느 면에서 문제를 만들거나 키우는지 잘 보게 됩니다.

하지만 기분이 나빠지면 삶과 인간관계가 극적으로 달라 보여요. 갑자기 연인이나 부부 관계에 뭔가 빠진 듯한 불만족스러운 기분이 듭니다. 사소한 불만이 훨씬 더 크게 보이고 숨겨진 문제의 빙산의 일각처럼 보이죠. 그냥 넘어가는 대신 문제를 분석하게 되고 관계에 감사하는 마음이 사라집니다. 예민해질 뿐 아니라 상대의 친절을 당연하게 여기기 시작해요.

이제 상대의 장점은 사라지고 단점만 극적으로 눈에 띕니다. 타협하기보다는 방어적이고 고집스럽게 변해가죠. 힘들었던 옛일들이 떠오르고 미래까지 암울해집니다.

기분은 참으로 이상합니다. 어쨌든 똑같은 사람이에요. 변함없는 과거, 성격, 강점, 약점이 있는 똑같은 사람이죠. 외모도 같고 특이한 점이나 습관, 목소리도 똑같습니다. 본질적으로 모든 게 매 순간 똑같은데 기분은 실제와 다르다고 착각하게 만드는 힘이 있어요. 기분은 내 판단력, 관점, 사랑의 감정, 심지어 기억까지도 속일 수 있습니다.

다행인 것은 이렇게 큰 힘을 가진 기분이라도 영향을 최소화할 수 있다는 거예요. 다만 기분은 환상을 만든다는 걸 기억해야 해요. 기분은 계속 왔다 갔다 할 겁니다. 그러나 이제 방어적이거나 적대적이거나 질투하거나 까다롭게 굴거나 이런저런 방식의 반응 대신 '지금 나는 기분이 좋지 않아서 상황을 제대로 보지 못하고 있어.'라고 자신에게 말하는 겁니다.

한 걸음 물러서서 지금 내가 부정적이라는 걸 인정하는 거예요. '이 사람은 나아지지 않을 거야.'라고 생각하는 대신 '또다시 최악의 상황을 가정하고 있구나.'라거나 '저 사람은 정말 남의 말을 듣지를 않아.'라는 대신, '아, 내 마음이 부정적인 상태라 더 심하게 느끼고 있구나.'라고 분리해서 보세요.

기분이 나빠서 착각하게 된다는 걸 알면, 불만이 작아지고 지금 상황이나 일을 과장해서 보는 일도 줄어들 거예요. 순간적으로 확 올라온 화도 식고 상대를 연민의 마음으로 볼 수 있게 됩니다. 가령, 상대방이 당신에게 화를 낼 때 '저 사람은 항상 저래.'라기보다는, 누구나 기분이 좋지 않을 때는 다정한 태도가 적다는 걸 공감할 수 있죠.

기분에 대한 이해는 나쁜 행동을 받아들이거나 상황을 실제보다 나은 척하기 위한 게 아닙니다. 기분에 휩쓸려 좌우되는 걸 줄이고 평소에 가진 자신의 좋은 관점을 유지하기 위함이에요. 누구나 기분이 좋지 않을 때는 평소라면 하지 않을 말과 행동을 하게 됩니다. 하지만 기분이 좋지 않을 때 한 행동들은 기분이 좋아진 뒤에도 남아요. 따라서 기분이 나쁠 때, 덜 심각하게 생각하기로 하면 기분에 좌우되던 내면이 훨씬 나아질 겁니다.

지금 자신의 기분을 알아차리세요. 이해하기 위해 잠시 숨을 고르고 기다리면 됩니다. 지금 상황과 상대의 잘못을 분석하는 대신 호흡하세요. 그러면 곧 기분이 차분해집니다.

기분이 나아지고 안정감과 애정이 되살아날 때 감정을 싣지 말고, 비난하지 말고, 자신이 느끼는 문제를 있는 그대로 이야기해 봅시다. 적어도 일단 기분이 정상으로 돌아올 때까지 기다렸다가 싸우세요.

43장

나는 괜찮은 사람입니다

자신과 배우자에게 줄 수 있는 가장 큰 선물은 나 자신의 가치를 알고 확신하는 겁니다. 이 세상에 나와 똑같은 사람은 없고 누구도 대신하지 못해요. 그렇기에 관계에서 내 역할과 기여는 의미 있고 대체 불가능한 것이죠.

하지만 자신의 이런 가치를 스스로 인지하지 못하는 사람이 많은 것 같아요. 내 기여도가 훨씬 크고 많다는 식의 우월감 말고 진짜 '나'라는 존재 가치 말입니다. 어쩌면 배우자가 나보다 수입이 많고 그것에 의존해 살고 있기 때문에 눈치를 볼 수도 있고, 돈을 더 버는 배우자 쪽에서 '내 덕을 보고 산다'라며 으스댈 수도 있어요. 하지만 혼자 돈을 벌거나 더 버는 배우자라고 해도 가정에서 상대 배우자의 지원을 충분히 받고 있습니다. 그러니 돈을 버는 쪽도 덕을 보고 있는 셈이죠. 그가 경제적인 활동을 오롯이 할 수 있는 건, 배우자가 그의 편의를 돕고 있기 때문입니다. 이런 상황에서 상대의 가치를 잘 모르는 건 재난일 뿐이에요.

두 사람 모두 자신의 가치와 서로 다른 역할의 중요성을 알고 동등한 관계라는 걸 인지하면 놀라운 변화가 생깁니다. 두 사람이 한 팀으로 각자 역할을 해내고 있다고 생각하면 관계에 새로운 활력도 생겨납니다.

제가 만난 어느 부부는, 남편 숀이 경제적 책임을 지고 있었어요. 그의 아내 마사는 초등학생 자녀 세 명을 키우며 살림을 꾸려나갔습니다. 둘 다 매우 열심히 일했죠. 두 사람에게는 큰 차이점이 있었습니다. 마사는 남편의 공헌에 감사했지만, 숀은 모든 면에서 마사를 당연하게 여겼다는 점입니다. 숀은 집안일을 거의 하지 않았어요. 한밤중에 아이가 아프면 당연히 아내가 돌봐줄 거라 여겼죠. 번거로운 일은 모두 그녀가 처리해야 했어요. 행동도 태도도 그랬습니다. 그는 마사를 얕보듯 말했고, 어떤 면에서는 마치 '너는 가만히 있어.'라고 하는 것 같았습니다.

하지만, 이 책에 그들의 이야기를 담고 싶었던 이유는 마사가 한순간도 자신의 가치를 의심한 적이 없었다는 점이에요. 수년 동안 그녀는 남편이 '상황을 잘 모르고 이해하지 못할 뿐'이라고 생각하면서 남편의 오만함을 참아냈어요. 그러다 어느 순간, 마사는 더 이상 참지 못할 순간이 왔다고 느꼈습니다.

마사는 결혼 생활에 대해 나쁘게 바라보는 대신 문제를 해결해야겠다고 생각했어요. 그녀는 삐지거나 소리를 지르거나 감정적 울분을 터트리는 대신 당당하고 강경하게 경고 메시지를 전했습니다.

"숀, 나는 오랫동안 당신을 사랑하고 내조해 왔어. 당신이 내 수고보다 당신의 기여가 더 중요하다고 생각한다면 당신은 이상한 남자야. 어떻게 돌려서 부드럽게 표현해야 할지 모르니, 그냥 솔직하게 말할게. 당신은 완전히 틀렸어! 당신은 멍텅구리야.

나는 오늘부터 한 달 동안 휴가야. 당신이 이 뜻을 이해하면 이전의 나로 다시 돌아올게. 하지만 그렇지 않다면 또 다음 한 달도 혼자 해결하도록 해. 지금부터 한 달 동안은 식사도 준비하지 않고, 빨래도 하지 않을 거야. 약속을 상기시켜 주지도 않고, 어떤 종류의 청소도 하지 않을 거야. 집이 엉망이 되건, 당신이 청소하건 상관없어. 아이들이 참여하는 중요한 활동을 놓쳤을 때도 대신해 주지 않고, 당신이 매일 잃어버리는 수많은 물건을 찾아주지도 않을 거야. 내가 해주는 일을 고마워하기에는 아이들이 너무 어리기 때문에 애들을 위해서는 해왔던 50여 가지 일을 계속하겠지만 당신에게 여지는 없어. 나는 여전히 당신을 매우 사랑하지만 더 이상 일은 하지 않을 거야. 행운을 빌어. 한 달 잘 보내.”

놀랍게도 마사는 한 달 내내 자신의 결정을 굳게 지켰습니다! 저는 그들의 결혼 생활이 무사했을까 궁금했지만 멀쩡했다네요. 처음에 숀은 충격을 받고 분노도 했지만 결국 마사가 하려는 말의 의도가 무엇이고 자신이 어떤 부분을 놓치고 있었는지 알게 되었답니다. 시간이 어느 정도 지나 숀은 마사를 존중하게 됐고 전체적인 결혼 생활 분위기도 좋아졌어요. 사실 숀은 자신의 예전 태도를 부끄럽게 생각할 정도로 개선되었습니다.

물론, 이건 극적인 사례입니다. 마사의 상황과 같은 결과가 나올 수 있는가도 미지수죠. 사실 이와 비슷한 다른 경우를 본 적도 없습니다. 하지만 이 이야기는 자신의 가치를 아는 힘을 보여 줍니다. 배우자(남자든 여자든)가 금전적인 이유든 다른 어떤 이유든, 내 가치를 폄하할 때라도 자신의 가치를 스스로 업신여기면 안 돼요.

때로는 시간을 내서 자신이 얼마나 특별하고 멋진 사람인지 돌아봐야 합니다. 겸손하고 자존감 높은 내가 되면 누구라도 똑같이 느낄 테니까요.

- 44장 -

모든 나쁜 일 속에 있는 좋은 일

인간관계에서 '긍정적인 해석' 능력은 일상의 사건과 상황들, 문제가 생겼을 때 삶의 중요한 기준으로 적용되는 요소예요. 이런 성품이 없다면 크든 작든 거의 모든 일들에서 화가 나고 속상하거나 맘에 들지 않게 됩니다.

경험은 사실 위주로 남을 것 같아도 어떻게 바라봤느냐에 따라 매우 다른 경험치로 쌓이게 됩니다.

여기 두 명의 벽돌공이 있어요. 누군가 질문을 합니다.

"여기서 무슨 일을 하세요?"

"맨날 여기 앉아서 바보같이 지긋지긋한 벽돌을 쌓고 또 쌓고 있어요."

한 사람이 말했어요. 그러나 나머지 한 사람은 이렇게 대답했습니다.

"저는 벽돌 쌓기 장인입니다. 저는 아름다운 건물을 짓고 있죠. 제가 힘을 보태지 않았다면 이 건물은 여기에 있지 못할 겁니다."

끔찍한 화재로 모든 걸 잃은 부부를 만난 적이 있어요. 이 부부는 화재가 재난의 모습을 한 축복이라고 말했습니다. 화재로 모든 것을 다시 세우고 시작할 계기로 바라보게 됐기 때문이라고요.

또, 사기로 평생 모은 재산 모두를 잃은 부부도 만났습니다. 이들은 인생이 망가질 사기 피해자로 남는 대신 상황을 다른 측면에서 보고 있었어요. 돌이켜 보니 이런 일이 일어난 데는 자신들이 그간 물질주의에 지나치게 빠져 있던 게 원인이란 걸 깨달았죠. 이로써 삶에 우선순위를 재점검하고 단순하고 소박한 생활을 할 계기로 삼았습니다.

이런 일에 놓였다면 여러분의 관계는 어땠을까요? 이혼하거나 헤어질 수도 있겠죠. 실제로 많은 부부가 결혼생활을 끝내기도 해요. 하지만 가만히 생각해 보면 어떤 일이든 두 가지 방향에서 볼 수 있는 것 같습니다.

한 가지는 이 상황이 우리에게 가르치는 게 뭔지, 숨겨진 선물 같은 인생의 교훈을 알아차리는 거예요.

　나머지 하나는 일반적으로 '인생은 불공평하다'는 사실을 다시 한 번 느끼는 것입니다. 매사에 긍정적인 면만 볼 수는 없지만 적어도 나쁜 일에 긍정적인 측면이 함께 담겨 있다는 걸 알면 모든 걸 단면으로만 보지 않을 수 있죠.

　연인이 약속 장소에 늦게 나오거나 일방적으로 약속을 깨거나 다른 사람과 웃고 떠들거나, 고주망태가 돼서 늦게 들어오거나 집안일에 소홀히 하는 것 같이 사소한 일들이 있습니다. 아이에게 문제가 생기거나 배우자가 전혀 알지 못하는 곳으로 발령이 나고 해고를 당하거나 몸에 문제가 생기는 등 심각한 일들도 있죠. 하지만 이 모든 사건과 상황 속에서도 긍정적인 측면을 보거나 해석하겠다고 바라보면 정말 그렇게 돼요.

　"그건 너무 과장된 생각 아닌가요?"라고 말할 수 있지만 어떤 선택지가 있는지 생각해 보세요. 좋은 측면으로 긍정적인 해석을 하는 것과 패배주의적 비판과 부정적인 부분을 들추고 집중하고 키우는 것 중에서요.

　이렇게 보는 게 좋은 태도일까요? 부정적인 사고로 바라볼수록 상황을 더 악화시키고 이미 일어난 일을 더 크게 부풀려 나쁜 부면을 키우는 상황이 되지 않을까요? 나쁜 부분을 줄이고 함께 담긴 긍정적인 부분으로 극복해 볼 수 있는 그나마 남은 효과를 떨어뜨리는 것 말고 뭐가 더 있을까요.

주위 사람들에게 우울감을 퍼트리고 불안감을 나누는 대신 문제를 품위 있고 효과적으로 해결하는 방법은 긍정적인 측면을 바라보고 그렇게 해석하는 일입니다.

어떤 상황이든 긍정적으로 해석을 할 때마다, 그것이 무엇이든, 부부로서 성장하며 창의적인 해결책을 찾고 상황을 객관적으로 볼 수 있게 도와줍니다. 나쁜 날이 더 나빠지는 것을 막고, 힘든 경험이 우리를 무너뜨리는 것을 막아주니까요. 무엇보다도 우리가 사소한 일에 신경을 쓰지 않게 해줍니다. 따라서 저희의 입장은 명확합니다.

가능하면 항상 여러분의 경험을 긍정적으로 보는 것이 최선이에요.

45장

어쩌면 거울과 같은 사이라서

(크리스)

'사람은 바꿀 수 없다'는 말 들어보셨죠? 한데 그걸 알지만 어느 정도 관계를 지속하다 보면 상대에게서 바꾸고 싶은 걸 찾게 돼요. 그렇지 않나요? 나한테 좋은 쪽이든, 좋다고 생각되는 기준에서든 상대를 변화시키고 싶은 마음이 들어요. 이런 마음은 흔하게 일어나지만 사람은 쉽게 바뀌지 않습니다. 다만 바꿀 수 있는 가장 좋은 방법은 내가 먼저 바뀌는 것뿐일걸요?

저희가 아는 지인 중에 마음챙김(Mindfullness) 관련 책을 즐겨 읽는 친구가 있습니다. 그녀는 천성이 다정하고 애정이 넘치는 사람이었어요. 반면에 그녀의 남편은 함께 책을 읽자고 할 때마다 번번이 거절하고 거부하는 사람이었죠.

그녀는 처음에 남편에게 책 읽기를 강요했어요. 왜 읽었으면 좋겠는지 장점을 읊어가면서요. 물론 그녀가 이렇게 할수록 남편은 더 완강하게 책 읽기를 거부했습니다. 책만 거부하는 게 아니라 책과 그녀를 함께 거부했어요. 하라고 하면 원래 더 하기 싫잖아요.

얼마 후 그녀는 한발 물러나서 남편을 변화시키겠다는 생각을 내려놓고 스스로 명상 훈련에 집중하기로 했습니다. 그녀는 더 차분해졌고 원래보다도 더 친절해졌어요. 행복에는 전염성이 있으니 더 밝아지고 행복해지는 그녀를 보면서 남편도 호기심이 생기기 시작했습니다.

요즘 그들은 로라 박사와 존 그레이 등, 훌륭한 저자들의 다양한 책을 함께 읽고 서로 느낀 영감을 이야기하며 지내고 있습니다.

또 다른 친구 부부의 좋은 예가 있어요. 바바라는 건강과 운동에 관심이 많고 공부하고 실천하는 데 많은 시간을 보냈습니다. 그러나 남편은 몇 년 동안 일에만 전념했죠. 그러다 몸에 이상이 생겼고 이전과 전혀 다른 생활 방식으로 살아야 할 상황에 놓이게 됐습니다. 바바라는 의사가 권유하는 엄격한 채식 식단을 남편이 지킬 수 있는 유일한 방법은, 함께 채식하는 것뿐이라고 깨닫고 바로 그렇게 하기로 결정했습니다. 남편이 의사가 권하는 대로 따르지 못한다고 잔소리하는 것보다 좋은 본보기가 되기로 결심한 거죠.

그 결정은 성공적이었어요. 현재 바바라와 남편은 이전보다 건강할 뿐 아니라 활기찬 인생을 살고 있습니다.

지난 시간을 돌이켜 보면 제가 앞장서는 일에 리처드도 따라올 때가 많았습니다. 제가 좋은 음식을 챙겨 먹고 운동을 하면 리처드도 그렇게 했어요. 반대도 마찬가지였습니다. 제가 임신했을 때 리처드도 살이 좀 쪘죠.

이 전략은 행복에도 적용됩니다. 수년 동안 저는 리처드가 자신의 감정 상태에 상관없이 일반적으로 교양 있게 행동하는 것을 봐왔어요. 그런 행동으로 모범이 돼 주었고 제가 똑같이 행동할 수 있도록 이끌어 줬습니다. 그는 어떤 상황 속에서 보인 제 행동에 잔소리나 타박이 아니라 몸소 유연함과 품위를 보여 줄 뿐이었어요.

좋은 습관과 사랑의 에너지, 정신 건강은 전염성이 있습니다. 상대에게 변하기를 바라는 부분이 있다면 먼저 자신을 돌아보세요. 생활 방식에서 모범을 보이면 언젠가 상대도 변할지 모릅니다.

46장

이 바보 같은 사람아

사소한 것들로 잦은 싸움을 하는 일이야말로 '사소한 일에 목숨 거는' 일입니다. 가위를 어디에 뒀는지, 작년 가족 모임에서 기분이 어땠는지, 누가 쓰레기를 버릴 차례인지, 누가 더 자유 시간이 많은지, 누가 더 많이 일하는지 같은 일이죠.

누가 더 운전을 안전하게 잘하는지, 누가 더 헌신적인 부모인지, 작년에 열린 경연 대회에서 누가 2등을 했는지, 다 지나면 상관도 없는데 논쟁을 벌이기도 하죠. 약속 시간에 몇 분 늦게 도착하거나, 식사 예절이 마음에 안 들거나 파트너가 어떤 사실을 잘못 해석했다는 것 때문에 분노하기도 합니다. 심지어 남편이 수건을 쓰고 아무 데나 뒀다는 이유로 싸움을 시작한 여성도 있어요! 그게 정말 심각한 일인가요?

아이러니하게도 많은 커플이 정말로 중요한 문제는 평소처럼 다투지 않는다고 해요. 오히려 협동하거나 함께 문제를 처리해 나가는 일이 많다는군요. 사소한 일로 다투는 걸 대폭 줄이거나 멈추면, 더 좋은 관계로 가는 문이 열립니다. 뭔가에 항상 신경 쓰지 않고 예민하지 않은 사람과 함께 있으면 긴장감이 들지 않고 재미있고 활기찬 상황에 놓이죠.

사소한 개인의 특성이나 개성이 담긴 성격을 겨냥해 다투는 일을 그만두세요. 그런 작은 것들로 싸우는 일을 멈추세요. 그러면 다시 처음 사랑했을 때 보였던 상대의 매력이 보이고 다시금 인생을 함께하고 싶은 진정한 파트너가 될 수 있습니다.

내 기분을 파악하려고 애써 신경 쓰지 않아도 될 때 파트너는 왜 당신이 좋은 사람이었는지 다시 깨닫게 됩니다. 파트너가 나를 좋은 사람으로 대하고 여겨 줄 때, 내 유머 감각이 살아나고 흥미로운 사람이 되며 주변 사람들과 더 즐겁게 지내는 사람이 돼 갑니다.

저희 부부는 쉽게 귀찮아하지 않는 사람, 사소한 일에 신경 쓰지 않는 사람과 함께 있을 때, 그 사람 앞에서는 꾸밈없이 편안하게 있어도 괜찮다는 걸 알게 됐어요. 그런 사람들과 함께 있을 때면 스트레스가 없고 그들의 인간다움이 잘 느껴지기 때문이죠. 그런 사람들은 함께 있고 싶어지는 사람이 될 뿐 아니라 상대도 그런 사람이 되도록 만들어 줍니다. 시간이 걸려도 너그럽고 사소한 걸로 문제 삼지 않는 사람이 돼 갑니다.

사소한 행동을 문제 삼아 싸우는 걸 줄이세요. 그러면 모든 면에서 파트너에게 훨씬 더 매력적인 사람이 될 거예요. 내가 하는 일에 매번 짜증을 내고 바보 같은 일로 싸움을 걸어오는 사람과 함께 있으면, 스트레스가 쌓이고 정말 끔찍한 기분일 거예요. 생각해 보세요. 항상 싸울 준비가 돼 있는 사람과 함께 있고 싶은가요? 재미도 없을 뿐 아니라 함께 있는 것 자체가 엄청난 스트레스겠죠.

의지만 있으면 됩니다. 중요한 일인지 아닌지를 판단해 보는 거죠. 해결해야 할 문제들만 제거하고 감정 싸움은 하지 않겠다고 결정하세요. '행동을 문제 삼고, 말을 문제 삼고, 견해를 문제 삼으면서 나를 더 사랑하고 아끼라고 요구하는 사람이 될 것인가?'라고 자신에게 질문을 던져 보세요. 대답은 분명 '아니오'일 거예요.

사소한 일들로 싸우는 것은 좋은 관계를 망치는 행동입니다. 이걸 깨달으면 겸손해집니다. 이건 굉장히 중요한 통찰이에요. 내가 사랑하는 사람에게 어떻게 문제를 일으키는지 알면 그 행동에서 벗어날 수 있습니다. 싸우면서 관계를 망치는 대신 행복한 관계를 만들 수 있죠.

아주 간단한 일입니다. 이 방법을 실천하면 얼마나 더 많은 사랑을 경험하고 얼마나 더 즐겁게 보낼 수 있는지 아세요? 말로 표현할 수 없습니다. 어리석고 사소한 일로 싸우는 자신을 발견하면 스스로 비웃어 버리세요. 고집스럽게 파고들고 따지기보다 행복하게 지내는 걸 더 중요하게 여기세요. 곧 습관이 돼서 관계의 방향을 영원히 바꿔 줄 거예요.

- 47장 -

잘 듣기만 해도 진짜 좋은데

연인이나 부부 관계에서 가장 상처받는 순간을 물으면 많은 사람이 '파트너가 내 말을 잘 들어주지 않을 때'라고 해요. 말에 집중하지 않는다고 생각하는 사람도 많고요.

파트너가 하는 말에 집중하면 두 가지가 좋습니다. 첫째는 당신에게 진심으로 관심이 있다는 걸 매 순간 느끼게 해 준다는 거예요. 관심과 진심을 표현하는 가장 효과적인 방법이죠. 매번 "당신에게 나는 언제나 관심을 기울이고 있어."라고 말은 해도 상대가 말할 때 듣지 않으면 사실은 다른 것들이 더 중요하다고 드러내는 게 됩니다.

잘 듣는다는 것은 상대의 감정을 살피고 의견을 인정하고 소중히 여긴다는 사실을 강조해 주죠. 잘 듣는다는 느낌을 받으면 자신을 특별하게 대하고 있다는 생각이 듭니다. 잘 듣는 사람 앞에서는 마음이 열리고 기꺼이 말하게 돼서 대부분 서로 더 가까워져요. 또한 상대도 내 말에 집중하게 되면서 친밀하고 편안하며 좋은 감정 상태가 유지되죠. 반대의 경우라면 어떤가요? 솔직히 좀 괴롭죠.

두 번째 혜택은 사소한 일에 과민 반응을 보이거나 속상할 일이 줄어드는 것입니다. 상대의 말을 주의 깊게 듣다 보면 상대의 성격이나 생각하는 방식을 엿볼 수 있고 이해하는 마음도 커지니까요. 하지만 무슨 말을 할지 이미 잘 안다고 넘겨짚거나 듣고 싶어 하지 않는 뉘앙스를 보이면 어느 순간 싸움이 일어나는 화약고가 되기도 하죠. 그러니까 싸움 방지는 곧, 잘 듣기가 되는 셈입니다.

잘 들으면 흘려들을 때보다 다른 것들이 더 들리고 느껴져요. 연인 사이나 부부 관계에서 경험하는 고통과 좌절감에 공감하며 이전에 없던 연민의 마음을 더 갖게 되죠. 상대의 순수한 내면을 더 자세히 보게 되고 마음을 더 넓게 열게 되기도 합니다. 잘 듣지 않았다면 몰랐을 상대의 열정과 신나는 흥분도요. 그러니 기쁨을 함께 나누게 되는 것입니다.

적당히 듣는 것과 잘 듣는 것은 차원이 다릅니다. 괜찮아 보이는 관계와 훌륭한 관계 정도로 이해할 수 있겠네요. 적당한 정도로 듣는 건, 종종 따지기 어렵지만 말하는 사람의 마음에 아무런 충만함을 주지 못합니다. 내 이야기를 잘 들어주기 원하는 건 인간의 기본적인 욕구라서 충족되지 못하면 사람은 결핍을 느끼고 외로움이 일어나기 마련이니까요.

반면에 내 이야기를 잘 듣고 있다고 느낄 때 사람은 완전한 느낌과 만족감, 온전히 담기는 느낌이 들면서 함께 있는 이 순간이 더없이 충만한 자리라고 느끼게 됩니다.

잘 듣는 탁월한 경청자가 되는 유일한 방법은 한 가지 방법밖에 없습니다. 연습하고 또 연습해야 해요. 상대가 했던 말을 또 다른 버전으로 여러 번 말할 때조차 들으려면 연습이 필요하겠죠?

잘 들으려면 상대가 하는 말의 내용에 진심으로 '참여'하고 인내심을 갖고 공감하는 것이 꼭 필요합니다. 판단하거나 속으로 다른 생각을 하지 않는 것을 의미해요. 상대가 말을 마치기 전에 끼어들지 않고 차례를 기다려야 합니다. 상대가 한 말을 이해하고 다시 짚어가며 내 생각을 이야기하는 노력이 필요하죠.

다행인 건 누구나 진심으로 잘 듣겠다는 마음만 있으면 언제든 그렇게 될 수 있다는 거예요. 해야 할 일은 상대의 말이 끝나기 전에, 그가 무슨 말을 하려는지 정확히 이해하기도 전에, 끼어들거나 중단시키거나 피드백을 주고 싶은 유혹을 얼마나 잘 알아차리는가입니다. 즉, 자신을 관찰하는 거죠.

습관을 고쳐가는 과정에서는 여러 번 자신을 붙잡아야 하지만 시간이 지날수록 점점 쉬워집니다. 최소한 '다 듣고 있어.'라고 내뱉는 말만큼만 정말 잘 들으면 서로 존중하고 만족한 관계로 이어질 것입니다. 그보다 더 좋은 게 어딨을까요?

- 48장 -

극적인 변화가 일어나는 상황

짐과 이본 부부는 결혼 후 32년 동안 거의 내내 불화를 겪으며 살았어요. 그러다 짐에게 악성 종양이 생겼다는 걸 알게 됐어요. 이 비극적인 소식 전까지 그들은 긴장이 흐르고 사랑이 부족한 관계 속에 있었습니다. 늘 다투고 서로에게 화가 나 있었어요. 유머나 웃음, 사랑과 존중이 거의 없고 갈등과 분노, 답답함이 가득 차 있는 일상이었죠.

짐은 '사랑하는 척하지만 실제로는 아닌' 생활 중이었다고 표현하더군요. 이본도 '우리 사이에 사랑은 이미 사라진 지 오래됐었다'고 동의했습니다.

한데 의사가 짐의 상태를 말했을 때 두 사람 사이에 이상한 일이 일어났어요. 그들 사이에 쌓여 있던 서로에 대한 괴로움과 부정적인 감정은 사라지고 사랑과 관심과 감사한 마음만 남게 된 거예요. 지금까지 둘 사이에 있던 분쟁거리가 모두 사소하게 느껴지고 별것 아닌 걸로 보였습니다. 마치 어두운 구름이 걷히고 햇빛이 비치는 것처럼 수년 동안 쌓여 있던 나쁜 감정은 사라지고 따스한 사랑이 드러난 것 같았다고 해요.

짐과 이본은 전과 똑같은 사람이죠. 같은 성격과 습관, 외모도 동일했어요. 분명히 상황은 달리 나아진 게 없고 바뀐 것도 없었습니다. 오히려 불치병에 걸린 한 명이 생겼죠. 그런데도 이들은 서로에게 마음이 향하고 깊은 사랑을 느끼게 됐습니다. 왜 그랬을까요?

달라진 점이 있다면, 짐에게 악성 종양이 생긴 것뿐이죠. 하지만 부부의 정신적인 패러다임에 변화가 일어났어요. 이 극적인 전환점이 서로 얼마나 어리석게 행동했는지 깨닫게 한 것입니다. 그렇다면 이런 정도의 극적인 전환점을 얻으려면 나쁜 소식이 있어야만 경험할 수 있을까요?

아니요! 그건 분명히 아니에요. 필요한 건 사건을 다른 관점에서 바라보고 싶다는 진정한 바람과 의지, 약간의 겸손함이에요. 자신이 무언가를 바라보는 방식이 관계나 삶을 돕는 게 아니라 해치고 있다는 깨달음뿐이죠.

이럴 때 마음을 말로 내뱉는 건 큰 도움이 됩니다. 가령 "분명히 내 잘못인 거 같아. 구체적으로 뭐가 문제인지는 모르지만. 앞으로 내 행동 때문에 당신이 힘들지 않게 되기를 바라. 어떻게 하면 좋을까?"라고 말해 보는 겁니다.

문제에 관한 진짜 알아차림은 몇 분, 며칠, 몇 주, 몇 달이 지난 후일 수도 있어요. 그러나 알게 되면 모든 게 별것 아닌 것처럼 사라지는 느낌을 단번에 받을 수 있죠. 배우자가 나뿐만 아니라 대다수의 사람에게 같은 방식으로 말하는 습관이 있다는 걸 알면 유독 기분 나쁘게 듣던 마음이 누그러질 수 있습니다. 방어적인 태도도 내려놓을 수 있고 불편한 감정도 사라질 수 있게 되는 거죠.

갑작스러운 깨달음이랄까요? 이것은 관계 전체의 방향을 바꿀 귀한 통찰의 순간입니다. 이런 극적인 변화의 알아차림은 언제 어디서든 거의 모든 상황에서 맞이할 수 있어요.

저는 대중 앞에서 말하는 게 끔찍하게 두려웠어요. 생각만 해도 기절할 것 같았고, 실제로 두 번이나 기절했어요! 그러던 어느 날, 모든 게 변했습니다. 그들도 나와 똑같은 사람이고 똑같은 처지인데 두려워할 필요가 없다는 걸 알게 된 거죠. 두려워할 게 더 많거나 적어진 건 아니지만, 결국 모든 요소는 같았어요.

여러분도 관계의 어떤 측면에서 갑작스러운 변화를 경험할 수 있다는 가능성을 열어두세요. 항상 무언가로 다퉈왔다면 이제 평화롭게 마무리하고 싶을 수도 있습니다. 또는 배우자가 당연하게 해주는 습관이 몸에 배어, 감사하는 마음을 일깨울 때일 수도 있어요. 어떤 상황이든 당신이 그것을 보는 관점에 따라 갑자기 변화가 일어나고, 그 통찰을 통해 삶을 더 나은 방향으로 변화시킬 수 있습니다.

완전히 다른 각도에서 무대를 바라보고 어떤 일이 벌어지는지 지켜보세요.

49장

당신의 하루를 브리핑 받고 싶지 않아요

저희 가족이 가장 좋아하는 노래 중 하나는 샤니아 트웨인 (Shania Twain)의 「Honey, I'm Home」입니다. 특히 아이들은 뒷좌석에서 이 노래를 따라 부르는 것을 좋아해요. 이 경쾌하고 재미있는 노래에서 트웨인은 자신이 얼마나 '힘든 하루'를 보냈는지를 말해요.

가사를 살펴보면 오늘 하루의 잘못된 모든 일을 자세히 설명합니다. 한 가지씩 차례로요. 끔찍한 하루를 보낸 적 있는 사람이라면 누구나 공감할 겁니다. 노래가 끝날 때 그녀의 하루가 마침내 끝났다는 안도감이 느껴질 정도죠.

길게 불평하고 나면 기분이 좀 나아집니다. 힘든 하루를 공유하면서 정리가 필요할 때도 있어요. 이런 식의 하루 리뷰는 유혹적이지만 지나치면 위험한 습관이 될 수 있습니다. 대화의 주요 초점이 되기 쉽고 생활 방식으로 굳어지니까요.

친한 친구 중 한 명은 정말 괜찮은 여자와 사귀고 있었어요. 그는 그녀의 거의 모든 면을 좋아했습니다. 그런데 시간이 지나면서 그를 미치게 만드는 그녀의 습관이 한 가지 있었어요. 두 사람은 퇴근 후 매일 밤, 함께 식사를 하거나 통화를 했어요. 그녀의 버릇은 「Honey, I'm Home」의 노래를 자신의 하루 버전처럼 부르는 거였어요. 그건 정말 재미없고 듣기 힘든 노래였어요. 그녀는 흥미로운 삶을 살았고 감사할 것이 많았지만 언제나 잘못된 일에 초점을 맞췄습니다. 그녀와 그녀 주변의 모든 이에게는 언제나 많은 문제가 생기기 때문에 이야깃거리는 떨어지지 않았죠.

사실 부정적인 일을 돌아보는 것은 기분을 좋게 만들 수 없습니다. 동정심이 많고 남의 말을 잘 들어주던 친구는, 그녀로 인해 인생이 멋있다는 사실을 잊어간다는 것을 알아차렸어요. 그는 이 문제로 여러 번 대화를 시도했지만, 그녀는 그저 자신의 감정에 솔직할 뿐이라는 입장이었습니다.

보통의 하루는 잘못된 일보다 잘된 일이 더 많습니다. 다치지 않고 집으로 무사히 돌아온 것부터 내일 또, 역동적으로 할 일이 있다는 것까지 말이죠. 친구의 '전 여자 친구'의 경우처럼 힘든 하루를 하소연하는 습관은 그날 하루에 일어난 모든 일을 부정적인 부분에 초점을 맞춰 말하는 태도를 만들어요. 오늘 스무 가지 일이 일어났고 그 중 열아홉이 합리적으로 흘렀는데 저녁 이야깃거리에는 나머지 한 가지에 대해서만 말하는 셈 아닌가요?

다른 날보다 특히 더 힘든 날이 분명히 있습니다. 그래서 우리는 내 얘기를 들어줄 사람이 필요해요. 가끔은 속내를 털어놓는 것도 괜찮고 건강한 일이에요.

하지만 습관적으로 그날 일어난 부정적인 사건을 저녁 식사의 주된 주제로 삼는 일만큼은 피해야겠습니다. 부정적인 말과 행동은 전파력이 강력해요. 아무리 안쓰러운 일이라도 자주, 상세히 공유하면 상대도 내 감정 상태를 고스란히 느끼게 되죠. 그건 연인이나 배우자, 친구를 내 감정의 쓰레기통으로 만드는 것과 다를 바 없어요.

이런 습관을 고치면 인생의 좋은 점을 잘 느끼는 사람이 돼요. 이 기쁨은 인간관계에서도 퍼져 나가죠. 그러면 파트너에게 더 흥미로운 사람이 되고 함께 있는 게 즐거운 사람이 될 겁니다.

– 50장 –

하고 싶은 걸 하게 두세요

한 친구와 정해진 생활비를 초과하지 않는 게 얼마나 힘든지 이야기하던 중이었어요. 친구는 자신이 싸주는 도시락을 먹으면 식비를 많이 줄일 수 있는데 남편은 나가서 사 먹기를 좋아한다며 불만이라고 말했죠. 그녀가 보기에는 군이 점심을 나가서 사 먹을 필요가 없어 보이고 돈만 더 쓰는 형국이라고 했습니다.

"남편은 외식할 때 7, 8달러를 쓰는데 나는 3달러도 안 되는 돈으로 맛있는 점심을 만들 수 있잖아!"

하지만 친구의 남편 입장은 매우 달랐어요. 그에게 점심을 사 먹는 일은 자신을 위한 몇 안 되는 일 중 하나고, 그 정도는 감당할 정도의 지출이라고 봤습니다. 회사에서 오전 내내 시달리다 점심 시간에 조용한 카페나 식당에서 차분한 마음을 다시 내고 가다듬을 수 있어서 작은 위안이 된다고요. 그러니 점심시간이 매번 기다려질 정도라서 절대 그 시간을 포기할 생각이 없었습니다.

남편이든 아내든 이런 것들이 있을 수 있죠. 검소한 것은 좋은 일이지만 이 경우에는 돈이 두 사람에게 큰 긴장을 일으키고 서로의 사랑을 방해하고 있습니다.

이럴 때라면 어떻게 해야 할까요?

물론 경제적 사정을 고려해서 선택하는 게 당연하지만, 이 경우라면 남편의 즐거움을 허용하는 게 좋다고 봐요. 하루에 몇 달러씩 쓰는 게 큰 타격을 주는 때도 있겠지만 두 사람의 경우에는 그렇지 않았거든요.

절약은 좋은 습관이고 꼭 필요하지만, 이런 경우 절약한다면 치러야 할 대가는 뭘까요? 아무리 옳아도, 그게 사랑하는 사이라도, 내 방식대로 사는 게 좋다고 강요하는 것과 상대에게 즐거움을 주는 것 중에 뭐가 더 중요할까요? 미래의 안정과 현재의 화목함 중에 어떤 게 더 중요할까요? 현재의 욕구를 위해서 미래의 안정을 희생하라는 뜻이 아니에요. 다만 배우자의 기쁨을 고려해서 적절한 타협 방법을 선택할 필요가 있다는 것입니다.

이 내용을 꼭 다루려고 한 건 약간의 돈보다 더 중요한 가치에 대해 함께 공유하기 위해서였어요. 배우자가 좋아하고 선호하며 즐거워하는 뭔가가 있다면 얼마의 돈, 얼마의 시간, 약간의 편리함을 포기하더라도 그를 위해 희생하는 것은 일반적으로 그만한 가치가 있습니다. 우리가 진짜로 만족하는 배우자는 행복하고 만족스러운 관계를 위해 힘을 보탭니다.

자신이 '옳다'고 고집하는 것을 멈추고 배우자를 배려해서 입장을 부드럽게 바꾸면 마법 같은 일이 일어나요. 그러면 배우자도 입장을 부드럽게 바꾸고, 두 사람이 함께 부드럽게 타협하거나 합리적인 해결책을 찾을 수 있게 됩니다.

요구가 불합리해도 굽히거나 늘 받아들여야 한다는 것이 아니에요. 그렇게 해서라도 잘 지내야 한다는 것은 더욱 아닙니다. 그저 별것 아닌 일, 적당한 정도의 것으로 그가 행복하고 행복을 느끼게 해줄 수 있다면 그냥 하고 싶어 하는 대로 두는 미덕을 발휘할 것을 제안하는 겁니다. 한번 시도해 보세요. 요구를 들어주면 더 좋아질 거예요.

6부

뜨거움은 내려놓고 따스함을 채워서

51장

칭찬은 고래만 좋아하는 게 아닙니다

10년 전이라면 이 내용을 책에 쓰지 않았을지도 몰라요. 저에게 칭찬은 양치질만큼이나 자연스러운 일이었거든요. 저는 언제나 칭찬을 주고받는 것을 즐겼고 상상할 수 있는 가장 후한 칭찬을 해주는 사람과 결혼했습니다. 하지만 서글프게도 너무 많은 사람들이, 특히 배우자에게서 원하는 만큼 충분한 칭찬을 받지 못한다는 사실을 알게 됐어요.

사람들이 칭찬을 많이 하지 않는 몇 가지 이유 중 하나는 배우자나 연인에게 칭찬이 꼭 필요하다고 생각하지 않기 때문이에요. 가령 '사라는 내가 자기 요리를 좋아한다는 걸 이미 알고 있어. 그러니까 굳이 말할 필요가 없어.'라고 생각하는 거죠. 또 다른 이유는 칭찬이 얼마나 중요한지 잊고 있기 때문입니다. 우리는 오랜 시간을 함께 보내는 사람의 엄청난 수고가 눈에 보이지 않고 당연하게 여기기 쉬우니까요.

한 남자와 그의 가족에 대해 이야기를 나누었어요. 그의 집에는 초등학생 아이들 세 명이 있고 그의 아내가 수년 동안 최소 일주일에 한 번 이상 아이들의 수업을 챙기고 있었습니다. 그는 한 번도 해본 적이 없었죠.

저는 너무 감동해서 "와, 아내가 아이들을 위해 그렇게 헌신하다니 정말 감사할 일이네요."라고 말했어요. 그제야 그는 아내가 얼마나 헌신하고 있는지 깨달았어요. 그는 오묘한 미소를 보이며 한 번도 아내의 노력을 고맙게 생각해 본 적이 없다고 하더군요. 그리고 아내가 회사에서 열심히 일하는 것도 고마워한 적이 없다고 덧붙였습니다.

어떤 사람은 칭찬이 자기를 낮추는 거라고 생각하기도 합니다. 내가 충분하지 않거나 부족하다는 뜻이 된다고요. 베스라는 여성은 남편이 집안일을 도와도 고맙다고 하지 않는다더군요. "제가 그 사람보다 훨씬 많은 일을 하는데 남편에게 칭찬을 해주면 나보다 자기가 더 많은 일을 한다고 생각할 거예요."라고요.

어떤 경우든 칭찬에 인색한 건 관계에 심각한 결함을 드러냅니다. 사람은 칭찬이 필요해요. 또 칭찬을 받으며 성장하고 감사한 마음을 배우고 느낍니다. 부분적으로는 칭찬으로 동기부여도 받아요. 상대가 나의 어떤 점을 좋아하고 고마워하는지 모르면 기쁘게 해주는 일이 어렵잖아요. 십 대 소녀가 책 사인회에 와서 "남자친구가 저에 대해 싫어하는 점은 다 알지만, 좋아하는 점은 거의 몰라요."라고 말한 적이 있습니다.

칭찬은 하기 쉽고 간단해요. 해야 할 일은 칭찬의 중요성을 깨닫고 칭찬을 시작하는 거예요. 칭찬이 마음에서 우러나오는 진심이라면 절대 실패할 수 없어요. 해야 할 일은 상대방을 생각하고 얼마나 감사한지 되돌아보는 것뿐입니다. 어쨌든 그녀나 그 없이 무엇을 할 건가요? 상대방은 당신에게서 칭찬이 듣고 싶지 않을까요?

그녀나 그에 대해 당신이 좋아하는 점을 알려주세요. 그리고 자주 말하세요. 배우자가 하는 일이 마음에 들면 알려주세요. 배우자가 가정 경제에 보탬이 되거나 책임을 진다는 사실이 고마우면 그 마음을 알려주세요. 남편이나 아내가 잔디를 깎으면 당연하게 생각하지 마세요. 대신 "당신은 정말 멋져요. 정말 고마워요."라고 크게 말하세요. 생각할수록 더 분명해지고 더 쉬워질 겁니다.

칭찬을 원하지 않거나 필요하지 않다고 생각하지 마세요. 칭찬은 많이 할수록 좋습니다.

크리스는 여러 가지 이유로 저에게 고맙다는 말을 만 번도 넘게 했어요. 그녀의 말은 진심이고 그것이 매번 느껴지기 때문에 처음 들었을 때나 지금이나 똑같이 기분이 좋습니다.

잠시 배우자나 연인에 대해 생각해 보세요. 당신의 삶을 더 좋고, 더 낫고, 더 완전하게 만들기 위해 어떤 일을 하는지 생각해 보세요. 그들의 재능과 긍정적인 특성을 생각해 보세요. 다음에 만나거나 대화를 나눌 때, 칭찬으로 놀라게 해 주세요. 그리고 칭찬을 생활의 일부로 만드세요.

- 52장 -

사람들 앞에서 곤란한 질문하지 않기

'참을 수 없는 연인의 습관' 목록 맨 위에는 '곤란한 질문으로 궁지에 몰아넣기'가 꼭 들어 있어요. 다시 말해 대답하기 난처한 상황에서 '지금, 꼭, 당장' 답을 하라거나 결정을 내리라고 강요하는 겁니다. 여기 전형적인 예가 있어요.

전화벨이 울립니다. 당신은 대화할 기분이 아니어서 배우자가 전화를 받았어요. 상대편에서 주말에 커플이 함께 만날 수 있는지 묻습니다. 몇 주 동안 당신은 집에서 조용히 지낼 기회를 기다려 왔죠. 하지만 전화를 받은 배우자는 이내 기분이 좋아 들떠 있어요. 이제 전화기를 귀에서 떼고 당신에게 묻습니다.

"여보, 나 너무 신나. 수잔인데 이번 주말에 같이 만나자네. 당신도 좋지?"

전화기 반대편에 있는 수잔은 당신의 말을 들을 수 있고, 이제 당신의 대답을 애타게 기다리고 있어요.

불편한 순간이 있다면, 바로 지금입니다. 어떻게 해야 할까요? 솔직하게 말하자면, 당신은 수잔과 이번 주말을 함께 보내고 싶지 않아요. 하지만 수잔은 정말 좋은 친구고 오랫동안 보지 못했어요. 게다가 수잔은 함께 만날 수 있다는 사실에 흥분해 있고 배우자도 기대에 부풀어 있어요.

당신은 지금 결정을 내려야 합니다. 만나서 뭘 하게 될지 정보도 정확히 알지 못해요. 감정을 솔직하게 말하면 이기적으로 보이거나 친구의 기분을 상하게 하거나 배우자가 화를 낼 수도 있는 상황이죠. 정말 가고 싶지 않지만 동의하고 나면 조금 억울하고 심지어 분한 마음이 들 수도 있습니다.

이런 상황에 전화를 받은 쪽이 당신이라면 어떻게 해야 할까요? 어떻게 하면 배우자를 궁지에 몰아넣지 않고 의견을 나눌 수 있을까요? 친구에게 함께 만나자는 제안을 해준 것을 고마워하는 마음만 표현하면 그걸로 된 겁니다. 굳이 지금 수화기 너머로 남편의 의견을 들으려고 하지 않고 시간을 벌어서 따로 물어보면 된다는 말이죠.

"그이도 함께 갈 수 있으면 좋겠다. 남편 상황을 잘 모르지만, 물어보고 알려줄게."

여기서 끝이에요. 문제는 없습니다. 누구의 기분도 상하지 않고 이 말 저 말 옥신각신할 일도 발생하지 않죠. 무척 간단합니다. 이보다 쉬운 방법이 있을까요? 이제 선택지에 대해 생각해 보고 자신의 참석 여부가 상대에게 얼마나 중요한지 들어보고 결정을 내릴 수 있게 됐습니다.

대다수가 사람들 앞에서 갑작스러운 결정을 요구받을 때 정말 난처해해요. 전화기 너머보다 바로 앞에서라면 더 곤란하죠. 다른 사람이 내 결정을 즉각 기다리고 보게 되니까요. 이런 배려 부족이 배우자를 곤란하게 만듭니다. 이런 상황에서는 무엇이든 고맙거나 감사한 마음도 들지 않아요. 그게 나에게 좋다고 상대가 생각했더라도 말입니다. 오히려 방어적인 마음과 불필요한 긴장감을 만들죠. 어쨌든 그런 상황은 항상 스트레스가 많은 환경을 만들어 냅니다.

사랑에 있어 사소한 일로 다투지 않는 쉬운 방법 중 하나는 불필요한 시험에 들지 않게 하는 거예요. 배우자를 시험에 들게 하고 싶지 않다면, 이 방법은 아주 효과적입니다. 배우자가 눈치 보지 않고 편안하게 둘이 있을 때 결정할 수 있게 해주세요. 그렇게 하면 더 편안하고 사랑스러운 배우자가 될 겁니다.

53장

말 좀 조용히, 따뜻하게 해줄 수 있을까요?

친한 친구의 경험이에요. 이제 막 친구들과 장거리 자전거 여행을 마치고 돌아왔을 때쯤이었죠. 친구는 기록 단축에 꽤 신경 쓰며 노력 중이었어요. 마침, 이번 시즌에는 갈 때보다 돌아올 때 주행 시간이 단축돼서 매우 기뻐하고 있었습니다.

그녀는 신이 나서 집에 돌아오자마자 남편에게 기록이 드디어 단축됐다고 들떠서 자랑했어요. 그러자 남편이 한마디 툭 던집니다.

"돌아오는 길이 내리막이라서 저절로 속도가 더 난 거 아냐?"

오 마이 갓! 친구는 마치 누군가 찬물을 끼얹은 느낌을 받았다고 해요. 남편은 아내가 원하는 승리를 어쩌다 우연히 얻어걸린 것처럼 반응한 거죠.

사람들은 분명히 훨씬 더 심한 말을 하기도 합니다. 그녀는 남편이 말한 '별 뜻 없는 대답'을 그리 오래 담고 있지 않을 수도 있어요. 하지만 문제는 '왜 그는 그런 말을 했을까?'입니다.

그 말이 사실이든 아니든 그건 중요하지 않죠. 남편의 대답은 어느 면으로나 긍정적인 감정이 나올 가능성은 전혀 없는 말이니까요. 그들 사이에 아무런 도움이 되지 않을 뿐 아니라 오히려 해가 되지 않나요?

상처받은 감정, 자존감 저하, 분노만 남았을 뿐이죠. 이렇게 부정적인 결과가 뻔히 예상되는 말을 왜 할까요? 별것 아닌 듯 던지는 상대를 깎아내리는 말, 상대의 노고를 축소시키는 말들 말입니다. 자기에게 아무런 이득도 없고 공감 능력도 없어 보이는 사실을 말이에요.

안타깝게도 너무 많은 사람이 자주, 가장 사랑하거나 친한 친구에게 그런 말을 합니다. 이 친구 남편의 경우는 아무 문제가 없는 사람이에요. 두 부부 사이는 깊은 유대감도 있어요. 그는 일부러 흉보거나 감정을 상하게 만들 의도가 없었어요. 다만 아내 입장에서 볼 때 이렇게 치명적인 실수를 한 건 그가 생각하기 전에 말하는 훈련이 돼 있지 않았기 때문이에요.

생각 없이 말하는 습관은 빈정대기, 폄하하거나 비꼬기, 말꼬리 잡기, 반박하기, 또는 그냥 필요 없는 말이지만 어떻게든 심술 궂게 말하기 등 다양한 방식으로 나옵니다. 이런 말을 평소보다 더 쉽게 하게 될 때는 보통 컨디션이 좋지 않거나 피곤하고 무언가에 압박감을 느낄 때 그럴 수 있어요. 마음에 이해심이 줄고 부정적인 부분이 커져 있을 때죠. 또는 이런 감정 변화에 상관없이 습관적으로 그렇게 말하는 사람도 있습니다.

원인이야 어쨌든 이렇게 툭 말을 던져 놓고 실수했다는 생각이 들 때가 얼마나 많아요?

대화는 실시간으로 하는 거지만 말과 말 사이에는 분명 공간이 있어요. 상대의 말이 끝나고 내가 말할 차례가 될 때 미세하게 생기는 단 몇 초가 있죠. 대화와 대화 사이에 이 몇 초를 상대가 알아차릴 정도를 넘어서지 않으면서 자주 활용하고 습관으로 만들어 갈 수 있습니다. 이 공간을 활용해서 스스로 자각해 볼 수 있어요.

'내가 하려는 이 말이 대화에 도움이 될까? 이 말을 하면 우리 사이가 더 가까워질까?' 이 간단한 질문만으로도 사랑하는 사람에게 쓸데없는 상처를 주지 않을 수 있어요. 또는 여러 인간관계에서 내뱉어 놓고 후회하거나 불편해지는 관계, 일방적으로 상대를 아프게 하는 말 습관을 크게 개선할 수 있어요.

잠시 침묵하면, 생각 없이 내뱉는 상처 주는 말은 줄어요. 생각 없이 하는 말은 일말의 상처를 주는 것으로만 끝나지 않죠. 대개는 어느 정도 방어적인 태도를 갖게 되고 그에 대응하면 몇 마디 말을 더 하게 됩니다. 이건 필연적으로 말다툼을 가져오고요. 순간적이라도 냉담한 감정이 흐르고 반복되면 함께 있고 싶지 않은 사람이 되거나 피하고 싶어집니다.

친구 남편이 말하기 전에 단 1초라도 자기 말에 주의를 기울였다면, 분명 다른 말을 선택했거나 아예 아무 말도 하지 않았을 거예요. 그러면 상처받은 감정과 분노의 하루 대신 서로의 시간을 즐기며 함께 시간을 보낼 수 있었겠죠.

'생각 없이 말하지 않기'는 너무나 쉽고 간단합니다. 상대가 말을 마치면, 말하기 전에 단 1초, 또는 몇 초만 말을 멈췄다가 스치듯 짧게 생각하고 말하면 됩니다. 이 정도는 누구나 할 수 있어요.

서로 보기만 해도 흐뭇한 사이란 건 그리 복잡하지 않아요. 중요한 건 대화죠. 대화에 모두 표현되고 담겨 전달되니까요. 사려 깊고 친절하게 대하려고 노력하고 방어적이지 않은 대화가 가능하면 사랑은 두 사람 사이를 절대 떠나지 않을 거예요.

54장

작업 완료

레이첼은 타지에서 오는 친구들과 함께 외출할 날을 몇 달 동안 고대하고 있었어요. 그녀는 세 자녀가 있고 파트타임으로 일하기 때문에 완벽한 시간을 내기 어려웠습니다. 베이비시터를 구하는 것도 불가능한 상황이 되어, 남편 릭이 아이들과 함께 있어야 했죠.

의식 있고 사랑이 많은 아버지인 릭은 풀타임으로 일하고 있었어요. 드디어 그날 저녁이 되자, 릭은 예정되어 있던 흥미진진한 비즈니스 모임을 취소하고 그녀가 외출할 수 있도록 했습니다. 레이첼은 아이들과 함께 집에 있어 줄 릭에게 매우 고마워했어요.

레이첼은 친구들과 함께 즐거운 시간을 보냈습니다. 그러나 집에 들어서는 순간, 그녀는 침울해졌습니다. 집은 폭탄이 터진 것처럼 보였거든요. 릭과 아이들은 이미 잠들어 있었습니다. 그녀는 외출한 것이 실수였다는 생각이 들었어요. 상쾌한 기분으로 잠자리에 들기는커녕, 잡동사니들을 치워야 한다는 사실에 화가 치밀었어요.

공정하게 말하자면 릭은 집에서 아이들을 돌보며 노력했기 때문에, 이것은 슬픈 이야기입니다. 릭은 피곤했고 휴식이 필요했어요. 그러나 일을 끝내지 못한 그의 태도와 노력 부족으로 레이첼은 고통스러운 밤을 보냈습니다. 레이첼이 몇 달 동안 고대했던 이벤트가 집에 돌아와서 목격한 집의 상태 때문에 빛바랜 것이에요.

이 사례에서 '일을 끝내는 것'은 집을 정리하는 데 걸리는 30분 정도의 합리적인 노력을 의미해요. 또는 약속한 대로 전화를 걸거나, 상대방의 삶을 조금이라도 더 편하게 만들어 줄 다른 약속이나 집안일을 하는 것 등입니다. 정말 간단한 것들이에요.

물론 많은 예외가 있을 수 있습니다. 너무 지쳤거나 바쁘거나 깜빡 잊어버려서 하지 못할 수도 있어요. 하지만 가능하고 합리적인 범위 안에서 상대방을 위해 더 많이 노력하세요. 일을 끝내기 위해 필요한 것은 무엇이든 하세요. 이렇게 하면 서로가 사소한 일로 고생하지 않아도 되니까요. 왜냐하면 여러분이 이미 해결했으니까요! 이것이 이 이야기의 교훈입니다.

55장

따스한 눈빛, 마음 유지하기

　두 사람이 사랑에 빠지면 서로가 삶의 중심이 됩니다. 그들은 서로의 말에 귀 기울이고 존중하며 무엇보다 서로를 연민해요. 한 사람이 기분이 좋지 않을 때 다른 한 사람이 곁에 있어 주고, 외적으로나 내적으로 상처를 받았을 때 아픔을 함께 나눕니다. 그들은 서로의 하루하루와 그 경험을 듣고 싶어 해요. 의무감에서가 아니라 우러나오는 사랑에서 그렇게 합니다. 서로의 이야기를 듣고, 서로에게서 배우고, 서로의 경험을 공유하는 것을 특권이자 기쁨의 원천으로 여겨요.

　연민은 상대의 감정에 공감하는 마음입니다. 누군가를 연민한다는 건 그 사람의 입장에서 감정을 이해하려고 애쓴다는 뜻이에요. 우리는 보통 사랑하는 사람에게 연민을 느끼고 고통 받는 누군가를 볼 때 이해하며 돕고 싶고 안타까운 마음을 느낍니다. 연민은 인간을 더 인간답게 만드는 감정이에요. 이런 연민의 마음을 더 많이 느끼고 표현할수록 우리는 더 나은 사람이 돼갑니다.

그러나 오래된 관계에서 잘 나타나는 이상한 현상이 있어요. 관계가 오래될수록 연인이나 배우자에 대한 연민을 잃게 된다는 겁니다. 어쩐 일인지 사랑하는 사람을 다른 사람을 볼 때와 다른, 까다로운 기준으로 가볍게 보기 시작하는 겁니다. 상처받기 쉬운 평범한 사람이라는 걸 잊고, 힘든 세상을 함께 살고 있다는 걸 잊고, 언제든 내 옆에 있는 게 당연하다고 여기거나 잊어버리게 되는 거죠.

낯선 사람이 배고프거나 아프거나 다치거나 슬프거나 상실을 겪으면 연민을 느끼기 쉽지만, 세상에서 가장 사랑하는 사람의 사소하고 일상적인 고통에 대해서는 마음을 열지 못하는 겁니다.

아직도 여전히 사랑하는 사람에게 연민이 있다면, 앞으로도 그 마음을 간직하기를 바랍니다. 그 연민으로부터 토대가 굳건하게 굳어져 사랑은 단단해질 거예요. 연민을 유지하면 관계는 사랑의 기반 위에서 흔들리지 않습니다.

연민을 잃어버렸거나 연민이 사라지고 있다 해도 되찾을 수 있어요. 상대방도 남들과 똑같이 두려움이 있고 상처를 받는 사람이란 걸 기억하면 됩니다. 어떤 일로 예기치 않게 상처를 받았다면 누군가에게 위로 받고 싶고 의지하고 싶을 겁니다. 누구나 그렇듯이요. 힘든 하루를 보낸 사람은 누군가에게 그날에 관해 이야기하고 싶어 해요. 그 마음을 존중해줘야 해요. 무엇으로부터든 화가 났고 불만이 커져 그 마음이 나에게 조금 튄다고 해도 같이 부정적으로 반응하지 마세요. 그 사람에게 필요한 건 사랑과 연민일 뿐입니다.

다가가서 마음을 열어주세요. 그렇게 하면 그날의 사소한 문제와 이슈가 얼마나 자주 해결되고 사라지는지 놀라게 될 겁니다. 매일 사소하게 보여주는 작은 연민들은 다른 어떤 것보다 서로에 대한 사랑과 존중을 키워줍니다. 나를 이해하는 누군가가 배우자나 연인일 때 큰 위로가 돼요. 이런 위안은 두 사람을 충만하게 해주고 만족스러운 안정감과 평화를 만들어 줄 거예요. 무엇이든 내가 먼저 하면 됩니다. 그리고 계속하면 됩니다. 기대하고 바라는 마음이 아니라 내가 더 나은 사람이 되기 위해서라도 해 나갈 수 있어요.

연민은 사랑하는 사람에게 필요한 만큼 자기 자신에게도 매우 중요한 요소예요. 나 자신도 똑같은 인간입니다. 실수하고 잘못하고 이성을 잃거나 정말 힘든 하루를 보냈을 때, 자신에게 너그럽고 친절하세요. 휴식을 주고 이해해 주는 마음으로 내려놓으세요. 최선을 다해도 할 수 없는 일이 있고 되지 않는 일이 많습니다. 그런 일은 겸허하게 인정하고 받아들이세요. 그러면 금방 다음 기회가 다시 문을 두드리거든요. 가혹한 판단 대신 자신에게 사랑과 인내를 베풀면, 모든 면에서 최고의 사람이 될 수 있습니다.

56장

미지근한 것보다는

부부 관계에 문제가 생기면 유능한 심리학자, 성직자, 상담사 등 자격을 갖춘 전문가가 큰 힘이 됩니다. 큰 문제가 없더라도 더 나은 의사소통이나 깊은 사랑이 필요할 때라면 많은 도움이 돼요.

뜨거웠던 적이 없는 사이가 어디 있을까요. 다만 오래 함께 살다 보니 미지근해지고 얇아진 마음이 되어 습관적인 관계가 돼버린 거죠. 큰 문제가 없더라도 식어 버린 관계는 서글픈 일입니다. 다행인 건 그런 사이에도 사랑은 여전히 있고 언제든 다시 따뜻한 온도로 만들 수 있다는 사실입니다. 사실 그리 어렵지도 않습니다. 생각을 조금 바꾸고 태도를 조금 다르게 하며 약간의 균형감각 또는 몇 가지 새로운 팁만으로 큰 차이를 만들 수 있습니다.

저는 주로 행복을 주제로 강의해 왔습니다. 강연에는 부부나 연인이 많았어요. 그들이 문제가 있어서 참여한 건 아니었어요. 다만 지금보다 더 좋은 관계를 만들고 싶었던 거였죠. 제가 듣는 가장 큰 칭찬은 "지금 저희에게 딱 필요한 내용이었어요."라는 말입니다. 그들이 감동한 내용은 별것 아니었어요. 행복한 연인이나 부부로 지내는 데 필요한 그저 지극히 사소하고 단순한 말들이죠. 다들 기억이 난 모양이었습니다. 뜨거웠던 한때, 자신들이 했던 말과 행동을 잊고 있었다는 걸요.

저는 여러분이 좋은 관계를 유지하기 위해 의사소통을 더 잘할 수 있는 수업 듣기를 권합니다. 상대에게 더 사랑스러운 사람이 되기 위해 강연에 참여하는 것도 적극 검토해 보세요. 요즘엔 무료 세미나들도 많아요. 서점에서도 관계나 커뮤니케이션에 관련한 책이 많습니다. 관계의 기술에 관한 오디오북도 함께 듣고, 가볍지만 유익한 책도 나눠 읽으면 분명히 서로 개선할 수 있는 부분을 발견하게 될 거예요.

서먹하고 멋쩍어지기 전에 이런 간단한 행동을 한번 시작해 보기를 권해요. 여러분이 찾던 그 시작의 발판은 서로를 새롭고 뜨겁게 달궈줄 수 있을 거예요.

이 중 한 가지 이상이라도 실천한다는 건, 서로의 관계가 중요하다는 걸 인정하는 것이며 함께 성장하고 싶다는 의지의 표현입니다. 또한, 함께 시간을 보낼 수 있는 좋은 방법이고 대부분 재미있을 겁니다.

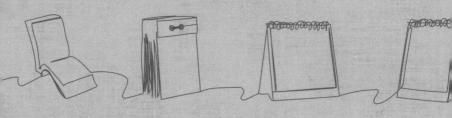

57장

손이 덜 가는 내가 돼 주기

집에 오는 손님을 두 유형으로 나누면 그 한편에는 '손이 많이 가는 손님' 유형이 있습니다. 좋은 대접을 바라는 손님이라고 해도 되겠네요. 이런 유형의 손님은 주인의 일상을 장악해요. 많은 관심을 원하고 함께 이곳저곳 방문하기를 바랍니다. 머무는 날 동안 어딘가를 가거나 이벤트로 꽉 채워지는 걸 기대하는 사람들이죠. 이런 경우 주인은 끊임없이 호응해 줘야 하고 기분을 살펴야 합니다. 그렇지 않으면 손님이 지루해하고 어쩔 줄 몰라 할 테니까요. 그런 활동에 사용되는 경비나 집에서 차려지는 음식 비용에도 손님은 그다지 관심을 두지 않습니다. 이런 사람이 집에 오면 나만의 공간이 절실해져요. 손님이 자립심이 없으니, 집으로 돌아갈 날이 손꼽아 기다려지는 건 물론 절대 재방문 금지 목록에 등록되겠죠.

다른 경우의 손님은 '대접이 편하거나 즐거운' 유형입니다. 이런 손님들은 무척 반갑죠. 많은 시간을 함께 보내며 웃고 떠들지만 어느 시간에는 이들이 집에 함께 있다는 걸 잊기도 해요. 이들은 주어진 자기 공간에 조용히 머물며 자신만의 시간을 갖고 주인 역시 자기 시간을 갖도록 배려할 줄 압니다. 이들은 문젯거리를 만들지 않아요. 본인 스스로도 할 일이 있다는 걸 알려주고 함께 있는 게 즐겁다고 표현하지만 많은 시간, 많은 걸 기대하지 않습니다.

친구나 연인, 배우자 역시 이와 비슷한 사람이 있어요.

신경을 많이 써야 하는 쪽과 유사한 사람들은 모든 걸 신경 써주기를 바랍니다. 요구사항이 많고 필요한 것들이 많으며 매 순간, 매 상황에 신경 써 줄 것을 바라죠. 관심을 요구하고 원하는 만큼 돌봄을 받지 못하면 화를 내거나 토라지고 슬퍼해요. 질투심이 많고 보호 정도에 따라 감정도 이리저리 불안정합니다. 다른 일이 있거나 함께 있지 못하는 상황이 생기면 이해와 납득시키는데 많은 에너지를 쓰게 합니다.

이런 사람들은 상대를 귀찮게 하고 원하는 걸 얻으려고 잔소리하는 때도 많아요. 그들은 혼자 있기 어려워하며 독립심이 없습니다. 사람 자체가 좋을 수는 있지만 보살펴야 하는, 아직 어른이 되지 않은 사람이기에 관계를 유지하려는 큰 노력이 필요해요.

반면 참 편한 사람이 있습니다. 이런 사람과는 함께 있기 쉬워요. 필요한 것이나 바라는 게 별로 없고 자신을 스스로 잘 지키고 발전시키는 게 중요하다는 걸 아는 사람들이에요. 유연하고 부드럽지만 독립심이 강하고 온화하지만 강인합니다. 이런 사람들은 혼자서도 잘 지낼 뿐 아니라 혼자 있는 시간에 자신이 성장한다는 걸 잘 아는 사람입니다.

자신이 그렇듯 누구나 자기만의 공간이 필요하고, 온전하게 사용하는 자신만의 시간이 중요하다는 걸 아는 거죠. 따라서 상대도 그렇게 지낼 수 있도록 배려합니다. 사고가 유연하고 뭐든 함께 하는 걸 좋아하지만 나에게 무언가 해 주지 않거나 돌봐주지 않는 것을 탓하지 않아요. 함께 할 수 없는 시간이 아쉽더라도 상대방의 사정을 이해합니다.

물론 우리 대부분은 그 중간 어딘가에 속해요. 완전히 무관심해도 되는 쪽이 없고 반대쪽 극단에 있는 사람도 거의 없습니다. 하지만 지금보다 보살핌이 덜 필요한 사람이 되면 즐겁고 사랑스러운 관계를 맺을 확률이 훨씬 높아져요.

우리는 모두 삶이 힘들 수 있다는 걸 압니다. 관계란 안식처의 한 부분이며 서로에게 정신적으로나 감정적으로 영양을 공급하고 풍요롭게 해줘요.

이런 대상이 한 공간에 있을 때 서로의 삶을 조금 더 수월하게 살 수 있게 만들어 주며 자신을 끊임없이 어필하거나 방어해야 할 필요가 없어집니다.

누구나 돌봐주거나 관심을 갖게 하는 요소는 분명히 있어요. 문제는 적은 정도에서 벗어나 감당하기 부담스러운 정도를 자주 침범하는 경우에 있습니다. 반복적인 패턴을 보이는 경우죠.

자신을 한 번 돌아볼까요? 당신은 두 가지 경우 중 어디에 속하나요? 모든 배려와 돌봄과 관심에는 상대의 수고로움이 담겨 있습니다. 만약 어느 정도 조절이 필요한 걸 자각했다면 조금이라도 그런 상태에서 변화를 만들겠다는 노력이 필요해요. 그러면 당신의 연인도 이런 노력을 금방 알아채고 당신에게 고마워할 겁니다.

살아가는 데는 수고와 스트레스가 많아요. 조금이라도 그 스트레스를 줄여서 반드시 손이 덜 가는 사람이 돼야겠습니다.

58장

1, 2분이면 돼요

재미있는 전략 하나를 제안해 볼게요. 자연스럽게 가만히 눈을 감고 잠시 쉬세요. 단 1분도 괜찮아요. 그리고 배우자나 연인의 좋은 모습, 사랑스러운 행동, 감사한 것들을 떠올려 볼까요? 아침에 싸우고 나왔다고 해도 지금 해보세요.

이 제안을 한 이유는 배우자나 연인의 좋거나 사랑스러운 모습을 떠올린 직후에는 사소한 일에 짜증을 내거나 화내는 일이 거의 불가능하다는 걸 알게 됐기 때문이에요. 제 경험을 말해 볼게요.

며칠 전 아침에 저는 크리스가 아름다운 미소로 다른 사람들의 삶을 환하게 밝혀주는 생각을 했습니다. 크리스는 낯선 사람을 포함해서 누구에게든 미소를 짓고 친절하게 대하는 사람이에요. 공항에 데리러 나가면 어김없이 비행기에서 새 친구를 사귀어 왔어요. 제가 어떤 일로 속상해하면 크리스는 어김없이 "그건 사소한 일이야."라고 주의를 환기해 줬고 그 말을 들으면 영락없이 마음이 편해졌죠. 침대에서 일어나기 전에 마지막으로 떠오른 생각은 두 딸을 알뜰살뜰 잘 챙기는 크리스의 모습이었습니다. 만약 제가 아이들 옷을 챙기거나 머리 묶는 걸 맡았다고 생각하면 아찔해요. 이 생각을 하다 갑자기 웃음이 나오기도 했습니다.

그날 침대에서 떠오른, 제가 크리스를 사랑스럽게 느낀 세 가지 이유는 이랬어요. 대략 1, 2분 정도 걸렸던 것 같아요. 단 1, 2분으로 그날의 분위기가 결정됐습니다. 무슨 뜻인지 아시겠죠?

1층으로 내려온 저는 신문을 가지러 나갔다가 크리스가 차 문을 잠그지도 않고 앞좌석에 지갑과 집 열쇠를 놓은 걸 봤어요. 크리스의 이런 버릇은 제게 정말 큰 스트레스 중 하나예요. 크리스는 사람을 워낙 잘 믿는 편이라서 안전에 대해서 별걱정을 하지 않아요. 이 부분에 대해서 여러 차례 제 생각을 말했고 크리스도 매번 동의하면서 주의하겠다고 했지만, 또다시 반복한 아침이었습니다.

그런데 이상했어요. 조금 전에 크리스의 좋은 면을 떠올린 그 온기가 마음에 남아 있는 상태였기 때문에 그렇게 스트레스 받고 신경 쓰던 일이 대수롭지 않게 생각되는 거예요. 굳이 더 생각하지도 않았어요. 별일 아니었고 걱정도 크게 되지 않았죠. 그냥 그럴 만한 일로 여겨졌어요.

이제 와서 추측해 보는 거지만 제가 평소처럼 아침에 그냥 일어나서 그 상황을 봤더라면 제 행동은 어떻게 달라졌을까요? 아마도 보는 즉시 화가 났을 테고 집 안으로 들어가 그걸 크리스에게 전달했을 테죠. 만약 깨자마자 스트레스를 받았거나 찌뿌둥한 몸을 이리저리 움직이고 간신히 일어난 상태였다면요? 대답이 필요 없을 것 같네요.

제 말은 매일 아침 일어나서 배우자나 연인의 좋은 점을 생각해 보자는 뜻이 아니에요. 또 아침에 그렇게 했다고 하루 종일 절대로 짜증이 나거나 화날 일이 없다는 것도 아닙니다. 하지만 적어도 그럴 가능성을 상당히 줄일 수 있어요. 귀찮거나 하기 싫은 부탁을 받을 때도 그 정도가 심하지는 않을 거예요.

제 생각에 이 전략은 빠르고 간단하고 효과적이에요. 노력도 거의 필요하지 않아요. 게다가 기분도 좋아집니다. 좋은 생각을 하면 내가 먼저 기분이 좋아지잖아요. 실제로 해 보면 사소한 걸로 싸우지 않는 게 이렇게 쉬운 거였나 하면서 깜짝 놀랄 거예요.

- 59장 -

꿀떡 삼키면 점점 작아지는, 비판

비판에 매우 취약한 사람이 있어요. 강하든 약하든 비판 자체를 견디지 못하는 겁니다. 이런 사람들은 특히 가까운 사람에게 비판받거나 배우자에게 비판받을 때 조절 능력을 더 자주 잃어서 심하게 화를 내거나 방어적으로 되고 순간적으로 감정이 돌변해 버립니다. 하지만 사실 비판은 그리 대수로운 일이 아니에요.

우리는 누구나 남들이 겪는 정도의 것들은 모두 다 겪습니다. 누구나 누구에게든 비판을 받아요. 그 비판의 대부분은 배우자, 친구, 가족처럼 매우 가까운 사람에게서 듣게 되는 경우가 많죠. 그럴 수밖에 없는 게 그들과 가장 많은 시간을 보내기 때문입니다. 그들은 긴 시간 동안 나의 좋은 면만 보는 게 아니죠. 나쁜 면, 부족한 면, 그들 자신의 기준에서 선호하고 반대하는 온갖 것들로 비판거리는 다양합니다. 내 감정 상태가 좋고 나쁨에 상관없이 때로는 나 역시 똑같은 역할과 입장에서 비판자입니다.

내 감정이 그리 좋지 않을 때나 상대가 비슷한 상태일 때 서로 비판할 가능성이 가장 높죠. 상대의 단점을 가장 잘 아는 나로서는 가장 적절한 비난거리를 들고나오게 되는 거죠.

그러나 현실 직시가 좀 필요해요. 비판은 모두 나쁜 건가요? 사랑하는 사이에 비판하면 사랑이 없는 건가요? 때로는 습관적으로 비판하기도 하고 스트레스를 받거나 불안할 때 더 예민하게 비판하기도 합니다. 하지만 상대가 믿을 만한 사람이라면 그가 하는 비판은 가끔 내가 정말로 고쳐야 할 결함에 대한 것일 겁니다.

다시 말해 모든 비판이 부당한 건 아니에요. 비판 자체를 견디지 못하는 사람은 자신을 들여다볼 기회를 오직 자기 자신에게서 찾아야 합니다. 사람은 서로 부딪히고 조절하며 성숙해지는 관계 속에서 성장하니까요. 그러나 비판 모두를 지나치게 선택적으로 듣거나 속으로는 일부 시인해도 무조건 듣지 않으려는 좁은 편견 속에서는 오히려 비판에 공격적인 반응만 키워 냅니다.

사실 듣고 싶지 않거나 들을 필요가 없는, 듣지 않아도 될 비판들이 있습니다. 그런 비판들이 들려왔을 때 화를 내는 건 정말 바보짓이에요. 전혀 가치가 없는 비판을 들으면 오히려 가벼운 미소를 보이는 걸로 한 방 먹일 수도 있는 거 아닐까요.

비판은 언제나 방어적인 태도를 먹고 자랍니다. 반대로 비판은 초연하게 받아들이면 저절로 줄어들고 서둘러 사라져 버려요. 비판을 방어하기만 하면 지적한 사람이 정당한 비판을 딱 꼬집어 한 것으로 여겨지기도 합니다. 하지만 비판에 초연하면 비판하고 싶은 마음도, 비판해야겠다는 생각도 사라져 버립니다.

게일의 남편은 컴퓨터를 좋아하고 잘 다룹니다. 그는 평소에 아내가 컴퓨터를 잘 다루지 못하는 것에 비판적이었죠. 왜 그렇게 어려워하는지 이해하기 힘들어했습니다. 저는 그의 아내에게 남편이 그 일로 얼마나 자주 비판하는지 물었어요. 그녀는 한 달에 서너 번 정도라고 했습니다. 평소에 어떻게 대처했는지 물어보니 지금까지 당한 게 있어서 조금씩 방어적으로 변하고 있다고 하더군요. 그녀는 남편에게 이 문제로 비난하지 말라고 여러 번 경고했지만 계속되고 있어서 이제는 상처를 받는다고 했어요.

저는 비판에 대한 몇 가지 조언을 해주었습니다. 그가 악의적으로 비판하고 있지 않다는 점과 비판을 수용하면 빠르게 힘을 잃고 비판 자체가 줄어든다는 것을요. 그녀는 남편이 스스로 비판을 멈추는 게 맞다고 생각했지만, 조언을 꼭 시도해 보겠다고 했어요. 한 달쯤 지나서 반가운 소식이 들렸어요. 그녀는 비판을 피하는 법을 배운 덕분에 상대의 태도를 고치는 가장 쉬운 방법을 알았다고 말했습니다.

그녀는 남편이 비판할 때마다, 그가 원하는 건 컴퓨터를 잘 사용해서 편리하기를 바라는 것으로 생각하면서 즉시 수용해 버렸다고 해요. 그녀는 남편의 말에 저항하고 반박하고 기분 나빠하며 걸고 넘어가는 대신, 그냥 동의하고 "당신 말이 맞아. 나도 배워야겠어."라고 말했죠. 그녀의 반응이 너무 차분해서 남편의 비판은 줄어들었고 어느 순간 이렇게 말했다고 합니다. "그래! 아무려면 어때. 이런 게 무슨 소용이라고!"

게일은 남편의 비판을 마치 게임처럼 대했습니다. 그리고 이기는 법을 배우고 있었습니다. 그게 다예요. 별것 아니죠. 화려한 기술이 필요하거나 심리학적 문제를 논하거나 외울 필요도 없이 그저 관점을 약간 바꾸고 남편의 비판에 담긴 순수함을 보려는 의지와 유머 감각만 있으면 됐죠. 증명할 방법은 없지만 제 생각에 그녀가 계속 방어적이고 진지하게 이 문제를 받아들였다면 남편의 비판도 계속됐을 거예요. 그러나 결과적으로 상황은 바뀌었습니다.

배우자의 비판이 자주 발생하고 더 심각한 경우라도 이 전략을 사용하면 분명히 효과가 있을 거예요. 상대의 반응 없이는 비판에 실릴 에너지는 없어집니다. 또한 자신도 비판에 예민하게 반응하는 태도는 아무런 가치가 없고 할 필요도 없다는 사실을 알아야 해요. 기억할 것은 비판은 덜 심각하게 받아들일수록 줄어든다는 것입니다.

60장

장난치면서 지내요, 우리

(크리스)

기억에 오래 남는 칭찬 하나가 있습니다. 남편과 영화를 보러 가서 기다리는 중이었어요. 저희는 속닥이며 농담을 주고받다가 키득거렸어요. 그때 뒤에 앉은 여성이 자기 남편에게 속삭이는 걸 들었죠. "저 두 사람 좀 봐요. 이제 막 사귀기 시작했나 봐. 우리도 저랬었잖아. 기억나죠?" 이때 저희 부부는 결혼 13년 차였습니다.

행복한 커플들은 대부분 장난기가 있는 거 같아요. 저희도 그 렇지만 대부분은 서로에게 심각하게 반응하지 않죠. 물론 진지할 때도 있지만 평소에는 함께 자주 웃고 자신을 좀 모자란 사람처럼 표현하며 셀프 디스로 재미를 더하기도 합니다.

서로의 별난 습관이나 단점들을 심각하게 받아들이지 않아요. 이런 유쾌한 태도가 방어적이거나 긴장감을 갖고 작은 일에 일일이 잘잘못을 따지는 작은 싸움을 막아주죠.

실제로 기준 이상을 기대하고 바라지 않는다면 균형 잡힌 감정을 유지하면서도 한 팀이 되어 좋은 친구로 지내는 데 도움이 됩니다. 장난기 넘치고 한창 재밌고 즐거울 때는 사소한 어떤 단점도 신경 쓰이는 게 거의 불가능하거든요.

반면에 제가 아는 커플 중에서 관계에 문제가 있거나 행복해하지 않는 커플들을 생각해 보면, 조금은 무거운 느낌이 듭니다. 다소 진지해 보인다고 해야 할까요. 그들은 여간해서는 함께 웃지 않는 것 같아요. 그 부부들은 생활 모든 부면에서 차분하고 진지한 느낌이 많아요. 그러다 보니 끈끈한 애정이 많이 옅어져 버려서 방어적으로 소통합니다. 낮은 목소리로 대화하는 것 같지만 실상은 말다툼인 경우도 많습니다. 진지하면 모든 게 큰일처럼 보이고 사소한 일에도 쉽게 짜증 내기 쉬우니까요.

그렇다면 어떻게 장난기가 많아지게 할 수 있을까요?

우선 자신을 덜 심각하게 봐야 해요. 장난기를 늘리는 가장 좋은 방법은 자신을 너무 진지하게 보지 않는 일이거든요. 남들 눈에 어떻게 보일지 걱정하거나 지금 내가 할 수 있는 일보다 높은 곳에 매 순간 눈높이를 맞추지 않고 스트레스 쌓이는 하루하루를 좀 줄이면 어때요?

　지금 처한 문제들이나 원하는 것들을 해결할 때까지 진지해야 한다고 생각할지도 모르겠습니다. 그러나 문제들은 완전히 끝나는 법이 없고 언제나 일어나기 때문에 늘 신경 써야 합니다. 시간이 지나면 또 다른 문제가 생기거든요. 문제는 항상 있어요. 그러니 그런 것들에 휘둘리지 말고, 이 순간을 누릴 수 있는 즐거움을 놓치지 마세요. 가벼운 마음으로 서로를 웃겨 보세요.

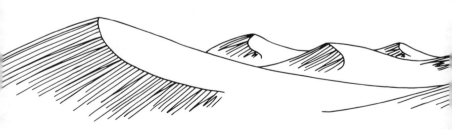

7부

비난을 멈추고 당신을 이해하고 나면

- 61장 -

말을 줄이세요

많은 사람이 이야기하기를 좋아합니다. 경험한 일, 느낀 감정, 관찰한 것, 바랐던 것, 성취한 것에 대해 말하기를 좋아하죠. 때로는 실패담이나 실수, 사고 경험을 공유하면서도 만족해합니다. 사람이 친밀해지려면 서로의 이야기를 나누는 것만큼 확실한 것도 없는 듯해요. 서로에게 연결되고 관심을 유지하는 방법이기도 하니까요. 하지만 주의할 점은 모든 이야기에 자신을 주인공으로 만드는 습관입니다.

뉴욕의 어느 식당에서 친구를 기다리고 있을 때였어요. 옆 테이블에는 이십 대 중후반으로 보이는 젊은 커플이 데이트하고 있었죠. 여성은 세 차례에 걸쳐 자신이 겪은 이야기를 꺼냈어요. 첫 번째는 그날 자신에게 무례하게 군 사람에 대한 이야기였고, 두 번째는 근래 회사 업무로 얼마나 스트레스 받고 힘들어졌는가에 대한 하소연이었습니다. 세 번째는 부모님이 어린 시절 자기 말에 귀 기울여 주지 않았다는 눈물겨운 이야기였어요.

결론적으로 이 세 가지 이야기는 남자 친구의 말 때문에 흐지부지 가려졌습니다. 첫 번째 이야기는 오늘 자신이 탄 택시 기사가 얼마나 무례하게 굴었는지, 세상에 그런 사람 처음 봤다는 말에 묻혀버렸죠. 두 번째 이야기는 자기 일이야말로 세상에서 가장 스트레스를 많이 받는 일이라고 하는 바람에 훨씬 더 빨리 흐지부지됐습니다. 세 번째 이야기에서 남자 친구는 부모님께 정서적으로 학대당했다는 말로 완전히 말문을 막아버렸어요.

여성의 얼굴을 슬쩍 엿봤는데 얼굴에 생기가 없어진 상태였어요. 실망한 눈치였어요. 그녀가 자기 이야기를 할 때마다 남자 친구가 더 강력한 이야기를 들고나오는 바람에 말할 기분이 아니었을 겁니다. 도무지 자기 이야기의 주인공이 될 기회를 주지 않았으니 실망스럽고 짜증 나지 않았을까요.

저는 남자에게 악의가 있던 건 아니라고 확신합니다. 그의 관점에서는 서로 힘든 상황을 이야기했고 서로의 경험을 공유했다고 생각했을 거예요. 하지만 그는 상대가 누려야 할 스포트라이트를 훔치고 있다는 건 전혀 알지 못한 것 같습니다.

의도하지 않았겠지만, 그는 그녀가 겪거나 느낀 감정이 중요하지 않으며 재미없다고 말한 것이나 다름없습니다. 그는 자신의 이야기를 끼워 넣는데 집중하느라 '정말 힘들었겠다', '그랬구나' 같은 공감도 표현하지 않았죠. 그녀는 자기 이야기에 공감해 주는 사람이 필요했을 텐데 말입니다.

우리는 여러 차례 서로에게 이런 실수를 저질러왔어요. 앞으로 가능하면 상대의 이야기를 편집하거나 수정하거나 추가하지 않도록 주의해야겠습니다. "에이, 그건 별것 아니야, 내 얘기 들어볼래." 같은 말로 대화의 주도권을 빼앗지 않는 겁니다. 이런 행동은 '네 이야기는 별것 아니야. 그리고 중요하지도 않아.'라고 말하는 것과 다르지 않기 때문이죠.

이런 파트너와 늘 이야기를 나눠야 한다면 편안함을 느낄 수 있을까요? 설사 조금의 악의가 없어도 상대보다 내 경험, 내 이야기가 더 중요하다고 말하는 것이나 다름없는 사람과 말입니다.

내 말을 꼭 해야 할 때도 있지만 상대가 이야기하고 있을 때는 말을 줄이고 집중해 주는 게 최선입니다. 지금, 이 순간의 주인공은 상대이기 때문이죠. 그렇게 대해 주면 상대는 더 명랑한 말투로 신나게 말할 거예요.

결국 내 말을 잘 들어주는 사람이 이야기할 때 나 역시 잘 듣게 됩니다. 그러면 세월이 흐를수록 이전보다 더 재미있고 즐겁고 행복한 시간을 함께 보내게 될 거예요.

- 62장 -

좀 틀리면 어떤가요?

하루는 헬스클럽 로비에 있는데, 한 여성이 남편에게 "이따 봐요, 여보. 오늘은 애들하고 당신이 좋아하는 캐서롤(반죽에 다양한 재료를 넣어 만든 클래식 요리)을 만들어 주고 싶어서 집에 먼저 갈게요. 한 시간 정도 걸리니까 서둘러 가야 해요."라고 말하더군요.

이 말을 듣고 아내가 참 다정하다고 생각했습니다. 그런데 남편의 답변을 듣고는 가슴이 쿵, 하고 내려앉았어요. "한 시간은 무슨. 50분이면 충분할 텐데!" 오, 이런. 맙소사!

한 일주일쯤 지났을 때, 식당에서 옆 테이블에 있던 남자가 다른 커플들과 일행에게 말하는 걸 들었습니다. 내용은 다 듣지 못했지만, 마지막 말은 제대로 들었죠. "우리가 막 출발하려고 하니까 열 명 정도가 우리 앞에 끼어들었어." 그 말을 마치자 한 무리의 사람들이 깔깔거리며 크게 웃었어요. 한데 그들의 웃음이 다 끝나기도 전에 그의 아내가 "여보! 열 명이 아니라 여섯 명이었어!"라고 말하는 거예요.

이런 태도가 얼마나 무례하고 불쾌한지 언급하는데 적절한 사례인 것 같네요. 많은 사람이(특히 가까운 사람끼리) 서로를 대할 때 말을 바로 잡으려는 경향이 있다는 걸 보여주는 예시예요.

두 가지 예를 포함해 그밖에 어떤 경우라도 상대의 말을 바로 잡는 일은 불필요한 일입니다. 공유의 기쁨을 빼앗고 상대방을 머쓱하고 난처하게 만드니까요.

헬스클럽에 있던 여성은 가족을 다정하게 챙기고 있었어요. 가족이 좋아하는 요리를 모처럼 준비해서 그들에게 기쁨을 주려는 거잖아요. 그녀 자신도 설렜을 거예요. 한데 그녀에게 돌아온 건 남편의 차가운 반응이었죠. 그가 원래 그런 식으로 말을 해 온 사람인지, 아니면 유독 그날 심술을 부렸는지는 모르겠지만 남편의 반응을 들은 아내 마음을 생각해 볼 수는 있습니다.

아내에게 그런 반응을 보이는 게 어떤 유익이 있을까요? 설사 요리에 더 짧은 시간이 걸렸다 한들 가족을 생각하는 아내의 마음을 위축시키고 기분을 상하게 하는 일에 비할 수 있을까요?

식당에서 남편의 말을 정정한 아내도 마찬가지입니다. 그녀에게 물어보면, 일부러 그의 이야기와 즐거움을 망치고 그를 조금 바보처럼 보이게 만들었다는 걸 인정하지 않을 것 같습니다. 다만 그녀는 누군가의 말을 자신이 나서서 정정하는 게 얼마나 상대를 난처하게 하는 건지 모르기에 무지한 잽을 날린 거겠죠. 그 자리에 있던 사람 중에 몇 사람이나 그의 말이 잘못됐었다는 걸 기억할까요? 누가 신경이나 쓸까요? 몇 사람이 앞질렀는지 그게 무슨 차이가 있을까요?

물론 한두 번 말을 바로 잡아 주는 일로 관계가 상하거나 깨지는 않습니다. 그러나 파트너가 내 말을 곧잘 정정한다면 꼭 필요한 것도 아닌데 왜 말을 자르고 토를 달까? 라는 불쾌한 마음이 터져 나오지 않을까요? 계속 그렇게 한다면 함께 있을 때 말에 촉각이 서고 조심스럽고 경계하게 되지 않을까요? 그렇게 되면 조금은 멀어지고 싶어질 겁니다.

이 지점에서의 교훈은 간단명료해요. 그 누구도 자기 말을 다른 사람이 정정해 주는 걸 좋아하지 않습니다! 오히려 대부분 불쾌하게 여겨요. 따라서 정당한 이유가 있거나 매우 중요한 문제를 다루고 있는 경우가 아니라면, 속으로만 정정하거나 아예 하지 않는 게 좋습니다.

이렇게 할 때 파트너는 편안하고 솔직하게 당신과 소통하게 됩니다. 또한 그 관계는 건강하고 활기있게 유지될 거예요.

63장

내 행복은 내가 만든다. 휘둘리지 않고!

　인기 노래 가사에 '당신은 나를 행복하게 만들어.', '당신 없이는 못 살아.', '당신은 내 세상이야.' 같은 내용이 많죠. 이런 가사는 내 행복을 다른 사람에게 떠넘기는 노랫말인데요. 너무 무서운 내용 아닌가요? 너무 부담스러운 말이에요.

　이 말들은 "나는 스스로 행복할 수는 없어.", "나와 함께할 거지? 그럼 나를 행복하게 해줘야 해."라고 말하는 것과 다름없습니다.

　듣기에는 아름다운 말이죠. 깊이깊이 당신을 원하고 있다는 말은 연인 사이에 로맨틱한 메시지니까요. 하지만 사랑하는 사람에게 자기 행복 지수를 책임지게 하고 원하는 만큼 즐겁고 행복하게 해 주지 않으면 이내 불행하다고 울고 따지는 사람이 많아요.

연인이나 부부 사이에서도 흔히 내 행복을 떠넘기고 있다는 걸 깨달을 필요가 있는 거 같아요.

'내 아내는 왜 달라질 수 없을까? 짜증나게.', '내 남편은 왜 저런 식으로 행동하는 걸까? 너무 우울해.', '왜 일에만 몰두하고 집안일에는 소홀한 거지? 아, 나는 불행해.' 이와 비슷한 수천 가지 다른 말과 생각으로 내가 아닌 누군가가 어떤 식으로든 내 행복을 책임져야 하고, 내 행복은 누군가로부터 영향을 받는다는 걸 기정사실로 합니다.

'그 사람만 달라지면 나는 행복할 거야.', '그 사람은 변해야 해. 우리 가정의 행복을 위해서 반드시!', '변화가 필요한 건 내가 아니야!'

뭘 발견했나요? 내 불행이 다른 사람 손에 달려 있다고 생각하는 거죠.

아무리 사랑해도 행복과 불행이 그 사람에게 달려있다고 생각하는 사람은 진짜 '행복'할 수 없습니다. 상대가 나를 위해서 지속적인 변화를 해 줘야 하고 그 변화를 원하는 바람들은 끝이 없을 겁니다. 결론은 하나죠. 또 화나고 또 속상하고 또 우울하고 또 서글퍼질 거예요. 내 행복을 위해서 상대의 변화에 의존하고 있으니까요. 무력감을 느끼고 더욱 의존적으로 돼가면서도 '그 사람 잘못'인 거죠.

오해하지 마세요. 연인이 내 행복에 중요한 역할이 없거나 적다는 게 아니에요. 한 사람의 지극정성으로 두 사람 사이가 극적으로 좋아지는 경우가 있다는 것도 알아요. 지금 하려는 말은 상대의 선택이나 상황 때문에 우리 자신의 행복과 내적인 평화 자체가 흔들리는 상황에서 지내면 안 된다는 사실을 말하는 거예요.

근본적으로 자기 행복을 책임지는 사람은 자기 자신뿐이에요. 이렇게 자기 행복을 잘 지킬 수 있는 사람 곁에 있는 사람은 행복을 나눠 받기도 하고 행복을 배울 수도 있는 장점이 있죠.

삶이 잘 풀리지 않을 때는 변화를 주거나 상황을 다르게 바라보세요. 어려운 선택을 하거나 고통스럽고 불편한 대화를 나누거나 어떤 식으로든 타협해야 할 수도 있지만, 자기 행복의 책임은 자신에게 있습니다. 그 일을 해줄 만큼 좋은 관계는 존재하지 않아요. 이건 슬픈 일이 아니라 나와 내 연인에게 큰 힘이 돼 주는 통찰력입니다.

파트너에 대한 사랑이 크고 관계가 최우선이더라도, 자신을 행복하게 만들 힘과 능력은 나에게 있다는 걸 깨달아야 해요. 일이 잘 풀리지 않거나 상대의 결점이 잘 보여도 괜찮습니다. 왜냐하면 행복은 상대로부터 전적으로 나오는 게 아니기 때문이죠. 그에게 내 행복이 모두 달려 있지 않다는 걸 이제 알기 때문이고요.

이건 파트너에게도 축복입니다. 상대에게 큰 부담을 덜어 줄 수 있죠. 이 마인드를 말로 풀면 이런 셈이겠네요.

"좀 부족해도 괜찮아. 실수해도 괜찮아. 억지로 뭐든 잘 해내거나 잘 하려고 특별히 애쓰지 않아도 돼. 나를 실망시킬 때마다 내가 화내지 않을까 걱정할 필요도 없어. 물론 나도 관계에서 좋아하고 선호하고 원하는 것들이 있지만 그런 것들에 얽매여서 내 행복이 좌우되고 우울과 불만감에 휘둘리고 싶지는 않아. 문제가 일어나도 괜찮아. 그래도 나는 여전히 당신을 사랑해."

내 행복에 책임을 지는 건 정직과 책임감, 용기와 지혜가 바탕이 된 새로운 유형의 관계로 가는 것입니다. 이 길을 택하면 평생 기분 좋은 놀라움을 경험하게 될 것입니다. 자기 행복에 대한 책임을 자신에게 돌릴 때, 얼마나 더 행복해지는지 직접 경험해 보기를 권합니다.

64장

진짜 대화

연인이나 부부 관계가 아무리 좋고 진실하고 사랑이 넘쳐도 갈등은 있죠. 문제가 일어나는 건 정상이고 삶의 필연적인 요소입니다. 그래서 말하는 방법, 대화법을 배워 놓으면 모든 어려움을 함께 헤쳐 나가는데 커다란 무기가 돼 줍니다.

별다른 노력이나 이벤트 없이 좋은 관계를 계속 지속하는 건 어렵죠. 하지만 진심이 담긴 대화는 그런 일을 가능하게 합니다. 힘든 문제나 어려움을 해결하는 데 진솔한 대화는 핵심적인 역할을 합니다. 지내면서 일어나는 다양한 의견 차이나 서로의 '다름'을 이해하고 좁히는 데도 큰 도움이 되고, 사랑스러움을 잃지 않으면서 강력한 메시지를 담아 소통할 수 있기 때문입니다.

적절한 환경만 조성된다면 대화로 풀지 못할 문제는 거의 없습니다. 진심이 담긴 대화는 서로에 대한 사랑을 바탕으로 존중하겠다는 마음이 담긴 합의입니다. 양쪽 모두 방어적이지 않은 태도로 반응을 자제하면서 말하고 경청이 중요하다는 데 동의하는 것입니다.

대화의 가장 큰 목표는 상대방이 내 말을 듣고 있다고 느끼는 것입니다. 문제 해결과 관계없이 서로 가까이 있다고 느끼는 것입니다. 부드럽고 위협적이지 않은 태도와 진심 어린 대화가 현재 왜 필요한지 그 이유를 말하고, 대화 내내 존중하며 듣고 있다는 태도를 계속 유지하는 것입니다. 진심 어린 대화에서는 가르치는 것보다 배우는 것, 말하는 것보다 듣는 게 훨씬 더 중요합니다. 미리 결론을 내리고 습관적인 반응을 하지 않는 것, 반응하기보다 듣는 것은 몇 번을 강조해도 과하지 않습니다.

커플들은 종종 비난하고 질투하고 경청하지 않고, 당연하게 여기거나 화를 내는 경우가 많습니다. 이런 습관은 신뢰감을 떨어뜨리고 무관심한 태도와 거리두기로 이어집니다. 심지어 노골적인 무례함과 분노를 보이는 행동을 불러옵니다. 서로를 존중하고 진심 어린 대화를 나누려는 열망이 크면 이런 문제는 대부분 해결됩니다.

진심 어린 대화란 게 어렵지도 않습니다. 두 사람 중 한 사람이 그렇게 대화를 시작하면 됩니다. 내면을 드러내는 수준은 서로 다를 수 있지만, 이 방향으로 나아가는 어떤 단계의 시도든 큰 도움이 됩니다.

깊이 있는 대화를 나누고 싶어 하는 마음, 나를 이해하고 내가 이해할 수 있는 사람과 대화하고 싶은 마음은 인간의 강한 정신적 욕구입니다. 이런 대화는 에너지와 힘을 주고 함께 있다는 마음이 들게 해 줍니다. 어떤 이유로든 이런 수준의 대화를 나눌 수 없거나 나누고 싶지 않을 때 파트너와는 정서적, 감정적, 육체적으로 멀어집니다.

함께 지낸 시간이 쌓여 가면서 많은 사람이 연인이나 배우자와 대화하는 것보다 친구나 심지어 낯선 사람과 말하는 걸 선호하거나 편안해합니다. 극단적인 경우 파트너는 내 얘기를 들어 줄 사람, 진심으로 소통할 수 있는 사람을 찾아 떠날 수도 있습니다.

진심 어린 대화는 어떤 형식도 없고, 옳고 그른 방법도 없어요. 중요한 건 진술한 대화가 필요하다는 것에 동의하는 것뿐입니다. 그리고 진지한 대화가 필요한 때라는 걸 인지하는 것입니다. 두 사람 중 한 사람이라도 방어적이거나 고집스러운 태도를 보인다면 적절한 때가 아니에요. 그러면 일단 나중으로 미루는 게 좋습니다. 두 사람이 모두 평온한 상태이고 격하지 않은 반응으로 문제를 논의할 수 있다면 좋은 때입니다. 너무 많은 말로, 빠른 속도로 모든 문제를 다루려고 하지 마세요. 오늘 모든 얘기를 마치자고 덤벼들지 마시고요.

서로에게 "괜찮아?"라고 물을 수도 있습니다. "내가 듣고 있는 말은 이런데…… 내가 제대로 이해하고 있는 거 맞아?"라고 확인도 하면서요. 위압적인 태도를 보이거나, 방어적이거나, 지나친 반응을 보이거나 공격적이지 않은지도 스스로 점검해야 합니다. 사실 그렇게 했더라도 괜찮습니다. 서둘러 물러서고 다시 부드럽게 상황을 바로잡으면 되니까요. 감정을 가라앉히고 다시 대화를 이어가 보세요.

지난 몇 년 동안 크리스와 저는 수백 번의 진솔한 대화를 나눴습니다. 아주 가볍고 일상적인 일, 성가신 일, 짜증 나는 일부터 심각한 문제까지 다양합니다. 정리되지 않은 옷장이나 잃어버린 가재도구, 재정문제나 경력 문제, 자녀의 일, 우리 둘 사이의 어떤 것들에 관한 대화였습니다. 모든 경우에 진솔한 대화가 문제를 극복하는 데 큰 역할을 해줬습니다.

저희 부부에게 놀라운 효과를 가져다준 이 마법 같은 소통 도구가 여러분에게도 놀라운 효과를 가져다주기를 바랍니다.

65장

우울하면 원래 미워 보여요

　좌절감을 느끼면 '내가 왜 이렇게 기분이 나쁘지?'하고 이유를 찾으려고 하죠. 어떤 식으로든 우울감이 들 때면 '내가 왜 이런 기분이 드는지 이유를 알면 금방 없애버릴 수 있을 텐데.'라고 생각합니다. 이 기분을 논리적으로 설명할 근거를 찾는 거죠. 그리고는 분명한 문제가 있다고 판단하고 즉시 탐정 모드로 들어갑니다. 이건 인간의 일반적인 충동이며 본성이라고 생각해요.

　결혼한 상태라면 지금까지 개선하지 않고 있는 배우자의 단점들이 검토됩니다. 우리 사이에 빠진 그 어떤 것들, 예전과 달라진 것들, 서둘러 바꿔야 할 행동들을 분석하는 겁니다. 이 작고 사소한 생각들이 때로는 심각한 문제가 될 수 있어요. 추가적인 좌절감을 맛볼 문을 연 셈이죠. 실제로 문제가 발생할 수도 있어요.

좌절감을 느끼기 시작했기 때문에 관계의 문제와 몇 가지 이슈들을 끌어들인 상황입니다. 그 좌절감 때문에 파트너의 문제를 보고, 만들고, 분석하는 경향이 나타났다는 거죠. 불안하거나 스트레스를 받거나 짜증이 나거나 귀찮거나 피곤할 때, 나와 상대의 관계를 부정적으로 바라보기 쉽습니다. '내 아내는 나를 전적으로 지지해 주지 않아.' 또는 '내 남자 친구는 내 말을 잘 들어주지 않아.' 라고 생각하는 거예요. 기분이 우울할 때 이런 생각은 완벽하게 논리적으로 보입니다.

당신은 많은 구체적인 예를 들어 자신의 감정을 정당화할 거예요. 슬프게도 우울하거나 불안할 때는 거의 모든 게 문제처럼 보일 수 있고, 모든 게 짜증스럽습니다. 더 나아가 그것들이 모두 완벽하게 논리적으로 보입니다. 하지만 이런 현상은 정신적 함정 중 하나예요. 오래된 관계뿐만 아니라 새로운 관계에서도 동일하게 일어나는 일이에요.

우울할 때 느끼는 문제들이 사실이 아니라는 말이 아닙니다. 사실일 수 있죠. 하지만 우울할 때 일어났던 그 문제가 정당한 거라면 우울감에서 벗어났을 때도 여전히 그것은 문제여야 합니다. 그러나 기분이 좋지 않을 때 중요해 보이던 문제도 기분이 나아지면 마법처럼 사라지는 경우가 많습니다. 이런 일은 매우 자주 일어나는 일입니다.

기분이 우울할 때, 생각과 감정을 심각하게 받아들이지 마세요. 기분이 우울할 때는 지혜, 연민, 관점, 상식이 부족해집니다. '내가 왜 우울한지 알아, 그 사람 때문이야. 그 사람과의 관계 때문이야.'라고 말하는 대신 자신에게 '당연히 화가 나거나 좌절감을 느낄 수 있어. 나는 기분이 좋지 않아. 나는 사물을 명확하게 볼 수 있는 올바른 마음의 상태가 아니야.'라고 말하세요.

그리고 반응하지 말고 기다려 보세요. 생각에 신경을 덜 쓰고 의미를 덜 부여하며, 무엇보다도 분석하지 마세요. 그렇게 하면 대부분의 일상적인 문제로부터 나와 상대와의 관계가 보호되고 면역력도 키워집니다.

이렇게 함으로써 관계의 흐름을 영원히 바꿀 수 있어요. 부정적인 생각과 감정에 주의를 덜 기울일수록 더 빨리 기분이 회복되고 지혜는 돌아옵니다. 쉽지 않다는 걸 압니다. 하지만 인내심을 갖고, 우울할 때 느껴지는 감정은 사실이 아니라고 인지하세요. 그렇게 하면 현명한 사고를 할 수 있고 보람을 느낄 수 있을 거예요.

66장

방어적인 태도는 이제 그만두죠

만약 누군가 자기 성격에서 방어적인 성격을 모두 제거할 수 있다면 그 사람은 세상에서 가장 훌륭한 인간관계를 넘어, 온 지구 상에서 가장 사랑스럽고 매력적인 사람이 될 수 있을 거에요. 매력이 차고 넘쳐서 주위 사람들이 모여드는 인간 자석이 될지도 몰라요. 자신의 파트너와도 영원히 행복하게 살 수 있을 겁니다.

동화에서는 이런 사람이 자주 등장하는 것 같아요. 물론 현실에서는 지금까지 만나 보지 못했습니다. 방어적인 반응은 인간 본성의 일부라서 누구도 이 반응을 완전히 제거할 수는 없는 듯합니다. 누구나 때때로 방어적으로 반응하니까요. 그러나 꼬챙이 같은 날카로운 질문, 공격과 비판, 훈계, 무시당하는 건 누구라도 반길 수 없죠.

저희 부부는 비교적 쉽게 방어적인 태도를 줄일 수 있다는 걸 발견했습니다.

'방어적'이라는 건 '나를 보호할 필요가 있는 상태'라는 의미죠. 우리는 나를 향해 쏟아지는 말(때로는 생각까지도)에 대해 몸을 움츠리고, 긴장하고, 저항합니다. 이런 행동은 자신을 보호하기 위한 시도로 우리 안에 내재된 '싸우거나 도망치기' 반응의 일부입니다.

그러나 이 무의식적인 방어 반응이 상처나 거부감, 불안감으로부터 나를 지켜주지 못한다는 건 한편으로 다행이기도 하고 불행이기도 합니다. 만약 그것들이 효과가 있었다면 안정감을 느꼈겠죠. 비판받을 때마다 낙담하지 않을 수 있는 전략을 갖고 있을 테니까요.

하지만 방어적으로 반응하고 난 뒤에는 기분이 더 나빠진다는 걸 알 수 있습니다. 마치 상처에 소금을 뿌리는 것 같은 상황이 되고 말죠. 이렇게 방어적인 태도들이 썩 좋은 결과를 만들어 주지 못했기 때문에 더 나은 방법을 생각하게 된 것 같아요.

대안은 수용입니다. 방어적인 태도가 주먹을 쥐고 고집을 피우는 거라면 수용은 주먹을 펴고 개방적으로 받아들이는 태도입니다. 수용은 비판이나 동의하지 않는 의견을 평정심으로 그냥 그 자리에 두는 것입니다. 상대가 쏟아낸 말을 화살로 받지 않고 마치 허공에 뿌려진 단어들처럼 바라보고 그대로 받아 주는 것입니다. 무덤덤해지거나 냉담해지는 게 아닙니다. 신념을 바꾸는 것도 아닙니다. 수용은 다른 사람의 말에 조금 더 열린 자세와 수용적인 태도로 귀를 기울이는 것입니다. 덜 반응하고 더 경청하는 사람이 되는 것입니다.

처음에는 낯선 느낌 때문에 수용적인 태도와 반응이 다소 어려울 수 있어요. 부드러운 접근을 시도할 용기가 필요해요. 분명한 건 시도할 때마다 훨씬 더 쉬워진다는 것입니다. 내 삶과 인간관계가 부드러워지면 누구에게든 반박하고 싶은 마음이 사라질지도 모릅니다.

일단 수용하기 시작하면 '싸울 때'를 좀 더 현명하게 선택하는 나를 발견하게 될 거예요. 정말 중요하거나 방어할 상황이 아니라면 사소한 것에는 굉장히 이성적으로 대처하게 되죠. 나를 비난하거나 비판할 때 침착함을 유지하며 판단할 수 있게 됩니다. 그 경험으로 배우거나 현명하게 넘길 수 있게 됩니다. 어느 쪽이든 예전처럼 큰 영향을 받지 않게 될 거예요.

덜 방어적인 사람이 되면 커다란 이득도 있어요. 파트너의 방어적인 태도가 확실하게 줄어들거든요. 그리고 서로 비판이나 비난, 분노, 두려움, 위축되는 반응이 아니라 다른 관점으로 관심을 기울이게 됩니다. 대화의 톤이나 내용이 부드러워지고 평화로우며 적대적인 갈등이 훨씬 줄어들게 될 거예요.

관계에 방해가 되는 습관적인 반응은 그만하고, 한번 시도해 보는 건 어떨까요? 잃을 게 뭐가 있겠어요?

67장

함께 누군가를 도와요
(크리스)

가족이 아닌, 나와 인연이 없는 어려운 누군가를 위해 내 시간과 돈을 내놓는 것은 큰 사랑입니다. 그 의미 깊은 커다란 일을 연인이나 배우자와 함께 한다고 생각해 보세요. 서로를 바라보면 정말 충만해질 거예요. 두 사람이 직접 자선 프로젝트를 기획하고 실행하는 건 서로를 가깝게 만들어 주는 일이랍니다.

이미 많은 커플이 정기적으로 좋은 일에 참여하거나 자원봉사를 하고 다른 방식으로 기부에 참여하고 있어요. 하지만 둘만의 프로젝트를 만들어 순수한 기부의 즐거운 효과를 경험하는 커플은 아주 드뭅니다.

이런 활동은 서로에게 지속적인 보상을 가져다줍니다. 동지애를 키우고, 이미 가진 것에 더 감사하게 되며 더 깊은 시각을 갖게 해 주죠.

바쁜 일상에 시달리다 보면 세상에 좌절하기도 해요. 삶은 때
때로 우리를 답답하게 하고 짓누릅니다. 그런데 남을 돕는다는 것,
대의를 위해 내가 무언가를 할 수 있다는 사실은 험한 세상을 살며
좌절감을 없애주고 큰 감동을 주는 일입니다.

선한 일에 관심을 기울이고 내 일이 아닌 다른 사람의 일에
시간과 노력을 투자했을 때 눈에 보이는 것보다 더 많은 것들이
담겨 있는 걸 알게 됩니다. 순전히 긍정적이고 이기적이지 않은
무언가를 처음부터 끝까지 지켜볼 때, 순수한 기쁨을 경험하게 되
기 때문입니다. 이게 인생이라는 걸 알게 될 때 행복은 눈앞에 펼
쳐집니다.

저희 부부의 첫 번째 프로젝트는 인도 여행 중에 계획한 '풀뿌
리 식량 지원 운동'이었어요. 저희가 목격한 인도인의 고통은 기본
적인 욕구가 충족되는 삶이 얼마나 감사한지를 깨닫게 해 줬습니
다. 우리 주변에는 누군가의 도움이 필요한 사람들이 많다는 것을
알게 되었죠. 저희 부부는 이미 정직하게 운영되고 있는 단체에 돈
과 음식을 기부하고 있었지만, 우리가 프로젝트를 기획한 적은 없
었습니다.

처음에 기부를 기획했을 때는 모든 수준에서 작고 정교하지 않았습니다. 하지만 함께 계획했던 그 시간들은 인생에서 중요한 순간이 되었습니다. 그때부터 저희 부부는 친절과 봉사에 평생을 바쳤습니다. 다른 사람을 위해 뭔가를 한다는 게 얼마나 쉬운 일인지, 그것이 우리의 삶과 관계에 얼마나 큰 기쁨을 가져다주는지 알게 되었습니다.

테레사 수녀는 "우리는 이 땅에서 위대한 일을 할 수 없습니다. 오직 큰 사랑으로 작은 일을 할 수 있을 뿐입니다."라고 말했습니다. 이 말은 그녀의 신념을 보여주는 완벽한 문장인 것 같습니다. 저희 부부에게도 그 프로젝트는 작지만, 큰 사랑으로 가득 찬 일이었거든요.

사실 저희가 한 일은 진심 어린 편지를 보낸 것이었어요. 저희 부부는 가까운 주민들에게 쉽게 상하지 않는 식품을 기부해 달라고 편지로 요청했어요. 한 명 한 명에게 전화를 걸어 잘 알고 지내는 이웃이 있다면 이 내용을 전달해 달라고 부탁했죠. 저희는 누구나 쉽게 참여할 수 있기를 바랐고, 식품을 실어 나를 작은 트럭 한 대를 준비했습니다. 기부일 이틀 전에는 모두에게 전화를 다시 해서 상기시키고 다시 한번 이웃들도 참여하도록 말했어요. 그리고 지정된 날 아침에 집 앞에 기부 물품을 놓아두도록 했죠.

반응은 믿기지 않을 만큼 성공적이었습니다. 많은 사람이 아름다운 카드에 메모를 적어 우리의 노력에 감사하고 얼마나 좋은 아이디어인지 말해주었습니다. 저희가 요청했던 모든 사람이 참여했을 뿐만 아니라, 많은 사람이 이웃을 설득해서 함께 참여했습니다. 한 집에 한두 개가 아니라 많게는 열 개나 열두 개의 커다란 식료품 가방이 있었어요. 모든 사람이 마치 각자의 작은 식품 구호 활동을 하는 것 같았습니다. 저희는 그저 모든 걸 받아서 배달만 했으니까요.

하루 종일 걸렸지만, 우리는 트럭에 음식을 가득 채웠습니다. 그리고 노숙자들에게 매일 음식을 나눠주는 일을 하는 멋진 교회에 전달했습니다. 그들은 매우 감사해했어요. 일반 시민들로부터 받은 가장 큰 기부 가운데 하나라고 했습니다. 저희 부부는 지금까지 경험한 것 중 가장 뿌듯한 순간을 함께 할 수 있었어요. 음식이 꼭 필요한 사람들에게 전달된다는 걸 알고 있었기 때문이에요.

저희의 노력이 단 하나의 식료품 봉투에 불과했어도 그만한 가치가 있다는 걸 깨달았습니다. 중요한 것은, 그 안에 담긴 사랑이란 걸 알게 됐거든요. 다음날 저희는 참여한 모든 사람들에게 감사 편지를 써서 프로젝트의 성공과 그 과정에서 저희가 어떻게 성장했는지를 알렸습니다.

저희 프로젝트가 다른 사람들에게 어떤 영향을 미쳤는지 측정할 수는 없지만 많은 사람이 기부 단체나 누군가에게 조금이라도 도움이 될 방법을 생각하기 시작했다는 걸 느꼈습니다. 씨앗을 심으면 종종 긍정적인 연쇄 작용이 일어나는 경우가 많습니다. 그렇지만 저희 프로젝트가 친구나 지인, 이웃에게 얼마나 영향을 미쳤는지는 중요하지 않았어요. 이미 우리 두 사람이 프로젝트를 함께 준비하면서 보낸 시간이 너무나 값지고 소중했기 때문입니다. 그 시간과 감정을 함께 누렸다는 사실만으로 우리 사이에 깊은 유대감과 사랑이 더 강해졌다는 걸 알고 있거든요. 그 마음은 남편이 이 세상을 떠난 지금, 이 순간까지 지속되고 있습니다.

68장

아인슈타인이 한 말

언젠가 수족관에서 거북이 한 마리가 특정 지점을 지날 때마다 똑같은 방식으로 머리를 부딪치는 걸 봤어요. 위험해 보이지 않았지만, 거북이는 깜짝깜짝 놀라는 것 같았죠.

아인슈타인은 '같은 일을 반복하면서 다른 결과를 기대하는 것'은 미친 짓이라고 했습니다. 저는 거북이를 미쳤다고 생각하지 않지만, 그 정의가 인간에게는 적용될 수 있다고 생각해요.

배우자나 연인, 자녀, 친구, 동료, 부모 등 사랑하는 사람에게 예민하게 굴고 화를 내고 무례하게 행동했을 때 상대가 나에게 어떤 행동을 보이나요? 관계가 틀어지고 감정의 부산물이 남아서 불편하거나 격정에 휘말리게 됐잖아요. 그런데도 다음번에 같은 패턴으로 행동하고 같은 관계성에 놓이면서 똑같은 결과를 받아들이죠. 계속 같은 실수를 반복하는 거예요. 수천 번 시도하다 보면 교훈을 얻을 것 같지만 관계에서만큼은 그렇지 않습니다. 계속 악화할 뿐, 이런 나로부터 상대는 절대 바뀌지 않습니다.

메리는 젊고 영리한 여성으로 유머 감각이 뛰어나고 매력적이었어요. 건강, 외모, 훌륭한 경력, 야망, 연민, 지성, 재치 등 모든 걸 갖춘 것처럼 보였어요. 그녀를 만났을 때 결점은 딱 하나밖에 없는 것처럼 보였습니다.

그녀는 질투가 심했어요. 연애할 때마다, 파트너가 옛 여자 친구를 언급하거나 직장 여자 친구에 대해 말하거나 혼자 여행을 가고 싶다는 마음을 비치면 불같이 화를 내곤 했어요. 그런 반응 때문에 파트너들을 질리게 하곤 했죠. 그녀는 최근에 열두 번이 넘는 연애를 했지만 모두 비슷한 상황에서 헤어졌다고 말했습니다.

메리는 같은 행동을 계속하면서 다른 결과를 바라고 있었어요. 메리는 마음속 깊이 자신이 질투하지 않게 해 줄 남자를 갈망하고 있었습니다. 그녀는 극단적인 반응을 보이면 연인이 그런 행동을 하지 않을 것으로 생각하고 있었어요. 앞선 연애를 통해서 효과가 없다는 게 번번이 증명됐는데도 계속 시도한 거죠. 자기 말과 행동에 문제가 있다고 생각하지 않았어요.

다행히 그녀는 자신이 어떻게 문제를 키우고 잘못해 왔는지 깨달으며 변해갈 수 있었어요. 같은 방식으로 행동하고 말하는 걸 크게 줄일 수 있었죠. 예전과 똑같이 행동해서는 원하는 결과를 얻을 수 없다는 걸 알게 된 거예요. 이제는 자신의 어리석었던 반응을 웃으며 말할 수도 있게 됐죠. 그녀의 연애 방식은 개선됐기 때문에, 앞으로는 오래 지속될 수 있을 것입니다.

우리도 어느 정도는 같은 문제를 갖고 있어요. 저희 두 사람도 예외는 아닙니다. 비판이나 충고를 들을 때 보이는 문제적 반응, 남의 말을 끝까지 듣지 않고 끊는 일, 똑같은 행동을 하면서 다른 반응을 기대하는 경우가 종종 있죠.

그러나 내 성향을 솔직하게 평가하면 얻고 싶지 않은 결과를 끌어오지 않을 수 있습니다. 문제를 사전에 차단할 수도 있다고 생각해요. 이런 선순환적 사고가 관계를 개선해 주고 보다 성숙한 삶을 설계하는 사람이 되도록 도와줄 것입니다.

69장

연인과 배우자 사이에서
단 한 가지를 선택한다면

　'사랑으로 포용하기'는 가장 단순하고 명백한 해결책입니다.
사실 이거 말고 뭐가 있을까요? 이것은 쉽지 않지만 언제나 최선
의 행동이고 최고의 태도라는 데는 의심의 여지가 없습니다.

　질투, 분노, 원망, 이기심, 좌절이 아니라 '사랑'으로 반응할 때
거의 모든 경우에 깊은 충만함으로 성공적이고 장기적인 관계가
보장됩니다. 사소한 것에 신경 쓰지 않고 큰 것에 감사하게 되죠.
작은 일에 반응하지 않고, 방어적이지 않고, 수용적일 것입니다.
관계에서 중요한 모든 요소가 마술처럼 제자리를 찾는 걸 보게 됩
니다.

이유가 뭘까요?

사랑은 치유하기 때문이에요. 사랑으로 반응하면 배우자는 나를 존중하고, 함께 있고 싶어 하고, 행복한 상황을 더 주고 싶어 합니다. 용서도 타협도 쉬워집니다. 사랑으로 반응하면 파트너와 내 안에 있는 선한 자질을 볼 수 있게 돼요. 사랑으로 반응하면 파트너는 방어적이거나 위협받는 느낌 없이 감추거나 합리화하지 않고 자신의 결점을 쉽게 느낄 수 있습니다. 마찬가지로 파트너가 사랑으로 반응하면 상대가 겪고 있는 문제에 내가 할 수 있는 일과 해주지 못할 요소가 쉽게 파악됩니다.

사랑으로 반응하는 것이 가진 좋은 것들에 대해서는 어떤 반박도 할 수 없다고 생각됩니다. 모든 위대한 영적 스승과 존중받는 영적 전통은 이 방식을 옹호합니다. 그 말씀들에는 이 지혜를 어떻게 발현하고 표현할 것인가를 알려주는 말씀으로 가득합니다. 많은 커플이 저희의 조언 중에서 이 제안을 최우선 순위로 꼽습니다. 그만큼 다른 무엇보다 사랑하는 마음을 내는 일이 모든 문제를 뿌리에서 제거하는 것이기 때문인가 봅니다.

어떤 방식으로 말하고 표현해도 메시지는 같아요. '사랑'을 품고 행동하면 모든 게 잘될 것입니다. 가끔 "나는 이미 사랑하고 있는데 파트너는 그렇지 않아요."라고 말하는 분들도 만납니다. 하지만 이런 느낌을 받은 건 본인이 충분한 사랑을 표현하지 않고 있었기 때문일 가능성이 높아요. 물론 예외도 있지만 대부분 사랑을 적게 줬을 거예요.

두 가지 예를 살펴보죠. 파트너가 기분이 좋지 않은 상태에서 집에 들어와 문을 쾅 닫았다고 가정해 봅시다. 어떻게 해야 할까요? 짜증스러운 목소리로 "왜 그래?"라고 소리칠 수 있겠죠. 하지만 그대로 모른 척하고 스스로 진정할 수 있게 내버려두거나 시간이 조금 흐른 뒤에 무슨 일이 있었는지 부드럽게 물어볼 수도 있어요.

파트너가 사실이 아닌 일로 나를 비난하면 어떻게 하나요? 대부분은 방어적으로 행동하고 화를 냅니다. 상처 주는 말로 반격하기도 하고요. 하지만 사랑으로 반응하면 어떨까요. 약간의 비꼬는 말투나 화난 기색 없이 '그렇게 느끼다니 속상하네.'라는 말로 순수하게 말할 수 있죠.

"나는 이렇게 했는데 당신은 왜 그렇게 하지 않는 거야?"라고 요구하지 않는다면 어떨까요. 대부분의 문제가 빨리 해결되고 사라질 거예요. 짜증을 내는 대신 얼마나 더 많은 시간을 사랑을 나누며 지내게 될지 상상해 보세요.

완벽한 사람은 없습니다. 매번 사랑이 밴 태도로 반응할 수 있는 사람은 없어요. 하지만 사랑으로 반응하기를 목표로 둘 때 어떻게 될까요? 저희 부부는 이렇게 지내는 걸 목표로 두며 살고 있습니다. 아직 갈 길이 멀지만 그 어느 때보다 더 자주 사랑으로 서로에게 응하고 있어요. 사랑으로 반응하는 게 관계의 목표이자 우선순위가 아니라면 사랑은 생겨나지 않을 것 같습니다.

당신은 파트너가 변화하고 더 사랑스러워지기를 기다리며 평생을 보낼 수도 있고, 자신이 원하는 방식으로 행동해 줄 완벽한 파트너를 기다릴 수도 있습니다. 물론 확률은 아주 낮죠! 한 가지 확실한 건 모든 커플이 각자, 그리고 같이, 사랑으로 응답하기 위해 노력한다면 더 행복하고 더 사랑스러워지고 작은 일에도 짜증내는 경향은 줄어들 것입니다.

70장

바보처럼, 가까운 사람에게 화를 내니까

연인이나 배우자에게 다른 일로 받은 스트레스를 쏟은 적 있으시죠? 사실은 다른 일에 화가 난 건데 가까운 사람에게 애꿎은 화풀이를 한 거죠. 그보다 더 한 차원 내려가면 나한테 화가 난 경우가 많아요.

뭔가에 좌절했든 내 보잘것없음이나 부족함에 불만이 화로, 그것도 가까운 사람에게 책임을 돌리는 방법으로 화를 표출한 것입니다. 파트너가 나와 가장 가까운 사람이기 때문에 비난하고 화살을 돌리고 책임을 지우는 거죠.

첫아이를 낳고 얼마 지나지 않았을 무렵의 일입니다. 저는 풀타임으로 일하고 있었고 대학원을 다니며 좋은 남편과 아빠가 되기 위해 부단히 노력 중이었어요. 때때로 '아, 나는 지금 너무 많은 일을 하고 있어.'라는 좌절감이 올라오곤 했죠. 크리스가 혼자만의 시간을 갖거나 헬스장에서 운동을 하거나 친구들과 시간을 보낼 때면 나는 원망하곤 했습니다.

나는 눈코 뜰 새 없이 바쁜데 크리스는 어떻게 한가한 시간을 가질 수 있지?' 저는 100%의 시간을 일이나 공부, 아기와 시간을 보내는 것에 쓰기 바빴기 때문에 불공평해 보였어요. 육아도 제가 좋아서 하는 일이었지만 제 시간은 전혀 없었습니다. 항상 피곤했고 에너지는 완전히 바닥난 상태였죠.

그러던 어느 날 크리스가 제 상태를 감지하고 대화를 청했습니다. 사랑하는 두 사람이 방어벽을 완전히 없애고 마음을 열면 언제나 그렇듯 모든 진실이 명백히 드러나죠. 사실 저는 크리스에게 화가 난 게 아니었어요.

저는 그녀가 아르바이트를 하고, 딸과 엄청난 시간을 보내고 에너지를 쏟으면서도 어떻게든 가끔은 자신을 위해 시간을 쪼개는 능력이 부러웠어요. 그녀는 우선순위가 분명했고 저는 그녀가 부러웠습니다. 자신의 속도를 지키며 스스로 페이스를 조절하고 있었고 본인이 잘 지낼 수 있는 방향으로 일을 처리하고 있던 거죠. 반면에 저는 모든 것에 신경을 쓰고 있었고 닥치는 대로 뭐든 하고 있었습니다.

돌이켜보면 제 자신이 통제 불능 상태에 빠져 있다는 사실을 인정하는 것보다 크리스를 탓하는 게 더 쉬웠다는 걸 알게 됐습니다. 저는 너무 많은 약속을 하곤 했는데 일부는 필수적인 약속이었고 일부는 선택할 수 있는 것이었어요. 이유가 어떻든, 저에게 여유 시간이 없다는 사실에 화가 났던 거예요. 크리스와 달리 저는 단 몇 분도 할애하지 않을 만큼 제 자신을 소중히 여기지 않았던 거죠. 하지만 제 결정에 책임지기보다는 순교자나 희생자처럼 행동했습니다.

크리스와 나눈 대화를 통해서 저에게 약간의 여유를 허용하면 현재 생활을 유지하기 더 수월해질 거란 사실을 깨달았습니다. 그것은 더 건강한 속도로 일하는 법을 배우는 것이고 삶이 더 쉽고 즐거워질 거란 사실을 알게 됐습니다.

제 좌절감이 아내와 아무런 상관없이 제 자신과 관련이 있다는 걸 깨닫는 순간, 모든 게 바뀌었습니다. 저는 더 평화롭고 통제할 수 있다는 느낌을 얻었고 그녀와 다시 충만한 사랑 안에 함께 있다는 안도감이 들었습니다. 그 어느 때보다 그녀의 지혜로움이 더 빛나 보였고 더 존경하게 됐습니다. 그녀를 판단하는 대신 존경심이 들었어요. 그래서 그녀에게 배우려고 노력했습니다. 그리고 절대적인 진리 한 가지를 발견했어요.

자신을 돌보고 자신에게 좋은 일을 하면, 자신의 책임을 사랑스럽고 효과적으로 해낼 수 있는 충분한 에너지가 생긴다는 것이었습니다. 인생에서 겪는 좌절감에 대해 배우자를 완전히 탓하거나 부분적으로 탓하는 일은 쉽고 유혹적입니다. 하지만 살면서 종종 느껴지는 좌절감은 상대로부터가 아니라 내 자신, 내 안의 감정에서 올라올 때가 더 많습니다. 그것은 '나 자신에게 문제가 있다'는 신호입니다.

그러니 분노나 끓어오름, 질투나 좌절감이 느껴지면 내면을 들여다볼 기회로 삼으세요. 그 과정은 내 정신과 파트너, 더 넓게는 인간관계를 지켜 줄 것입니다.

8부

우리의 삶은 천천히 평온하게
숨 쉬듯 이어지는 행복으로

71장

이 세상에서 변하지 않는 진실

인생에서 확실한 것은 죽음과 세금, 두 가지뿐이라는 말이 있습니다. 여기에 한 가지 더 있는데 바로 '모든 것은 변한다'는 사실입니다. 우리는 종종 변하지 않는 것을 열망하지만 이 지구에 변하지 않는 것은 없습니다. 우리 몸도 매 순간 변하고 몸의 상태도 변합니다. 아무리 변하지 않게 하려고 맞서 싸워도 변하는 걸 막을 수는 없습니다.

기분도 거의 끊임없이 변하죠. 생각도 그렇습니다. 어느 순간 떠오른 영감에 들뜨다가도 갑자기 의심이 들고 두려움이 일어나기도 합니다. 단 몇 시간 동안이라도 생각은 가만히 있는 법이 없죠.

관계 역시 언제나 변합니다. 어느 날 파트너가 정말 좋은 말을 하면 모든 게 괜찮아 보입니다. 관계에 감사함이 느껴져요. 어떤 날 파트너가 잘못된 말을 하거나 기대에 부응하지 못하면 분노하고 심지어 왜 함께 있는지 의문이 들기도 합니다.

이렇듯 변화무쌍한 그 모든 것을 진실로 받아들이지 못한 채 변화에 저항하면 한순간도 실망에서 벗어나지 못합니다. 사람은 무의식으로 항상 무언가를 경계하고 있어요. 지금 경험하는 일이 마음에 들면 그대로 유지하려고 하고 아니면 뭔가 다르게 하려고 듭니다. 그러나 변화를 받아들이고 이해하면 상상 이상의 자유를 누릴 수 있어요. 변화를 받아들인다는 건 지금 상태를 바꾸려고 하거나 바꾸라고 요구하지 않는 것을 의미해요. 손을 놓고 바보처럼 모든 것에 끌려다닌다는 의미가 아닙니다.

가령 파트너가 잘못된 말을 하거나 실수하거나 짜증을 낼 때 그저 그대로 두는 상태와 같은 거예요. 같이 살면 파트너가 이렇게 하는 날이 아마 수천 일은 될 거예요. 그럴 때 받아들임, 즉 그대로 놓아두기를 할 수 있습니다. 냉소적이거나 모른 척하는 게 아니라 그저 그대로 한발 물러나 있는 상태, 지금 그대로 두고 바라보고 수용하는 일이에요. 동의가 되든 되지 않든 그냥 그렇게 있는 그대로요. 얼마의 시간이 지나면 다시 좋은 감정과 웃을 시간이 돌아온다는 걸 알고 있잖아요. 그러니 그대로 인정하는 것입니다.

반대로 좋은 시간과 행복한 순간을 즐기고 소중히 여기면서, 그것들을 너무 꽉 붙잡고 있지 않는 것도 필요해요. 모든 게 완벽할 때 느껴지는 멋진 감정을 포함해서, 영원히 지속되는 게 없다는 걸 인정하면 모든 게 쉬워집니다. 함께 나누는 웃음과 서로에 대한 친밀감을 소중히 여길 뿐만 아니라 기분이 바뀌어도 파트너를 보는 관점과 사랑을 잃지 않게 해 주죠.

많은 사랑 노래에 '이대로 영원히 변하지 않을 거야, 난 항상 당신을 이렇게 느낄 거야, 난 항상 사랑할 거야, 이 순간을 영원히 간직해.' 같은 내용이 참 많습니다. 그 본질은 지금 이 감정이 언제까지나 남아 있기를 바라는 꿈입니다. 마음이 옅어지고 사라진다는 게 아니라 지금, 이 순간의 벅찬 감동과 열렬함은 이 순간에서 벌어진 일이기 때문에 지금이 아닌 순간에는 똑같은 감정과 상황이 있지 않다는 의미입니다.

관계에 만족하지 못하는 이유 중 하나는 바로 이런 것 때문인 것 같습니다. 누군가에게 사랑을 느낀다는 건 정말 멋진 일입니다. 하지만 감정이 변하거나 바뀌면 당황하거나 실망하게 됩니다. '내가 원하던 방식이 아니야.' 또는 '예전과 달라졌어. 이런 일은 내가 싫어하는 건데.'라는 생각이 들죠. 그러면 불편한 마음이 들고 그 마음이 계속되다 결국 다른 사람을 찾기 시작합니다.

이제 그럴 필요가 없습니다. 변화는 당연해요. 언제나 그 순간에 일어나는 그 감정은 그 순간에 있는 거예요. 변화를 저항하지 않고 받아들이면 매 순간을 있는 그대로 받아들이고 일상을 즐길 수 있습니다.

순간마다 판단하고 달라지기를 요구하느라 쏟는 에너지가 줄고 단순히 그 순간을 경험하는 데 더 많은 에너지를 쏟게 됩니다. 인간의 삶이란 수만 가지 순간으로 이뤄진 연속이며 그 연속성의 시간은 끊임없이 변화한다는 사실을 기억하기 바랍니다.

변화한다는 말은 결코 행복한 순간은 다시 오지 않는다거나 그리워할 어떤 순간이 있다는 뜻이 아니에요. 상대가 내 계획에 따라 행동할 때뿐 아니라 언제나 당신에게 사랑받고 있고 받아들여진다고 느낄 때 얼마나 더 관계가 깊어지고 편안해질지 상상해 보세요. 의심의 여지 없이 변화를 받아들일 때 모든 면에 평화와 조화는 일어납니다.

- 72장 -

분석을 분석하기

파트너의 결점을 찾으려면 아마도 쉽게 찾아낼 수 있겠죠. 고칠 게 한 박스는 된다는 걸 금방 알아채고 확인하는 데 성공할 거예요. 분석하면 할수록 의심과 불만족도 커지겠죠. 사람에 대해 분석을 많이 하면 할수록 많은 함정을 가져옵니다. 이 교활한 함정의 문제점은 관계가 나빠지게 되는 걸 보장한다는 거예요. 현실적으로 생각해 볼까요. 우리가 뭔가를 찾아내려고 충분히 생각할 때, 내가 원하는 쪽으로 보게 될 확률이 높지 않나요?

제가 알던 어떤 부부는 관계가 정말 좋았어요. 그들은 더 나은 관계법을 배우려고 상담사를 찾아갔다가 두 사람의 문제를 분석하고 따져보라는 요구를 받았죠. 그들은 그대로 따랐고 이혼 직전까지 갔었어요. 오해는 하지 마세요. 저는 상담사에게 나쁜 감정이 전혀 없어요. 가장 친한 친구가 상담사이기도 한걸요. 상담은 부부 사이에 큰 도움이 될 때가 많고 실제로 결혼한 많은 커플들의 힘든 관계를 회복시켜 주는 경우도 많죠.

하지만 여러분이 비슷한 경우의 상담을 받을 때 주의할 점으로 저는 서로를 괴롭히는 정도의 과한 분석을 조심할 것을 권합니다. 돌아보면 자신을 괴롭히는 일을 지나치게 분석할 때마다 낙담하거나 좌절하거나 화를 내게 되는 걸 알 수 있어요. 별것 아닌 일에 크게 신경을 쓰게 되니까요. 이런 감정은 관계에서 더 큰 사랑을 끌어내는 데 적합하지 않다는 것에 동의할 거예요.

파트너와의 관계를 지나치게 분석하는 자신을 발견한다면 '내가 파트너에게 정말 화가 났을까, 아니면 내 생각에 사로잡혀서 부정적인 감정이 생긴 걸까?'라고 질문해 보세요. 어쩌면 굉장히 놀랄 수도 있어요. 분석을 멈추고 줄이면 그 자리에 사랑이 채워지거든요. 진짜 중요한 문제라면 충분한 시간을 두고 해소할 기회를 갖게 해주세요. 논의할 필요가 있거나 생각을 조금 깊이 할 이유가 충분하다면 이후에 해도 늦지 않을 거 같아요.

그래서 우리는 파트너의 결점을 지나치게 분석하지 말 것을 제안합니다. 그러면 다툴 일이 줄어들 거예요.

- 73장 -

지지하는 것을 선택하세요

(크리스)

어떤 삶이든 관계는 기복이 있습니다. 일이 잘 풀릴 때는 살기 쉽고 좋죠. 반대일 때는 모든 게 힘들어집니다. 하지만 힘든 일이 일어나는 건 인생의 자동값이란 걸 알면 서로를 지지함으로써 함께 넘기고 이겨내기 수월해지죠. 상황이 더 나빠지는 걸 막아주기도 하고 무엇보다 감정이 나락으로 떨어지는 걸 막아줍니다.

트리쉬와 개빈은 결혼한 지 10년이 지났을 때 개빈이 갑작스럽게 직장을 잃었습니다. 개빈은 지금까지 살던 도시의 동종 업계에서 비슷한 수준의 급여를 받으며 일하는 게 불가능해졌어요. 어린 아이가 둘이 있었고 주택 대출금도 많이 남았기 때문에 걱정이 이만저만이 아니었죠. 그때 트리쉬가 이 위기를 처리한 방식은 매우 용감하고 지혜로워서 여러분과 그 내용을 공유하고 싶어요.

그녀도 두려웠어요. 그러나 남편을 계속 지지하기로 했습니다. 조금이라도 개빈에게 불평하거나 비하하지 않았어요. 오히려 그의 노력을 지원하는 데 필요한 모든 걸 하겠다고 분명히 밝혔죠. 그녀는 과거에 일어난 일이나 앞으로 겪게 될 일과 상관없이 개빈을 믿는다는 점을 분명히 했습니다.

그녀는 남편의 감정을 힘들게 만드는 일은 하지 않았어요. 친구들에게 불평하거나 자신의 상황을 다른 사람과 비교하지도 않았습니다. 그녀는 익숙하고 편안한 지금의 집에서 이사하거나 직장을 옮기거나 어떻게 바뀔지 모를 모든 생활을 기꺼이 받아들일 준비가 돼 있었죠. 잘못된 것에 초점을 맞추기보다 주어진 것에 감사하는 마음을 유지했습니다.

그녀는 힘의 버팀목이자 관계에서 좋은 것이 무엇인지 보여주는 본보기가 되었습니다. 누구나 힘든 일이 생기면 지지하고 도울 수 있죠. 여기서 그녀의 반응이 특별했던 이유는 그녀의 긍정적인 태도 때문이었어요. 그녀는 분노의 감정을 숨긴 채 지지한 게 아니었어요. 그녀의 지지는 진심에서 우러나온 것이었어요. 연기가 아니라 진심이었죠. 어려운 시기에 자신을 불쌍하게 여기거나 불만을 드러내는 사소한 말을 하기 얼마나 쉬운지 생각해 보세요.

결국 두 사람은 집을 떠나 새로운 도시로 이사했어요. 이 일은 두 사람을 갈라놓기보다는 서로에 대한 헌신과 사랑을 더욱 굳건히 하는 모험이 되었습니다. 개빈은 직업을 바꿨고 한동안 재정적으로 매우 빠듯했지만, 시간이 지나면서 상황은 개선됐습니다.

개빈이 트리시의 지지를 평생 기억하리라는 건 의심의 여지가 없습니다. 그는 그녀에 대해 말할 때마다 엄청난 존경과 감사를 드러냅니다.

우리는 트리쉬가 행동한 방식에서 배울 게 참 많습니다. 아내의 반응 덕분에 개빈은 자책감보다는 어려움을 해결하는 데 집중할 수 있었어요. 운명을 통제할 수는 없지만 역경에 대응하는 방식은 어느 정도 통제할 수 있다는 것도 확실해졌죠.

이 일을 계기로 관계는 어떤 상황에서든 새롭게 창출되는 게 아니라 서로 갖고 있던, 내재된 성향이 드러나며 맺어진다는 사실을 깨닫게 됩니다. 여러분도 어려움을 함께 이겨낼 수 있는 내재된 힘을 기르는 시간으로 현재를 활용해 나가기를 권합니다.

74장

당신이 행복하면 내가 좋으니까

행복하게 살고 싶다면 자신을 잘 돌봐야 합니다. 당연하죠? 그렇지만 실제로는 정말 어려워요. 신용카드를 펑펑 쓰면 결제일에 엄청난 후회를 하게 되는 것과 같은 거 아닌가요? 카드를 과하게 쓰면 결제일에 허덕이게 되니까요.

관계를 이런 맥락으로 비춰볼 수 있을 것 같은데요. 어떤 이유에서든 파트너의 행복을 챙기기보다 개인적인 편의나 다른 것을 우선시하는 것입니다. 이런 태도는 관계에 불필요한 스트레스와 갈등을 불러오게 됩니다.

사실 누구도 다른 사람의 행복을 전적으로 책임질 수는 없죠. 우리가 행복하지 않은 것은 상대가 아니라 전적으로 자신에게 책임이 있다고 말하고 싶습니다. 하지만 파트너의 행복에 분명히 보탬이 될 수 있는, 사소하고 당연한 일들이 있습니다.

파트너가 행복하면 함께 있기가 더 쉬워집니다. 행복한 사람은 더 잘 들어주고 더 열정적인 연인이 될 가능성이 높습니다. 다른 사람에게 기쁨을 나누려는 성향이 강하고 자비심이 많으며 관계의 질을 높이는 결정을 내릴 가능성도 더 높습니다. 그렇다면 문제는 뭘까요?

문제는 파트너를 행복하게 만들어 주는 결정이 나에게 불편할 수 있거나 약간의 희생이 필요한 경우가 있다는 겁니다. 하지만 그만한 가치가 분명히 있고 파트너가 행복해하는 모습을 볼 수 있을 뿐만 아니라 서로의 관계에 활력을 불어넣을 수 있습니다.

예를 들어, 저는 출장이 잦아서 혼자만의 시간을 가지려면 크리스가 불편함을 감수해야 합니다. 제가 자리를 비우면 크리스의 일이 더 많아지니까요. 보통의 관계에서는 자신의 불편함이 커지는 상황이기 때문에 말리거나 불평하는데 크리스는 이 상황을 곧잘 권장해요. 왜 그럴까요?

혼자 보내는 시간이 저에게 기쁨을 가져다준다는 걸 알고 있기 때문입니다. 그리고 제가 더 행복해지면 더 좋은 남편과 아빠가 되죠. 저는 더 즐겁고, 가볍고, 도움이 되고, 더 편안하고 인내심이 생깁니다. 그걸 크리스가 잘 알고 있는 거예요.

저도 크리스에게 똑같이 돌려주려고 노력합니다. 그게 편하지는 않지만, 친구를 만나러 외출하고 싶다고 하면 가능한 한 지지합니다. 그녀를 행복하게 해줄 수 있는 일에 불평하는 것은 상상도 할 수 없어요. 크리스는 말을 좋아하고 가능하면 말을 타거나 함께 시간을 보내는 걸 즐깁니다.

저는 말을 좋아하지는 않지만 수년 동안 도움을 주고 지지해주려고 노력해 왔습니다. 사실 제가 하는 일상적인 집안일 중 하나는 말똥을 치우는 거예요. 물론 제가 크리스가 좋아하는 말의, 똥을 치우는 일을 할 필요는 없어요. 하지만 못할 이유도 없죠. 가능한 한 서로의 행복을 위한 결정을 내리려고 노력하고 있기 때문입니다. 언제나 서로를 우선순위에 두는 건 아니지만 대체로 노력하고 있거든요.

파트너에게 자신만의 시간과 에너지가 필요한 특별한 취미나 관심사가 있을 수 있어요. 나와 별개의 클럽이나 모임에 나갈 수도 있고요, 친구와 함께 스포츠를 보거나 시가를 피우는 걸 좋아할 수도 있겠네요. 자주 만나거나 전화 통화를 하는 특별한 친구가 있을 수도 있습니다. 아침 일찍 운동하는 걸 좋아해서 아침부터 당신이 집안일을 더 많이 하게 만들 수도 있고요. 어떤 것이든, 약간의 양보와 타협 또는 희생이 필요할 수 있겠죠. 하지만 파트너가 더 행복해진다면 그만한 가치가 있는 거 아닌가요.

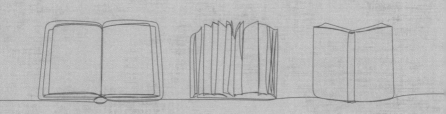

75장

그, 그녀의 꿈이 뭐예요?

당신의 파트너는 어떤 꿈을 갖고 있나요? 인생에서 정말로 원하는 게 뭔가요? 그의 비밀스러운 환상은요? 자신이 하는 일에서나 이상적인 어떤 삶을 위해 꿈꾸며 소망을 품고 있나요? 당신은 알고 있나요? 파트너에게 진지하게 물어본 적은 있나요? 그게 언제쯤인가요?

많은 사람이 파트너의 개인적인 꿈에 대해서 그저 피상적으로밖에 알지 못하는 것 같아요. 사람들은 대부분 "그는 재정적인 안정을 원해." 또는 "그녀는 훌륭한 엄마가 되고 싶어 해요."라고 말해요. 하지만 이런 보편적인 선호도를 넘어 그 개인이 가진 꿈에 대해서는 관심을 멈춰버리는 것 같습니다.

처음 만났을 때는 인생 전체를 하나의 파노라마처럼 펼쳐 놓고 듣던 꿈들이었는데 오랜 시간 함께 지낼수록 상대의 꿈에 대한 무관심은 시간에 정비례하게 되는 것 같아요. 처음 사랑에 빠졌을 때는 파트너의 꿈에 집중했죠. 하지만 파트너의 꿈은 점점 뒷전으로 밀려나다가 어느 순간 사라져 버립니다.

물론 관계에는 여러 측면이 있어요. 하지만 유대감이라는 관점에서 볼 때 가장 즐겁고 유익한 것 중 하나는 꿈을 주고받는 겁니다. 누군가에게 자신의 비전, 하고 싶은 일, 가고 싶은 곳, 기여하고 싶은 일에 대해 말하는 것은 정말 유익하고 즐거운 일이에요. 꿈을 함께 공유하고 진심으로 관심을 갖고 존중하며 들을 때, 꿈은 생생하게 살아나는 마법과 같은 상태에 놓입니다. 이런 작용이 두 사람을 연결하는 데 도움이 된다는 것은 의심의 여지가 없어요. 두 사람이 연결되는 데에도 도움이 되죠.

수년 동안 저희는 바람을 피웠거나 배우자를 떠났거나 이혼했거나, 단순히 관계에 흥미를 잃은 수십 명의 사람들과 이야기를 나눴습니다. 그 이유에 대해 거의 모든 경우 "새로운 상대는 내 말을 들어줬고 내 꿈과 내 생각에 관심을 기울여줬어요."라는 답을 들었습니다.

저는 결코 불성실한 행동을 변호하거나 성실한 배우자나 파트너에게 책임이 있다고 전가하려는 게 아니에요. 다만 '경청'에 대한 욕구가 얼마나 강력한지를 지적하려는 것입니다. 이런 욕구가 충족되지 않을 때 관계에 얼마나 치명적인지 알리고 싶은 거예요.

꿈을 공유한 사람끼리는 어느 정도의 안정감과 만족감, 생동감을 함께 느끼고 경험해요. 반대로 내면의 목표와 꿈, 비전을 전혀 공유하지 못한 관계에서는 뭔가 부족함을 느끼고 온전히 하나가 돼 있다는 생각이 잘 들지 않습니다. 상대의 꿈에 대해 듣는다는 건 마법 같은 관계로 되돌려 주는 과정이에요. 꿈의 실현 여부보다 내가 원하는 걸 상대도 알고 있고 관심이 있다는 사실에 더 중요한 감정을 느끼게 해 주는 일입니다.

현실을 직시하지 않는 게 아니에요. 우리 중 누구도 원하는 걸 모두 갖지 못해요. 하지만 꿈을 공유할 수 있다는 것, 다른 누군가가 나와 꿈을 공유한다는 건 좋은 일이잖아요. 사람들은 누구나 자기 꿈을 이야기하는 걸 좋아합니다. 오늘 당신의 연인, 배우자에게 그의 꿈이 뭔지 물어 보세요.

76장

어떤 경우든 사랑하는 마음을 낼 수 있다면요

몇 년 전, 어느 관계 세미나에서 한 청중이 "왜 사랑스럽게 행동해야 하나요? 그녀는 나에게 사랑스럽게 행동하지 않는데요!"라고 질문한 적이 있었어요. 발표자는 부드럽고 비판적이지 않은 목소리로 "왜냐하면 당신은 연습이 필요하니까요."라고 대답했습니다.

그 대답은 마치 1톤의 벽돌로 얻어맞은 것처럼 강렬하게 저를 자극했어요. 그리고 언제나 제 마음에 남아 있습니다. 그의 조언은 여전히 제게 유효합니다. 실제로 사랑스럽게 행동하는 기술을 더 많이 연습할 필요가 없는 사람은 단 한 명도 없다고 생각하거든요.

당신은 어떤가요? 친절한 사랑의 기술을 완벽하게 습득한 사람을 알고 있나요? 그렇다면 저도 만나보고 싶네요.

무조건적인 사랑은 연습이 필요합니다. 우리는 덜 방어적이고 덜 이기적이며 덜 반응적인 사람이 될 수 있어요. 우리 대부분은 파트너가 더 잘 듣고, 더 친절하고, 더 온화하고, 조금 더 관대하면 더 좋아하겠죠. 그러나 이런 자질이 길러지는 데는 상대가 사랑스럽고 바람직하고 내가 좋아하는 행동을 할 때가 아니라, 궤도를 벗어나 꼴 보기 싫거나 못마땅한 행동을 할 때에 달려있습니다.

파트너가 이미 친절하고 사랑스럽게 행동할 때 친절하고 사랑스럽게 대하는 건 쉽죠. 하지만 그렇지 않을 때 바람직하게 행동할 수 있는 건 전혀 다른 문제예요. 사전에 마음을 그렇게 닦고 추구하며 연습 없이는 어렵죠.

짜증이나 기분 나쁜 반응 대신 사랑으로 대응할 수 있다면, 방어적인 태도 대신 사랑의 마음을 유지할 수 있다면, 상대가 나를 거부하는 것처럼 보일 때도 마음을 열어 둘 수 있다면, 사랑의 힘은 지속적이고 가장 유익한 관계를 보장하는 매우 효과적인 방법이 됩니다.

사랑의 힘을 활용하는 게 쉽지는 않죠. 하지만 그렇게 어렵지도 않습니다. 의지와 연습이 필요할 뿐이에요. 파트너가 세심하고 사랑스럽게 대할 때 그것을 즐기면서 감사하세요. 그렇지 않을 때라면 바로 사랑을 '켜짐' 상태로 돌려야 할 때입니다.

상대에게 다르게 행동하도록 요구하기보다 이해하고 무조건 사랑하기 위해 최선을 다하세요. 그냥 넘어가세요. 용서하고 경청하세요. 유머 감각을 유지하고 지지해 주세요.

관계의 가장 신비롭고 마법 같은 특성 중 하나는 두 사람 사이에 형성되는 상호 연결성입니다. 내 마음이 분노로 가득 차 있으면 관계가 나빠집니다. 내가 까다롭고 공격적이면 상대는 마음의 문을 닫아 버려요. 상대에 대해 잘못된 부분만 보거나 부정적인 마음이 가득 차 있으면 어떤 식으로든 거리를 두고 경계를 할 거예요. 결코 가까워질 수 없는 거죠.

반면 내 마음이 사랑으로 가득 차 있으면 파트너도 대부분 그것을 느낍니다! 일반적으로 덜 방어적이고 더 사랑스러운 감정을 갖게 되죠. 파트너가 '잘못된' 말이나 행동을 취할 때 그것을 털어 버리고 사랑스러운 태도를 유지할 수 있다면 문제는 대부분 빠르게 해결됩니다.

저는 나쁘고 저속한 행동을 참으라는 게 아니라 사소한 일에는 신경 쓰지 않는 법을 배우자고 하는 거예요. 상대가 먼저 변화하기를 요구하는 전형적이고 보편적인 사이클을 계속하는 대신, 그런 상황에서도 사랑스럽게 행동할 수 있다는 가능성을 열어 두지는 것입니다. 그리고 서로의 감정이 얼마나 빠르고 극적으로 좋아지는지 지켜보자는 거예요. 사랑의 힘을 절대로 과소평가하지 않는 상태로요.

77장

아이가 부부 사이를 가로막지 않도록 합시다

모든 부모처럼 저희 부부도 말로 다할 수 없을 정도로 아이들을 사랑합니다. 아이들을 위해 최선을 다하며 우리 삶의 상당 부분을 아이들에게 바치고 있어요. 아이들이 우리 삶을 완성 시켜주고 우리의 최우선 순위인 것에는 의심의 여지가 없습니다.

하지만 크리스와 저는 서로를 사랑하기도 합니다. 정말 많이 사랑하죠. 저희는 좋은 친구이고 가장 친한 친구입니다. 우리는 함께 시간을 보내고 웃고 떠들고 장난치고 어울리고 조용히 함께 있는 모든 시간을 좋아해요. 그래서 우리는 오래전에 그 어떤 것도 (그게 아이들이라도) 우리 사이를 가로막지 못하게 하기로 결심했습니다. 우리는 자녀에게 서로를 진정으로 사랑하고 좋아하는 부모, 즉 서로 함께 있기를 고대하는 부부의 모습을 모범으로 보여줘야 한다고 일찌감치 깨달았습니다.

이 결심은 현재까지 잘 유지되고 있어요. 아이들은 저희가 서로에게 느끼는 감정을 잘 알고 있죠. 아이들은 우리가 서로를 존중하고 지지하고 아끼며 무엇보다 서로 사랑한다는 걸 깊이 깨닫고 있습니다.

토요일 아침이 되면 둘 중 한 아이가 "오늘 밤에 어디 가세요?" 또는 "오늘 밤에 누가 와서 우릴 돌봐줄 거예요?"라고 말할 정도죠. 아이들은 가장 친한 친구와 시간을 보내는 게 좋고 중요하듯 우리도 함께 지내는 일을 중요하게 여긴다는 걸 알기 때문에 주말이면 우리가 어딘가로 함께 가는 걸 예상합니다.

아마도 둘이 함께 보내지 않으면 이상하게 생각할 거예요.

모든 부모는 다르고 환경도 상황도 생각도 배우자도 모두 다릅니다. 따라서 모든 부모가 아이보다 자신의 삶을 우선시해야 한다는 건 아니에요. 하지만 저희는 우리 두 사람뿐 아니라 아이들을 위해서도 긍정적인 행동을 하고 있다고 생각해요.

저희는 훗날 아이들이 배우자를 만날 때 인생을 함께 여행할 수 있는 파트너를 찾기 바랍니다. 또 자신들만큼이나 관계를 소중하게 여길 수 있는 사람이 돼 주기를 바라고 있어요.

아이를 낳은 지 몇 년이 지나도 아이 없이 혼자 외출을 하지 않는 부모도 많습니다. 적어도 몇 번쯤은 서로의 관계를 아이보다 더 우선시할 필요가 있다고 생각합니다. 설사 둘만의 시간을 보내는 걸 그리 좋아하지 않아도 자녀를 위해서 그게 훨씬 교육적이라고 생각해요. 그런 부모의 모습을 보지 못한 아이는 부부 관계란 중요하지 않거나 그렇게 큰 노력이 필요하지 않은 걸로 잘못된 시각을 갖게 될 수도 있고, 그렇게 할 필요가 없는 것으로 믿고 자랄 수도 있지 않을까요?

한 번 더 반복할 가치가 있는 것은 사랑스러운 관계를 원한다면 그것을 우선시하고 중요하게 여겨야 한다는 사실입니다. 사람은 행동으로 선택하는 거예요. "내 결혼 생활은 정말 중요해."라고 말하면서 행동은 완전히 다른 것을 말하고 있을 수 있거든요.

배우자와 단둘이 시간을 보내지 않거나 단둘이 외출하지 않을 수도 있어요. 그러나 사랑스럽고 행복한 관계가 목표라면 결코 그렇게 행동하지 않을 겁니다. 퇴근 후에는 아이들과 시간을 보내고 집안일을 하며 쇼핑하고 텔레비전 앞에서 시간을 보내는데, 왜 사랑하는 사람과 함께하지 않을까요? 자녀가 커서 독립한 후에 배우자와 단둘이 시간을 보내지 않기를 바라는 건가요?

아이들이 있어도 함께 시간을 보낼 때, 서로가 있어서 소중하다는 강력한 메시지를 나누는 행위가 됩니다. 서로가 서로에게 중요하다는 걸 알면 파트너와 사소한 일로 다투는 건 정말 어려워집니다. 그러니 어떻게 하든 어느 정도는 서로의 관계를 우선시하기를 권합니다.

78장

긴박한 하루를 보내고 돌아온 내 집

　바쁜 하루가 지났어요. 아침에 집을 나서면 정신없이 해야 할 일을 처리하고 완전히 기진맥진한 상태로 돌아오는 날도 많아요. 부부 두 사람 모두든, 한쪽이든 직장에서 긴 하루를 보낸 뒤에는 마치 경주의 결승선을 통과한 것 같은 흥분된 상태로 퇴근하게 되는 일은 참 흔한 것 같습니다. 그러다 보니 직장에서의 정신없는 일상을 가정으로 가져오는 경우가 많죠. 나도 모르게 하루 종일 일과에 지친 채로, 집으로 서둘러 들어왔기 때문일 겁니다.

　상식적으로 생각해 보면 정신없을 때는 참을성이나 경청 능력, 균형 잡힌 시각, 평온과 너그러운 태도를 잃기 쉽습니다. 흥분한 상태에서는 더 쉽게 화가 나고 짜증 나거나 뭐든 귀찮게 느껴지죠. 나도 모르게 까다로워질 수 있고 나를 위해 더 많은 걸 요구하거나 기대하게 될 수도 있어요. 그래서 더 예민하게 반응하고 사소한 일에도 쉽게 화내는 경향이 있습니다.

결과적으로 파트너와 대화를 나누거나 저녁 시간을 함께 보내는데 주의를 기울이지 못하게 됩니다. 산만한 마음 때문에 평소에는 대수롭지 않던 것이 눈에 거슬려 보일 수도 있고요.

이런 부작용을 해결하는 매우 간단한 방법이 있어요. 몇 분밖에 걸리지 않아요. 일단 집에 돌아오기 전에 차를 세우고 차에서 내리세요. 몇 분간 긴장을 풀고 감정의 속도를 늦추고 길게 호흡하며 몸을 이리저리 이완해 보세요. 업무가 끝났잖아요. 그러니이제 기어를 바꿔야죠. 그 사실을 스스로에게 부드럽게 상기시켜보세요.

공원 벤치에 앉아 잠시 일몰을 보세요. 나무나 꽃을 볼 수 있는 장소가 있다면 좋아요. 하지만 꼭 필요한 것도 아니에요. 중요한 건 감정의 속도를 늦출 때라는 걸 인지하고 휴식을 취하는 모드로 들어갈 때라는 걸 의식적으로 인정하는 것입니다. 기분이 한결나아질 거예요. 그렇게 안정된 모습으로 집에 들어오는 당신에게파트너는 언제나 고마워할 것입니다.

아무리 사랑하는 사이라도 집 문을 확 열고 들어와서 아직 정돈되지 않은 감정을 아무렇게나 쏟아내는 것을 좋아할 사람은 없어요.

제가 아는 어떤 부부는 이 방법으로 이혼을 면했습니다. 남편
은 지금까지 설명한 성격을 고스란히 갖고 있던 사람이었어요. 평
소에 그는 집에 돌아오자마자 온갖 짜증을 내고 힘든 하루에 대해
서 넋두리를 늘어놓는 사람이었죠. 그는 항상 열이 나 있었고 상대
적으로 차분한 아내의 태도에 서운함을 느끼곤 했습니다.

아내는 남편의 '신경질적인 에너지'를 견디지 못했어요. 아내
가 하루를 마치고 조금 편안해지려고 할 때, 퇴근한 남편이 매일
저녁을 망쳤거든요. 결국 그녀는 남편이 퇴근하고 돌아오는 걸 두
려워하는 지경이 됐습니다.

그들은 관계를 위해 마지막으로 상담하게 됐고 다행히 해결
책을 찾을 수 있었어요. 상담사는 남편에게 퇴근할 때 정문이 아니
라 뒷문으로 들어갈 것을 제안했습니다. 그리고 곧바로 욕조로 가
서 15분 동안 편안하게 몸을 담그도록 했어요. 이 방법은 두 가지
효과를 가져왔습니다.

첫째, 몸과 마음이 이완되는 데 도움이 되었어요. 더 중요한
두 번째 효과는 남편이 자신의 '다급하게 돌아가는 삶'과 아내의 삶
이 다르다는 걸 알게 된 것이었어요. 아내는 남편의 이런 노력이

무척 고마웠고, 남편이 가끔 예전 방식으로 돌아갔을 때 훨씬 덜 예민하게 반응하게 되었습니다. 남편은 덜 다급해졌고 아내는 덜 예민하게 된 거죠.

물론 모두가 이렇게 정신없이 살지 않고, 정도에 따라 상대적으로 다르겠지만 회사에서의 긴박한 에너지와 감정을 갖고 서둘러 집으로 들어가지 않는 것의 중요성은 기억해야 할 점인 듯합니다. 잠깐 시간을 갖고 감정과 에너지를 이완시킨 다음 집으로 들어가면 분위기도 한결 좋아질 거예요.

79장

허락을 구할 나이입니까?

　어른이 되면 참 좋은 게 있죠. 바로 자유입니다. 내가 스스로 결정할 수 있는 자유죠. 하고 싶은 결정을 그대로 할 수 있고 지지까지 받을 때 정말 기분이 좋습니다.

　가령 '다음 주말에는 하루를 혼자 보내고 싶다'고 했을 경우, 파트너가 그 결정을 존중해 준다면 기쁨이 더욱 커지겠죠. 하고 싶은 일이나 계획, 진로, 나아가려는 방향, 취미, 저녁 식사로 결정한 요리 외에 거의 모든 것에 관한 결정도 마찬가지입니다.

　반대의 경우는 전혀 다르죠. 만약에 파트너가 "왜, 꼭 그렇게 해야 해?" 또는 "그 일을 하는데 시간을 써야 하잖아!"라고 말한다면 계획에 찬물을 끼얹는 거나 마찬가지예요. 계획이 스트레스로 바뀝니다. 왜 그런 계획을 세우게 됐는지 일일이 설명해서 동의를 구해야 하는 사람과 계속 있어야 하는 건 대단한 도전일 거 같아요.

어느 날 해변을 걷고 있는데 한 커플이 대화하는 걸 듣게 됐어요. 여성은 이번 주에 옛 친구와 만나서 식사를 하려고 한다고 말했습니다. 그러자 남자는 약간 비웃는 어조로 "왜 그녀와 시간을 보내려고 해?"라고 했어요. 불만스러운 마음이 드러났고 왜 그래야 하는지 동의하지 못했습니다.

해변에서 조용하고 편안한 오후를 보내던 두 사람은 순식간에 매우 방어적인 대화를 주고받았고 남은 하루를 망칠 가능성이 높아 보였죠. 두 사람의 대화를 듣는 건 매우 끔찍했어요. 그렇게 느낀 이유는 이런 공방이 절대적으로 불필요하기 때문이죠.

남자가 "재미있겠네." 또는 "잘했어."라고 말했다면 이 여성은 미소 띤 얼굴로 남자와 대화를 계속 주고받았을 거예요. 그녀는 기분이 좋아졌을 것이고 계속 즐거운 이야기들을 하며 보냈을 테죠. 그 선택은 남자의 선택이 아니라 여자의 선택이고 결정의 자유도 그녀에게 있어요. 그녀의 결정이 최선이 아니라고 생각했어도 그게 무슨 문제인가요? 그녀는 그렇게 할 이유가 있던 것이고 결정을 내렸는데요. 필요에 따라 어떤 결정을 하든 권한은 그녀에게 있는 것이니까요.

누군가 내린 결정에 이의를 제기하는 것은 곧 '나는 당신을 존중할 수 없어. 어떤 결정이든 승인 여부를 내려줄 테니 모두 나에게 말하고 상의해야 해.'라는 메시지를 전달하는 거예요. 이런 상황이 연인이나 배우자인 경우라면 서로의 관계를 방해하는 매우 확실한 전략이 돼 줄 겁니다.

가끔 이의를 제기하는 것으로 관계가 망쳐지지는 않아요. 하지만 상대의 선택에 매번 이의를 제기한다면 지금 이 순간 부로 그 버릇은 완전히 버리는 게 좋습니다. 그것은 이기적인 행동이니까요. 파트너가 내린 결정에 계속 의문을 제기하는 것은 그의 결정을 신뢰하지 않고 그가 결정을 잘 내릴만한 역량이 없다고 생각하는 걸 말하는 셈이에요. 결국 상대는 결정을 공유하기보다 숨기거나 다른 핑계로 덮어서 공유하지 않는 사람이 돼갈 것입니다.

절대로 파트너의 선택에 이의를 제기하지 말라는 게 아니에요. 중요한 문제거나 문제가 커질 소지가 있다고 판단되는 일은 서로 묻고 상의해야죠. 여기서 말하는 건 정말 사소하고 일상적이거나 개인적인 것들을 말해요.

상대의 선택에 대한 의심을 멈추면 놀랍도록 서로 편안해집니다. 나를 자유롭게 해주는 사람과 함께 있다는 건 정말로 즐거운 일 아닌가요? 상대의 선택과 그 영역을 넓혀 주세요. 한번 시도해 보세요. 그 선택에 영원히 만족할 것입니다.

80장

칭찬 잘 받기

　하루는 라디오 토크쇼를 듣고 있는데, 관계 전문가인 게스트가 '보통의 사람들은 칭찬을 그대로 받지 못하는 경향이 크다'고 말하는 걸 듣게 됐어요. 내 주변 친구들은 보통 그렇지 않아서 조금 특색 있는 주장이라고 생각됐죠. 하지만 그 전문가의 말이 꽤 논리적이고 설득력이 있어서 사실인지 확인해 봤어요. 그런데 정말로 많은 사람이 칭찬받는 걸 어색해한다는 걸 알게 됐어요. 실제로 제가 물어본 대다수가 그 말이 사실이라고 증언해 주기까지 했답니다. 가만히 돌아보니 내 칭찬에도 비슷한 태도를 보인 사람들이 꽤 많다는 걸 알게 됐죠.

　정확한 이유는 모르겠지만 우리 중 일부는 누군가에게 칭찬을 받으면 부끄러워하거나 어색해하거나 당황하는 거 같아요. 고개를 숙이거나 얼굴을 붉히거나 칭찬을 들어서 기분 좋다는 표현을 최소화하면서요. 예를 들어 누군가가 어떤 일에 대해 "정말 잘하시네요."라고 말하면 "아니요." 또는 "생각만큼 그렇게 잘하지는 못해요."라고 말을 해요. 아니면 "그냥 운이 좋았어요." 또는 "어쩌다 그렇게 됐네요."라고 애써 칭찬을 깎아내리기도 합니다. 칭찬을 회피하는 또 다른 방법으로 칭찬을 뒤집는 거죠. "오늘 정말 멋져 보여요."라고 칭찬하면 "당신만 못해요."라고 대답하는 식입니다.

대수롭지 않게 보면 악의 없는 겸손이긴 하지만 정중한 반응은 아닙니다. 이런 식으로 칭찬에 응답하는 태도는 약간 무례한 것일 수 있고 심하면 칭찬한 사람의 감정을 상하게 합니다. 칭찬을 거부하는 셈이라서 상황에 따라 기분 나쁘게 여길 수도 있어요.

마음에서 우러나오는 칭찬을 한다는 건 세심한 관찰도 필요하고 친절도 필요하죠. 그래서 상대가 내 칭찬을 거절하면 마음이 상하는 거예요. 칭찬해준 상대에게 감사를 표현하고 긍정적인 태도로 인정하는 대신 "당신이 틀렸어요." 또는 "나는 칭찬받을 자격이 없는데 칭찬하네."라고 말하는 것과 같죠. 어느 쪽이든 칭찬한 사람이 바보가 된 느낌을 받을 수 있어요.

칭찬은 즐거운 일이에요. 사랑하는 사람이 자랑스러울 때 드는 그 마음을 있는 그대로 들려주는 일은 행복한 순간이죠. 이럴 때 파트너가 칭찬을 받아들이지 않으면 상대의 기쁨을 뺏는 일이 되겠죠. 더 많은 칭찬을 하게 만들기보다 신중하게 칭찬하는 사람이 될 거예요.

칭찬을 잘 받는 것도 능력입니다. 상대가 어떤 마음으로 칭찬하는지 알면 칭찬 받는 일이 자연스럽고 쉬워질 거예요.

9부

다시 이어지지 않을까

- 81장 -

예측할 수 있는 건 예측해야지

크리스가 자란 오리건주 포틀랜드는 비가 자주 내리는 지역입니다. 그 지역 사람들은 갑자기 비가 내려도(특히 겨울에 갑자기 비가 와도) 놀라거나 실망하지 않아요. 늘 있는 일이고 예상할 수 있는 있는 '비'니까요.

어떤 상황에서 일어날 수 있는 이런 예상들이 있죠. 관계에서도 있을 수 있어서 적용점을 이야기해 볼까 합니다.

예를 들어 남자 친구가 일요일 오후에 스포츠 중계를 보는 걸 좋아한다면 데이트 약속을 일요일 오후에 잡을 때 싫어할 수 있겠죠. 그의 방어적인 태도에 화를 내는 건 조금 어리석은 일입니다. 그가 일요일 오후에 좋아하는 걸 하고 싶어 하는 마음을 알고 있다면 내가 양보할 수 있죠. 분명히 그럴 것이 예상되는데 그걸 뒤엎 거나 덮어버리면 기쁜 마음으로 뭔가를 함께하기는 어렵지 않겠 어요?

만약에 계획을 세워 진행하게 된다면 남자 친구의 본능적인 반응을 조금 이해해 줄 수 있어야 합니다. 물론 남자 친구가 스포 츠 중계를 조금 덜 좋아했으면 하는 마음이 들 수 있죠. 그 마음을 이야기해 볼 수도 있고요. 하지만, 이 문제로 계속 서운해하면 문 제만 키우는 꼴입니다.

앞서 저는 크리스가 약속 시간에 자주 늦는 것 때문에 불만이 었다는 걸 말했었죠. 그러나 시간이 지나며 그녀의 천성이라는 걸 알게 됐습니다. 그녀는 모든 일에 너무 열정적이어서 문밖으로 나 가기까지 시간이 오래 걸렸어요. 하지만 예측할 수 있게 됐고 제가 그걸 인정한 후에는 더 이상 문제가 되지 않았습니다.

예측이 이렇게 쉬운데 뭐 하러 이 사소한 일을 큰 문제로 키우 겠어요. 저는 책을 갖고 차에 가 있거나 서류 작업을 하거나 휴대 폰을 만지작거리면서 기다리는 온갖 방법을 터득했습니다. 꼭 시 간 맞춰 와야 할 일이면 크리스에게 미리 이야기했는데 그러면 그 녀도 늦지 않으려고 상당히 노력했어요.

이미 어떻게 행동할지 예상되는 일에 다른 행동을 기대해 봐야 그렇게 될 리는 없을 겁니다. "믿을 수 없어. 저 사람이 저렇게까지 할 줄이야."라고 말하기보다는 "당연히 저 사람은 저렇게 할 거야. 과거에도 항상 그랬는데 이번이라고 다를 게 뭐가 있겠어?"라고 생각하기로 해요. 이건 신경 쓰지 않는다는 뜻이 아니라 그 일로 화를 내지 않겠다는 뜻입니다.

우리 대다수가 상대가 예측할 만한 이런 습관과 특별히 선호하는 어떤 게 있어요. 상대만 그런 게 아니죠. 그러니 예측할 수 있는 문제에 대해서만큼은 화내지 않고 그냥 넘어가면 문제되지 않습니다. 때로는 그냥 둬도 습관이 바뀌고 알아서 성장하면서 없어질 건 없어져요.

지금은 크리스가 시간 약속을 더 잘 지킵니다. 근래는 제가 더 늦는 거 같아요. 그래도 크리스가 화내지 않아서 다행입니다.

82장

긴급 상황 아닐걸요

　일상적이고 평범한 사건이나 순간순간 일어나는 어떤 일은 심각한 문제의 범주에 들지 않을 때가 더 많습니다. 하지만 매사에 급박한 일이 터진 것처럼 눈을 동그랗게 뜨고 목소리 톤을 높이는 사람이 있죠.

　우직하고 차분한 사람과 함께 있으면 호흡이 편안하고 심신도 차분해져서 안식처 같은 느낌이 들게 합니다. 반대로 사소한 일이나 작은 장애물을 긴급 상황처럼 말하고 반응하는 사람과 함께 있으면 안정감을 느끼지 못하죠. 상대를 안심시켜 줘야 할 때 오히려 더 긴장하고 초조하게 굴어서 시한폭탄이 근처에 있는 것처럼 느끼게 하는 사람도 있어요. 이런 사람과는 시간이 흐를수록 함께 있거나 가까이 있는 게 그다지 즐겁지 않습니다.

누구라도 매번 침착하고 차분하기는 어려워요. 하지만 지금 일어난 어떤 문제를 차분하게 파악할 수 있다면 대부분의 문제가 실제로는 그렇게 크지 않은 걸 보게 됩니다. 제가 좋아하는 명언이 있습니다.

"오래전부터 내 삶이, 진짜 내 삶이 이제 막 시작될 것처럼 보였습니다. 하지만 언제나 내 삶을 가로막는 장애물이 있었습니다. 먼저 통과해야 할 관문과 먼저 처리해야 할 일들, 또 먼저 보내야 하는 얼마의 시간과 갚아야 할 빚을 갚고서야 인생이 시작될 것 같았습니다. 그러다 마침내 깨달았습니다. 인생의 모든 장애물은 바로 나 자신이었다는 것을요."

장애물, 심지어 우리가 경험하는 번거로움조차도 우리 삶을 방해하는 것이 아니라 삶의 필수적인 부분입니다. 이걸 알면 거의 모든 문제를 훨씬 더 쉽게 다룰 수 있어요.

이런 통찰은 관계에서도 적용됩니다. 상대의 인간다움을 인정하고 실수할 수 있는 공간과 실수할 자유를 줄 수 있으니까요. 내가 실수하듯 누구나 실수하고, 내가 가끔 잘못된 말과 행동을 하듯 누구라도 그렇게 합니다. 그걸 알면 누구에게나 일어나는 일상적인 모든 문제가 그저 일어날 수 있는 작은 일들로 보입니다.

크리스가 나에게 준 가장 큰 선물 중 하나는 제가 완벽할 거라고 기대하지 않았다는 것입니다. 그녀는 빠르게 용서하는 사람이기도 해요. 큰 실수도 크게 문제 삼는 경우가 거의 없었죠. 진짜 응급 상황을 제외하고는 어떤 것도 응급 상황으로 취급하지 않아요. 그래서 그녀와 함께 있기 쉽고 그녀를 더 사랑하기 쉽게 만드는 것 같습니다.

제가 아는 안정적인 커플들은 대부분 이런 경향을 보이는 것 같습니다. 두 사람 모두 그렇거나 둘 중 한 명은 그랬죠. 평범한 문제를 '1면 톱뉴스'로 대하지 않습니다. 부정적인 상황을 과장하거나 반응하는 대신 무덤덤하게 받아들이는 방법을 아는 것 같습니다.

물론 사람마다 기질이 다르고 모두가 침착할 수 있는 건 아니죠. 하지만 우리는 누구나 지금보다 더 차분하고 편안해질 수 있으며 일상적인 사소한 문제에 조금 덜 민감하게 반응할 수 있다는 사실을 발견했습니다. 이런 노력은 파트너도 분명히 높이 평가해 줄 거예요.

83장

편지

"잠깐 얘기 좀 해", "이따가 퇴근하고 잠깐 얘기할 수 있어?"

이런 말, 어때요? 좀 무섭거나 긴장되지 않으세요? 상대가 이렇게 나오면 대부분 좋은 얘기보다는 무겁고 진지하거나 나쁜 얘기를 할 것 같다고 생각할 수 있죠. 평소에 편안하게 이야기를 나누거나 이런 말을 자주 사용한다면 모를까요.

상대를 긴장시켜 놓은 상태로 대화하면 반대 의견을 내놓고 반박하거나 의견에 동의할 수 없다는 식의 태도가 튀어나오기 쉬워요. 고양이를 예민하게 만들어 털을 바짝 세운 상황에서 대화하는 셈이죠.

그래서 특정 상황에서는 편지를 쓰거나 메시지를 먼저 보내는 게 좋은 장치가 돼 줍니다. 우선 말하는 사람이 방어적이지 않은 상태의 어조로 말하기 쉬워요. 일어날 수 있거나 일어난 어떤 문제의 해결책을 전달하는 훌륭한 수단이 돼 주기도 하고, 말이 끊어지지 않은 상태로 여러 의견을 막힘없이 열거해 놓기도 쉽습니다. 얼마나 솔직하고 끈끈한 애정을 기반으로 쓰느냐가 관건이죠.

편지의 장점은 쓰는 사람이 서두르지 않고 신중하게 생각하고 자기 입장을 설명할 수 있으며, 방해 받을 염려가 없다는 것입니다. 편지를 받는 사람은 편지의 내용을 필요한 만큼 여러 번 읽어서 충분히 이해하기 쉽고 상대 입장을 완전히 이해할 수 있다는 장점이 있죠. 쓰는 사람이나 받은 사람이 편지 내용을 곰곰이 생각해 볼 수 있고 때로 이성을 되찾은 후에 편지를 마치거나 답장을 보낼 수 있는 장점도 있습니다.

첫아이가 태어난 지 1년이 채 되지 않았을 때였죠. 크리스는 대부분의 시간을 아기에게 바쳤기 때문에 자신을 위한 시간은 거의 없었습니다. 저는 일하고 학교에 다니면서 첫 번째 책을 쓰고 있었죠. 우리는 빈털터리였고 둘 다 수면 부족에 시달렸습니다. 서로 많이 사랑하고 행복했지만, 대부분의 어린 자녀를 둔 부부처럼 조금 힘들었습니다.

저는 가끔 외출했지만 거의 일과 관련된 외출이었어요. 혼자 시간을 보내고 싶다고 말하고 싶어도 마땅한 시간을 찾기가 힘들었죠. 그때는 크리스도 제가 혼자 시간을 갖고 싶어 하는 걸 받아들이지 못했어요. 그녀가 훨씬 더 힘들 때니까요. 어느 날 크리스가 딸과 함께 외출했을 때 저는 편지를 쓰기로 결심했습니다. 대략 이런 내용이었어요.

"나는 당신과 우리 가족을 이 세상 그 무엇보다도 사랑해. 하지만 혼자 있고 싶고 고독을 느끼고 싶은 욕구가 나를 압도하고 있어. 며칠이라도 멀리 떠날 수 있다면, 궁극적으로 나와 우리 가족에게 정말 좋을 것 같은데. 어때?"

그날 밤 집에 돌아왔을 때 저는 메모를 거의 잊고 있었어요. 하지만 크리스는 그렇지 않았습니다. 그녀는 제 편지를 여러 번 읽었고, 제가 혼자만의 시간이 필요한지 전혀 몰랐다고 했습니다. 그녀는 이기심 없이, 제가 좋아하는 바다로 가서 재충전을 위해 필요한 만큼의 시간을 보내라고 권했습니다. 이렇게 생각하지 못해서 미안하다고 하면서, 왜 이런 마음을 진지하게 말하지 않았느냐고 하더군요.

사실 저는 여러 번 의논하고 싶었어요. 하지만 울고 있는 딸아이와 돌봐야 할 책임이 커서 정신적으로 이런 시간이 얼마나 필요하고 중요했는지 말을 꺼낼 수가 없었습니다.

이런 편지는 솔직하고 용기 있는 대화를 시작할 수 있도록 해주고 이미 진행 중인 어떤 사안에 대한 서로의 생각을 보완하는 데 사용되는 것이죠.

저희는 종종 이런 편지를 이용해서 과소비에 대한 우려, 자녀 교육에 대한 서로 다른 관점, 집안일과 그 외에 불만이 포함된 다양한 문제를 논하는 커플을 많이 봐왔습니다. 그들은 바로 대화하는 것보다 편지로 메시지를 전한 다음에 서로의 입장을 명확하게 볼 수 있었다고 말했습니다. 존중하는 입장을 유지한 상태로 쓰인 편지라면 미처 알지 못했던 부분을 발견하며 내 생각을 더 고집하지 않고 상대편에서 이해하기 쉬웠다고 했습니다.

지금, 편지를 쓸 만큼 별다른 문제가 없다면 너무 좋은 일이에요. 그런 경우라면 '사랑'을 전하는 내용의 편지를 써보는 건 어떨까요?

84장

살얼음판을 걷는 기분

파트너가 내 눈치를 살피느라 긴장감이 높아지고 조바심 내는 때가 있다면, 한 번쯤 '나 때문에 조마조마한 마음이 들 때가 있을까?'라고 스스로에게 질문해 보는 게 좋습니다. 만약 그렇다는 생각이 든다면 내가 매우 까다로운 사람이어서 그런 것 아닐까요. 우리는 보통 이런 기분을 '살얼음판을 걷는 느낌'이라고 표현하죠.

서로 편안하고 평화로운 분위기를 만들며 함께 생활해야 하는데 함께 사는 사람이 사소한 일로 자주 화를 내거나 신경을 곤두세우면 불안한 마음 때문에, 집에 있어도 편할 수가 없죠.
잘못 말했다가 괜한 싸움으로 번질 수도 있으니 말도 조심해야 하고, 물건을 깨거나 우유를 엎으면 상대가 기분 상할까 봐 끊임없이 조심조심 지내야 한다면 집이 과연 편하고 좋을까요?

가령 상대가 자주 "미안해."라고 말한다면 당신은 비슷한 태도로 상대를 자주 불안하게 만들거나 소심한 사람으로 길들여 가고 있는 것일지도 몰라요. '내가 정말 그럴까?'라는 질문에 대답이 확실하지 않으면 파트너에게 차분하고 평화롭게 한 번 물어보는 게 좋을 거 같습니다. 정말 꼭 해보라고 권하고 싶어요.

어려운 질문일 수도 있고 정말 그렇다는 대답이 나올까 봐 염려될 수도 있습니다. 하지만 두 사람의 관계를 더 깊게 하고 본의 아니게 그런 면이 있다면 고칠 기회이니 도움이 됩니다. 상대가 스스로 단점을 고치려고 들 때 고맙고 좋아 보이잖아요.

저도 크리스에게 같은 질문을 한 적이 있습니다. 저는 크리스가 제게 그런 느낌을 받는 일은 설마 없을 거라고 생각했거든요. 한데 놀랍게도 그녀는 가끔 그런 적이 있다고 말했습니다. 우리 집이 어수선하고 정리가 잘 돼 있지 않을 때 그녀는 제 눈치를 살피게 된다고 했어요.

제가 정리돼 있지 않은 걸 힘들어 한다는 걸 알기 때문에 집이 지저분하면 제가 그녀의 책임으로 생각하고 있지 않은지, 자신이 게으른 사람으로 취급되는 건 아닌지, 하고 눈치를 살피게 된다는 거였죠. 그 말을 듣고 그렇게 생각하지 않다는 걸 정확히 말하고 이후에 집이 어수선할 때도 그녀가 제 눈치를 보거나 자기 탓으로 생각하지 않도록 행동을 조심하게 됐습니다.

좋은 소식은 내가 파트너에게 불안감을 조성하는 걸 알게 되면 개선하기 쉽다는 것입니다. 신경질을 부리거나 짜증 내며 지내기를 원하거나, 사랑하는 사람이 자신의 반응 때문에 겁먹기를 바라는 사람은 거의 없으니까요.

일단 나한테 그런 면이 있다는 걸 인식하게 되면 예민해질 테고 한발 물러서기 쉽죠. 입장을 바꿔 생각해 봐도 내가 말할 때마다 의견을 내고 토를 달고 불만을 표현하거나 불안감을 느끼게 하는 사람과 함께 있으면 얼마나 힘들고 스트레스 받을지 상상해 보세요. 말실수할까 봐, 차고를 깨끗하게 청소하지 못했을까 봐, 요리에 필요한 재료 준비를 못했을까 봐 두렵다면요? 어떤 행동일지는 몰라도 파트너가 내 행동에 점수를 매기고 있을지 모른다는 걱정에 시달리지 않겠어요?

유감스럽게도 나에게 계속 실망하는 사람과 함께 있기란 정말 어렵습니다. 그냥 있는 그대로를 좋아하고 실수해도 괜찮다고 느끼는 상대라면 어떨까요? 그런 사람에게 사랑을 느끼는 일은 정말 쉽겠죠. 누군가를 실망 시킬까 봐 겁이 나서 살얼음판을 걷는 기분이라면 그 사람과는 자연스레 멀어지게 되고 맙니다. 우리는 모두 내가 뭘 잘못했을까 봐 끊임없이 걱정하기보다 편안하고 포근한 상태에 있기를 훨씬 좋아하니까요. 그래서 누구라도 비판받을 위험이 느껴질 때 소통을 중단하는 쪽을 택하기 쉬운 거죠.

이렇게 상대를 긴장하게 만드는 일은 많은 인간관계에서 흔히 일어납니다. 하지만 일부러 그러는 게 아니라면 고치기 쉬운 습관 중 하나예요. 우선 아무도 상대의 눈치를 보며 위태롭게 느끼지 않는 게 유익하다는 걸 인정하는 것입니다. 그런 다음 자신의 욕구불만이 주변 사람에게 전이되는지 주의 깊게 살펴야겠죠.

뭔가 거슬리기 시작한 경우라면 마음을 편히 갖자고 스스로 다독이면 좋습니다. 벌어지는 사건을 균형 있게 바라보세요. 어떤 문제라도 사랑하는 사람과의 관계만큼 중요하지 않습니다.

- 85장 -

더 사랑스러운 사람이 될 '계획'을 합시다

더 사랑스러운 사람이 되려고 노력하는 건 참 아름다운 성품인 것 같습니다. 누군가를 꾈 의도나 조정하려는 게 아니라 단순히 정말 사랑스러운 사람이 되기 위해서 계획을 세우거나 노력하는 일이요.

아시다시피 목표를 세우면 달성할 확률이 높아집니다. 체중 감량 계획을 세우면 운동을 하거나 식단 조절을 하게 되고, 비즈니스에서 사업 계획은 마케팅이나 기타 필요한 사항을 세부적으로 기획하고 행동하게 만드는 것처럼요.

더 사랑스러운 사람이 되는 것도 이 규칙에서 예외는 아니에요. 단기 목표나 장기 목표를 세우는 것도 가능합니다. 일반적으로 내가 되고 싶은 사람이 되려는 작은 노력은 살면서 이룰 수 있는 가장 큰 행복을 가져다줍니다.

저희는 인생에서 더 많은 사랑을 원하는 수백 명의 사람들을 만났고, 대부분은 이상적인 파트너가 어떤 사람인지, 현재 파트너가 어떻게 변하기를 원하는지 알고 있었습니다. 하지만 스스로 더 사랑스러운 사람이 되기 위한 계획을 세우는 사람은 거의 없었어요. 아이러니한 사실은 타인을 변하게 하는 능력은 우리에게 없지만 나 자신을 바꿔 운명을 바꿀 힘은 갖고 있다는 사실입니다.

제가 처음 스티브를 만났을 때, 그는 좋은 사람이었지만 그의 표현을 빌리면 '조금은 꽉 막힌 사람'이었죠. 그는 듣는 기술이 그리 좋지 않았고 다른 사람의 말을 좀 끊는 경향이 있었어요. 자신이 '옳다'는 것에 주장이 강했던 걸로 기억되네요.

때로는 지나칠 정도로 예민하게 반응하거나 긴장감을 느끼는 일이 잦았고 늘 급했어요. 언제나 서두르려는 경향이 짙었죠. 하지만 스티브는 더 좋은 사람이 되려고 노력하는 멋진 장점을 갖고 있었어요. 그는 진지한 목표를 세우고 장기적인 계획을 실천하고 있었죠. 그 계획에는 고집과 이기심을 줄이고 더 편안하고 감사함을 자주 느끼고 표현하는 사람이 되겠다는 다짐도 포함돼 있었습니다.

그는 듣는 기술을 키우려고 노력했어요. 다양한 분야의 책을 읽고 도움을 얻거나 인내심을 기르면서 감사한 마음을 갖는 연습을 했습니다. 의사소통과 관련된 강좌를 듣고 요가와 명상을 수련하며 스트레스를 줄이고 없애는 여러 기술을 배워갔습니다. 이런 것들은 그가 원하는 모습으로 변화를 이루는 데 큰 도움을 줬어요.

저와 주변 사람들은 수년에 걸쳐 스티브의 변화하는 모습을 지켜봤고 그는 우리가 아는 가장 사랑스러운 사람 중 한 명이 되었습니다. 그는 부드럽고 친절하며 만나는 사람 중에 가장 잘 베풀 줄 아는 사람이었어요. 참을성이 많고 잘 듣는 사람이었습니다.

그는 자신이 특별하게 생각한, 한 여성과 결혼했습니다. 어떤 사람이 되고 싶은지 알고 있던 그의 '계획'이 실제 그런 사람이 되도록 만들었다는 사실에 의심의 여지가 없습니다.

우리는 변화할 수 있는 능력이 있고, 되고 싶은 사람이 될 수 있습니다. 하지만 계획이 없다면 지속 가능한 변화를 이루기 어렵거나 혼란스러울 수 있어요. 계획을 세우면 원하는 변화를 이루고 실현할 수 있습니다. 그렇게 우리의 여정은 더 편안해질 거예요. 행운을 빕니다.

86장

사과를 정중하게 받아주세요

안타깝게도 많은 사람이 사과하는 걸 어렵게 생각합니다. 아마도 사과를 받는 쪽에서 정중하게 받아들이지 않기 때문인 거 같아요. 상대가 그렇게 나오면 꼭 사과해야 하는 상황이라도 더 이상 사과하고 싶은 마음이 싹 사라지죠. 하지만 평화로운 사람, 행복한 연인이나 배우자가 되려면 사과를 잘하는 것에 더해서 서로 잘 받아주는 일이 필수입니다.

내게 기분 나쁠 만한 행동을 했다면 사과를 해 주기를 기대하기 마련인데, 이럴 때 사과를 하는 것만 중요하게 여길 게 아니라 사과를 잘 받는 것도 헤아려 봐야 할 거 같아요.

언젠가 커피숍에서 우연히 들은 대화입니다. 한 여성이 눈물을 글썽이며 남편에게 자기가 너무 바빠져서 미안하다고 말하는 중이었어요. 그녀는 그 시기에 개인적인 여행을 많이 다닌 것 같았는데, 그 일로 남편뿐만 아니라 아이들과 떨어져 지낸 시간이 많은 것 같았어요. 그게 부부 관계와 가정에 악영향을 미치고 있는 것 같았습니다.

물론 저는 그녀의 집안 사정을 잘 모르고 상관도 없는 사람이지만 한 가지만큼은 확실하게 알 수 있었습니다. 그들이 어떤 문제를 겪고 있든지 남편이 아내의 진심 어린 사과를 받아들이지 못하면 둘 사이의 문제는 더 심각해질 수밖에 없다는 거였죠. 정말로 그는 부인을 안아주거나 손을 잡거나 그녀를 안심시키는 어떤 말도 하지 않았어요. 그 대신 아내를 더 힘들게 하는 일그러진 표정을 계속 지었습니다. 그는 아내가 이미 느끼는 죄책감보다 더 큰 죄책감을 느끼게 하려는 것 같았습니다.

사과하는 모든 사람이 그렇듯 이 여성도 애정 어린 소통, 타협 가능성, 심지어 해결책을 찾아서 제시했습니다. 하지만 사과가 효과를 발휘하려면 양쪽 모두 각자의 역할을 해야 합니다. 이 사례에서는 여성의 남편이 그렇게 하려고 하지 않았어요.

결과적으로 두 사람의 관계를 더 강하게 결속시켜 줄 기회를 놓치고 있던 셈입니다. 그는 아내가 앞으로 사과를 더 적게 하게 될 가능성을 만들고 있었고 심지어 이 일로 아내는 남편의 마음 쓰쓰임이나 행동에 문제의식을 갖게 될지도 모르는 상황을 만들고 있었어요.

　누구라도 사과했을 때 받아들여지지 않으면 쓰쓸함과 분노가 일어나는 경우가 많아요. 물론 사랑하는 사람의 사과를 대놓고 신경질적으로 대하지는 않겠죠. 그러나 미묘한 느낌으로 사과의 감정을 밀어낼 수도 있습니다. 가령 말대꾸를 혼잣말로 중얼거리거나 한숨을 쉬거나 "사과할 때가 됐나 보지?"라는 식으로 얕잡아 보는 말들이요. 아니면 다른 방식으로 사과를 받아들이지 않을 수도 있습니다.

　저희 부부는 사과를 통해서 서로 더 깊게 유대를 맺는 기회가 열린다는 걸 여러 경우로 발견해 왔어요. 사과는 상대의 말을 깊이 존중하고 듣기 위해 노력하는 이상적인 시간입니다. 아무나 할 수 없는 사과를 파트너가 기꺼이 해준다는 사실이 감사하죠. 이럴 때 사과를 받아들이면 내가 사과할 일이 생겼을 때 상대도 똑같이 잘 받아줄 가능성이 커지지 않을까요?

　앞으로 파트너가 사과할 때면 잘 받아 주세요. 진심으로 사과하는 것 같다면 깊게 포용해 주고 마음을 서둘러 누그러뜨려 주세요, 이런 작은 순간이 두 사람의 관계를 계속 더 두텁고 단단하게 만들어 주는 기본이 됩니다.

87장

이렇게나 해 주는 일이 많았다니

산드라는 종종 남편 마이크를 원망했어요. 세 자녀의 양육 대부분을 산드라가 맡고 있었기 때문이죠. 요리, 청소, 빨래, 숙제 도와주기, 등하교 운전, 아이들이 참여하는 스포츠 및 음악 활동, 친구 관계 등을 그녀가 도맡아 하고 있었으니까요.

솔직히 그녀의 불만은 정당한 것 같았어요. 남편이 도와줄 수 있는 일은 너무나 많으니까요. 남편이 집안일에 도움 줄 게 천지라는 건 의심의 여지가 없었습니다.

그런데 갑작스레 마이크의 건강이 나빠졌고 회복 여부도 알수 없는 상태가 되어 버렸어요. 산드라는 자기가 하는 '불공평한 역할 분담'에 대해서는 정말 많이 자주 생각해 봤지만, 그동안 자신이 하지 않은 일에 대해서는 생각해 본 적이 없었죠. 자신의 수고는 매일 느끼지만 남편의 수고는 느껴지지 않았거든요. 매일 할 일이 너무 많아서 자기가 하지 않는 일까지 챙길 겨를도 없거니와 마이크가 누리게 해주는 것을 생각할 여력도, 그 필요성도 느끼지 못했으니까요.

마이크는 주중에 50시간 이상씩 일하며 모든 수입을 책임지고 있었죠. 정원 일이나 고장 난 집안 수리도 그의 일이었습니다. 첫아들을 낳은 후 산드라는 직장을 다닌 적이 없었어요. 잔디를 깎거나 울타리를 수리하거나 수도꼭지를 고친 적도 없었습니다. 공과금을 내고 집안 재정을 관리하는 책임도 모두 마이크 몫이었죠. 그 밖에도 보이지 않는 많은 일이 그의 일이었습니다.

마이크가 아프자, 수입이 끊기고 청구서가 쌓이기 시작했어요. 마당이 숲이 돼가고 식기 세척기가 고장 날 때까지 그녀는 남편 없이 어떻게 살 수 있을지 깨닫지 못했습니다. 이제 자신이 하지 않고 있던 일이 정말 많았다는 게 분명해지고 말았습니다.

누군가 아이들과 집에 있기 때문에 다른 한 사람이 나가서 돈을 번다면 이 일은 두 사람의 조화로 이뤄지고 있는 삶입니다. 생활과 책임이 어떻게 나뉘어 있던, 중요한 건 두 사람 모두 각자 자기 할 일을 해내고 있는 사람들이라는 점이에요.

어떤 남자들은 보이지 않는 가정부가 집을 청소하거나 몰래 들어와 식사 준비를 해주는 조리사가 있다는 식으로 쉽게 생각할 수 있습니다. 빨래나 설거지, 아이들 도시락이 당연히 준비되고 식료품 쇼핑이나 기타 집안일이 자동적으로 당연히 늘 돼 있는 것쯤으로 생각하는 경우도 있습니다.

한 남성은 제게 이렇게 말한 적도 있어요.

"우리 집은 남자아이가 네 명이지만 언제나 화장실이 깨끗하게 유지된답니다."라고요. 그는 매일 아내가 화장실을 열심히 청소하고 있다는 걸 모르는 거예요.

어떤 아내는 차고가 그냥 정리되는 일로, 차는 고장 없이 잘 정비되는 것으로 생각할 수 있어요. 아이들이 언제나 제시간에 축구 연습장에 도착한다는 사실을 눈치채지 못했을 수도 있습니다.

누가 더 수월하게 지내고 누가 더 힘든지, 옳은지 그른지 따져봐야 한다는 게 아니에요. 내가 하는 일에 몰두해서 얼마나 많은 일을 하고 있는지에 대한 생각을 조금 줄이자고 제안하는 거예요. 내가 하지 않고 있는 일에 대해서도 생각을 하고 파트너에게 감사하는 마음과 시간을 더 갖자는 것입니다.

아무리 작은 일이라도 내가 하지 않고 있는 일을 단 한 가지라도 찾으면 감사한 마음이 들 거예요. 이런 역지사지의 마음을 생활에 적용하면 사소한 일에 신경 쓰며 화내는 일이 줄어들고 상대에게 얼마나 더 감사하게 되는지 놀라게 될 겁니다.

- 88장 -

그리고 다른 많은 것들

우리가 더 행복하고 평화로워지는 데는 정기적인 스트레스 관리가 필수죠. 스트레스 관리는 그 자체로 삶을 더 차분하고 유연하게 대하게 하고 행동이나 태도까지 그렇게 만들어 주곤 합니다. 다행인 것은 스트레스가 적은 사람은 더 편안하고 평화로워져서 곁에 있는 사람들이 항상 그 평화로움을 느낀다는 거예요.

대체로 다른 사람의 말을 더 잘 듣는 여유가 생기고 좋은 관계도 많이 만들어집니다. 이럴 때면 집에서도 파트너를 비판하거나 추궁하는 일이 줄고 방어적인 태도가 약해져서 칭찬을 더 많이 하거나 질투가 줄기도 합니다. 결과적으로 함께 있기 참 좋은 사람이 되는 거죠.

저는 여러 가지 스트레스 해소 방법을 알아보기 위해 프로젝트를 수행한 적이 있어요. 그때 제가 알게 된 것은 일주일에 한 번 이상 정기적으로 요가나 명상 수업을 듣는 사람들은 인간관계로 인한 스트레스가 세 배나 적다는 점이었어요. 그들이 드러내는 관계의 불평도 매우 사소한 것들이어서 파트너와 유쾌하게 지내면서 평정심을 잘 유지하고 있다는 사실이었죠.

규칙적으로 운동하고 자신을 돌보는 사람, 휴식을 취하고 영감을 주는 책을 읽는 사람, 정기적으로 기도하고 비슷한 생각을 하는 사람들과 모이는 사람, 자주 반성하거나 영적 문헌을 공부하는 사람들도 비슷한 통계를 보였습니다. 시간을 내어 자기 내면에 집중하고 어떻게든 행복감을 키우는 것이 개인 생활과 인간관계에 큰 도움이 된다는 게 분명한 프로젝트 결과였습니다. 고작 하루 30분 정도로요.

많은 사람이 책 읽을 시간, 요가나 명상을 하고 교회에 가거나 가만히 앉아 있을 시간, 마사지를 받거나 운동할 시간이 없다고 하지만 관계를 중요하게 생각하는 사람이라면 이런 활동을 하지 않는 게 이상한 일입니다.

이런 종류의 활동으로 얻을 수 있는 대가가 실제로 너무 크기 때문에 관계를 위하는 사람이라면 하나 이상을 하지 않을 이유가 없답니다.

실제로 이런 식의 활동을 한 가지라도 하지 않을 때, 일반적으로 더 경직돼 있고 고집스럽거나 예민한 반응을 잘 나타내서 함께 있기 어려운 사람이 되기 쉽습니다. 자신에게 맞는 다양한 스트레스 예방법을 조사하고 시도해 보기를 권합니다. 스트레스 관리 강좌도 있을 수 있고 마사지나 기타 인증된 활동을 제공하는 사람들이 있는지 알아볼 수 있어요. 어떤 운동이든 할 수 있고 요가와 명상 수업이 있다면 들어 볼 것을 권해드려요.

저는 요가를 다닐 시간을 내기 어렵지만 집에서 할 수 있는 훌륭한 동영상을 이용하고 있어요. 크리스는 다른 활동 외에도 조깅을 좋아해서 거의 매일 조깅을 하죠. 매일 함께하는 것 중 하나는 아침에 몇 분 동안 명상하는 것입니다. 어떤 것이든 긍정적인 마음가짐과 함께 스트레스 수준을 조절해 주고 행복감을 키워주는 데 도움이 될 거예요. 사실 행복하고 편안할 때 삶이 꽤 좋아 보이는 경향이 있잖아요. 그러니 더욱 권해 드려요.

- 89장 -

다른 사람 입장을 대신 말하지 않기

"여자 친구가 내 대변인처럼 구는 게 싫어요.", "그이가 내 마음을 다 아는 것처럼 말하는 걸 참을 수 없어요." 내가 이런 말을 얼마나 자주 듣는지 상상도 못할 거예요.

위스콘신주에 강연하러 갔을 때도 그런 일이 있었습니다. 강연 전날 저녁 친목 모임이 있었죠. 한 남성이 아내를 바로 앞에 두고 내게 말했어요. "아내는 저 크래커를 안 먹을 거예요. 원래 싫어하거든요." 그런데 남편이 자리를 뜨자 1분도 안 돼서 아내가 말했습니다. "저 크래커 좀 건네주시겠어요? 내가 정말 좋아하는 거거든요."

제가 잠시 망설이자, 그녀는 덧붙였습니다. "내 남편 말에 신경 쓰지 마세요. 남편이 저러는 거, 저는 정말 싫어요. 자기가 늘 다 아는 것처럼 내 말을 대신한다니까요."

얼마나 안타까운 일이에요. 그녀는 남편이 늘 그래왔기 때문에 익숙해져 있었어요. 어느 정도로 심한지는 몰라도 그런 습관이 두 사람 관계를 멀어지게 만든 건 분명해 보였죠. 남편이 그녀의 입장을 자기 식대로 대변하는 일이 습관이 돼 버렸기 때문에 아내는 남편을 존중하지 않게 된 거예요.

본질적으로 보면 다른 사람을 대신해서 말하는 건 매우 무례한 행동입니다. 해를 끼치려는 의사가 없어도 상대를 스스로 대변할 수 없는 사람으로 대한다는 것이고 자신이 상태를 본인보다 잘 안다고 생각하는 교만일 뿐이죠. 상대가 원하고 생각하고 내릴 수 있는 결정을 자신이 잘 안다고 하는 거잖아요.

이렇게 대변해 버리면 자기 생각이 변하거나 다른 말을 하고 싶어도 하지 못하게 돼버립니다. 설사 다른 말을 하려고 해도 앞서서 말을 막을 테죠. 이런 무례한 일들은 대다수 성인이라면 참기 힘들어하는 부분이에요. 제 생각에는 '다시는 이런 짓하지 않기' 목록에 올려야 할 것 같습니다.

이런 습관은 자기도 모르게 나와요. 누군가를 잘 안다고 생각하면 무슨 생각을 하고 원하는 게 뭔지 잘 안다고 착각하기 쉬워요. 많은 경우에 그 말이 맞을 수 있습니다. 하지만 상대를 정확하게 예상할 수 있다고 해도 그 사람을 대변하는 건 존중하는 행동이 아니에요. 저와 크리스 모두 이런 버릇은 없지만 우리 둘 다 아이들을 대변해서 말하는 경우가 종종 있어서 굉장히 노력하는 중입니다.

앞으로 가까운 사람을 내가 대변하고 있는 걸 발견하면 너무 자책하지 말고 곧장 자신을 일깨우세요. 그리고 파트너가 나에게 그렇게 했을 때도 너무 속상해하거나 다투지 말고 "그렇게 말해줘서 고맙지만, 충분히 스스로 말할 수 있다."고 알려주는 것이 좋겠습니다!

90장

질투심을 생각하다

(크리스)

　사랑은 질투하지 않습니다. 실제로 질투만큼 좋은 감정을 빠르고 확실하게 없앨 수 있는 것도 거의 없어요. 하지만 질투만큼 잘 이해되는 감정도 없죠.

　질투는 불안감에서 비롯된 마음입니다. 불안감은 부족한 감정에서 나옵니다. 부족함을 느끼는 건 나와 다른 사람을 비교하는 데서 생긴 거고요.

　인생에서 질투를 없애주는 첫 번째는 나보다 더 나은 사람이 언제나 있다는 걸 인정하는 것입니다. 더 많은 돈, 더 나은 외모, 더 좋은 성격, 더 나은 커리어 등 나한테 없는 걸 가진 사람이 언제나 있다는 걸 받아들이는 거죠. 누군가 나보다 더 잘나면 뭐 어떤가요. 나도 누구 못지않게 나은 게 있습니다. 다른 사람이 갖지 못한 멋진 재능과 특성도 있잖아요. 그걸 꼭 기억하세요. 이 지점에 마음을 집중하고 그 능력을 갖춘 것에 감사하기로 해요. 실제로 나를 다른 사람과 비교하는 걸 멈추면 내가 좋아집니다. 이 정도면 괜찮다는 마음도 생기고요. 늘 당당하고 거리낌 없이 사는 사람이 되는 겁니다.

두 번째는 특정한 어떤 한 사람이 내 모든 욕구를 해결해 주거나 충족시켜 줄 수 없고 나 역시 누군가의 욕구를 전적으로 충족해 줄 수 없다는 걸 받아들이는 것입니다. 왜 꼭 나의 배우자나 연인이 이 모든 욕구를 해결해 줄 거라 믿고 그래야 한다고 고집 피우나요? 왜 그런 마음을 놓지 못할까요?

많은 사람이 이 부분을 놓지 못하고 인정하기 어려워합니다. 꿈에 그리던 완벽한 사람과 단둘이 오붓하게 사는 건 멋진 환상이며 우리는 그런 식으로 살지 않고 그렇게 살 수도 없습니다.

우리는 다른 사람들과 삶의 에너지를 나누며 삽니다. 그렇게 부딪히고 배우면서 성장하고 내가 도움을 받았듯이 누군가를 성장시키거나 도우며 살게 되죠. 그렇기 때문에 평생 함께하기로 약속한 사람이 있어도 다른 사람과의 관계는 계속되는 겁니다. 배우자가 성별에 상관없이 자신과 잘 맞는 사람과 친구의 인연을 맺도록 허용해 주는 건 내가 줄 수 있는 가장 큰 선물 중 하나입니다.

이런 방식은 내가 배우자를 소유하는 게 아니라는 걸 인정하는 것이고 상대와 함께 가장 비밀스러운 시간을 함께 보낼 수 있는 가장 특별한 사람으로 선택받은 사람이 나란 걸 뽐낼 수 있게 하는 것입니다.

최근에 저는 오래된 남자사람 친구와 커피를 마시기로 약속했어요. 마지막으로 만난 지 10년이 거의 다 되기도 했고 어쩐 일인지 그 친구를 만나는 일이 중요하게 느껴졌기 때문이었죠.

저는 리처드가 어떤 방식으로든 질투심을 갖지 않을 걸 알았기 때문에 편안하게 이 사실을 공유했습니다. 리처드는 그 이상 제게 뭔가를 묻지 않았어요. 언제나 내 행복을 최우선으로 고려하는 사람이라서 어떤 형태든 따지지 않거든요. 오히려 기대하는 것처럼 즐거운 시간을 보내기 바란다고 했습니다. 저는 언제나 그의 개인적인 안정감에 감탄합니다. 그리고 저 역시 그런 신뢰감을 지켜주기 위해 노력해요.

저희 부부는 친구가 많습니다. 어떤 친구는 부부 동석으로 만나고 어떤 친구는 따로 만나는 사이예요. 어떤 관계든 우리 삶을 완성하고 다양하게 즐기도록 해 주기 때문에 그저 행복감을 줍니다. 만약 제가 리처드가 원하는 모든 관계를 전부 충족해 줘야 한다면 저는 정말 미칠 거예요.

　　남자든 여자든 스스로 선택한 관계를 상대가 못마땅해하거나, 이제 결혼했으니 상대에게 허락을 받아야 한다는 식의 생각을 가졌거나, 아예 이성친구는 만들 수 없다고 말한다면 어떻게 편안하게 지낼 수 있을까요. 세상에 반은 나와 다른 이성이고 그중에는 나와 정말 좋은 역할을 주고받을 수 있는 사람이 있을 게 뻔한 것을요.

　　이렇게 하는 것은 인생을 제한적으로 사는 것이고 상대 역시 제한적인 인생을 살도록 강요하는 것입니다. 이기적이고 잔인하기까지 한 일이에요. 우리는 어렵지 않게 주변에서 이런 사람을 볼 수 있어요. 그들이 서로의 관계를 어떻게 질식시켜 가는지 보는 일도 흔합니다. 이제는 그러지 않기로 해요. 불안감이 들고 질투가 나거든 내 노력이 부족한 걸 스스로 느끼고 있다고 생각을 차분히 되돌려 보세요.

　　나보다 예쁘고 멋진 사람, 나보다 나은 사람과 나를 비교하느라 바쁘지는 않은지 살펴보세요. 내 상상으로 허황된 이야기를 만들어 내고 있지는 않은지 살펴보면 좋겠습니다. 배우자나 연인이 삶을 함께 나눌 특별한 사람으로 왜 나를 선택했는지 그 점을 생각하세요. 질투를 버릴 수 있다면 불안감에서 자유롭게 될 뿐 아니라 멋지고 편안한 사람이 돼 줄 수 있을 겁니다.

10부

내가 당신을 그리워하듯
당신도 나를 그리워하고 있다면

91장

인간적인 기본 욕구

누구나 자기만의 개성이 있죠. 그런 특성은 나라는 사람이 어떤 사람이지 보여주고 남과 나의 다름을 정의해 줍니다. 하지만 그 개성을 참기 힘들어하는 사람도 있습니다.

제가 가진 특이한 점은 어수선하지 않고 정리된 걸 좋아하는 거예요. 약속 시간을 병적으로 잘 지키는 걸 좋아하며 늦는 걸 거의 견디지 못합니다. 물건들이 쌓여 있지 않은 탁 트인 공간을 좋아하는데 어떤 이유에서든 어수선하거나 물건이 많은 공간은 불편합니다. 반면 탁 트인 공간에서는 평화를 느껴요. 그리고 항상 서두르지 않아도 될 만큼 충분한 시간을 갖는 걸 좋아합니다. 저는 서두르면 스트레스를 받아서 불편감이 올라와요. 여유가 있으면

고요한 느낌이 들고 안정감을 느끼죠. 이렇게 제가 좋아하고 선호하는 것들에서 행복감을 느낍니다.

크리스의 좋은 특징 중 하나는 저의 이런 면을 싫어하거나 귀찮아하지 않고 기꺼이 저만의 특징으로 그냥 받아준다는 것입니다. 어떤 이유에서든 그녀는 비난하거나 비판하거나 판단하지 않고 저를 그냥 있는 그대로 받아들여 줍니다. 짜증을 내지 않아요. 저한테 중요한 것을 그냥 내버려두죠. 본인이 끼어들거나 중요도에 크기를 재단하지 않아요.

때로는 이런 개성이 그녀를 귀찮게 할 수 있죠. 하지만 아이가 둘이고 언제나 어떤 일이든 생길 수 있는데 집을 항상 깔끔하게 정돈합니다. 매사에 여유 있게, 늦지 않고 서두르지 않는 것도 가능하고요. 요점은 제 취향과 개성을 존중해 준다는 것입니다. 그렇다고 매번 100% 그렇게 한다는 게 아니라 유머 있게 제 특이함을 받아줍니다.

그녀는 저를 개성이 강한 사람으로 보지만 다르게 행동할 것을 요구하지는 않아요. 예를 들어 저희 집에는 거의 어지럽혀지지 않은 몇몇 공간이 있어요. 이런 공간에 물건이 쌓이면 그녀는 보통 그것들을 다른 곳으로 옮겨 놔 줍니다. 제시간에 맞춰 어딘가에 가야 한다고 얘기하면 제가 제시간에 맞춰 가는 걸 좋아한다는 걸 알기 때문에 준비가 만족스럽게 되지 않았을 때도 저를 따라옵니다. 약속 시간에 늦게 되면 "당신이 먼저 차를 타고 가고, 나는 조금 있다가 나가는 게 어때?"라고 제안해 주죠.

어떤 식으로든 잔소리하거나 비판할 수도 있는데 그녀는 그렇게 하지 않아요. "금방 준비할 테니까 쳐다보지 좀 마. 너무 들들 볶지 말라고!"라고 말하는 것과는 완전히 다른 행동이죠.

사람들은 저마다 다양한 기질이 있어요. 누군가는 청소에 집착하고, 특별한 어떤 날에 꼭 어떤 음식을 먹어야 한다고 생각하는 사람도 있고, 그 물건은 꼭 그 자리에 있어야 한다거나 설거지 바로 하기, 정해진 시간에 잠자기, 어떤 날씨에는 뭔가를 해야 한다는 등, 예를 들자고 하면 수백 가지도 들 수 있습니다.

살면서 느끼는 작은 즐거움 중 하나는 이유를 설명하거나 변명할 필요 없이 그저 내 상태 그대로 머물고 내가 좋아하는 방식대로 뭔가를 하는 자유일 겁니다.

함께 사는 사람이라고 행동을 바로잡으려고 들고, 틀렸다고 말하고, 기분 나쁘게 만들면서 개성을 비판한다면 가장 기본적인 인간의 행복을 뺏는 일 아닐까요? 신경질적이거나 파괴적이고 해로운 특성을 말하는 게 아니라 그저 배우자가 느끼는 사소한 특성들, 개성 몇 가지를 허용함으로써 인간적인 욕구를 느끼며 살게 그냥 두자는 것뿐입니다.

- 92장 -

무조건적인 사랑을 해보세요

많은 영성 철학에서 무조건적인 사랑의 실천을 권합니다. '나는 당신이, 당신이기 때문에 사랑합니다. 당신은 내 사랑을 받고 사랑을 지키기 위해 달라질 필요가 없습니다.'라는 뜻이죠.

사랑에는 어떤 조건도 붙지 않습니다. 살을 빼거나, 일정 금액을 벌거나, 내가 하는 모든 말에 동의하거나, 내 계획에 따라 움직여야 하거나, 내 목표를 모두 받아들일 필요도, 억지로 웃을 필요도 없습니다. 불안하거나 우울하거나 실수해도 괜찮고 완벽할 필요도 완벽에 가까울 필요도 없어요.

자녀가 아주 어릴 때를 제외하면 누군가를 조건 없이 사랑하는 건 어려워요. 그래서 보통 사랑에 특정한 조건들을 붙이고 기대

합니다. 물론 아무리 열심히 해도 한계는 있지만 원하는 목표 지점에 도달하려고 노력하는 일은 좋은 태도입니다. 가령 완벽하게 건강해질 수 없어도 식단과 운동, 생활방식을 점검하는 것처럼요.

저도 한때 세 시간 마라톤 완주라는 목표를 세운 적이 있었어요. 안타깝게도 목표에 9초 부족했지만, 네 시간 마라톤 완주를 목표로 잡았을 때보다 훨씬 좋은 결과를 이뤘죠.

무조건적인 사랑도 마찬가지입니다. 어떻게 무조건적으로 사랑을 완벽하게 할 수 있겠어요. 하지만 이런 높은 목표가 그런 상태에 훨씬 더 가깝게 다가갈 수 있게 해 줍니다. 비판적이거나 불친절했던 태도를 스스로 다잡을 수 있게 되거나 질투심과 요구를 줄이려고 노력하고, 작은 일에 감사하는 마음이나 태도를 더 잘 나타내고 상대의 실수를 빠르게 용서할 수 있게 해 줄 것입니다. 잘 듣는 사람이 돼 가고 컨디션이 좋지 않을 때는 나와 마찬가지로 상대도 내 마음에 들지 않는 말과 행동도 할 수 있다는 걸 인정하게 해 주죠.

나는 노력하는데 너는 왜 그렇게 하지 않느냐 따지지 말기로 해요. 결심은 내가 했으니까 내가 하는 게 당연하잖아요. 파트너가 내 기분을 상하게 할 때라도 친절해지려고 노력하고, 그럴 때나 아닐 때나 똑같이 사랑하려고 노력하는 게 좋겠습니다.

무조건적인 사랑에 더 가까이 다가가기 위해서 할 수 있는 일은 수백 가지가 넘을 거예요. 훌륭한 의사소통 방법을 배울 수 있는 책도 있고 강의도 있고 상대에게 어떤 변화를 원하는지 직접 물어볼 수도 있죠. 자료도 많고 영감을 주는 이야기들도 많으니까, 도전 과제처럼 하나하나 게임을 하듯 즐기면서 시도해 볼 수도 있지 않을까요?

왜 그렇게까지 해야 하는지 반문이 생기나요? 하지만 좋은 관계를 만들고 싶어 하는 소망이 있고 이상적이고 힘이 되는 결혼생활을 꾸리고 싶어 하는 분들이라면 이런 정보를 알아가는 일을 기뻐하고 즐거워할 거예요.

꼭 해야 할 특별한 규칙은 없어요. 그럼에도 조건 없이 사랑을 나누는 사이가 되고 싶다는 목표를 갖고 행동하면 그 모든 것들은 분명히 관계를 더 나은 방향으로 향상시키는 결과를 낳습니다. 더 깊은, 질 높은 관계로 가는 과정을 계속 만들어 주거든요.

이건 잃을 건 전혀 없고 얻을 건 천지인 전략 중 하나랍니다.

- 93장 -

미안해요

알고 지내던 여성 지인에게 질문한 적이 있습니다. "남편분이
얼마나 자주 미안하다고 말하세요?" 그러자 "네? 농담이시죠?"라고
대답했습니다.

그녀의 남편은 사과하는 법이 없다고 하네요. 분명한 실수에
도, 마음의 상처를 크게 준 일에도, 무례하게 굴고 나쁜 말을 했을
때조차 사과하지 않는다는 겁니다. 제 기억에 그녀의 남편은 선량
해 보였기 때문에 굉장히 의외였어요.

혹시 그 두 부부만 그런 건가 궁금해져서 여러 사람에게 같은
질문을 하기 시작했어요. 미국 전역의 수백 명에게 물어본 것 같아
요. 그런데 놀라운 결론은 대부분이 '미안하다'라는 말을 거의 하지

않는다는 사실이었어요! 그뿐 아니라 '미안하다'라고 말을 해도 정중하게 하는 게 아니라 혼자 중얼거리는 식이나 대화 중에 말을 끊으려는 의도처럼 말해서(그러니까 일단 그건 미안하고! 같은 식) 진정성이 의심된다고 하더군요.

왜 그런지는 잘 모르겠습니다. 자존심 때문인지 진심으로 잘못했다고 생각하지 않아서인지 또 다른 어떤 복합적인 상황이 있어서인지 모르겠어요. 하지만 한 가지는 압니다.

이유가 뭐든, 그런 행동이 잘못된 것이란 사실은 잘 알고 있습니다. 적절한 상황에서 '미안하다'라고 사과하는 건 상처를 치유하고 서로를 다시 바라보게 해주는 중요한 말입니다. 사과한다는 건 약하고 부족하다는 걸 나타내는 게 아니라 오히려 강하고 성숙한 표현입니다. 두 사람 관계에 사랑을 주는 말이고 신뢰와 진정성, 겸손이라는 세 가지 요소를 한꺼번에 만들어 주는 말입니다.

다행히 저희 부부에게는 크고 중대한 일로 사과해야 할 일이 별로 없었습니다. 하지만 제가 크리스에게 진심 어린 사과를 해야 하고 설명해야 할 때는 있었어요. 위태로운 반응이 나올 수 있던 순간에도 사과는 그 자체만으로 더 많은 이야기를 주고받을 수 있게 해주면서 오히려 관계 발전에 큰 도움이 돼 주었습니다.

저희 부부 말고도 적절한 순간에 서둘러 미안하다고 곧잘 말하는 습관을 지닌 커플들과 말해 보면 많은 경우에 '실수'로부터 함께 성장할 수 있었다고 합니다. 이유 불문하고 사과 덕분에 두 사람 사이가 더 가까워졌다고요.

데보라는 몇 년에 걸쳐 과소비로 문제를 일으켰습니다. 남편 댄은 화가 나기 시작했어요. 매번 그 문제를 말할 때마다 데보라가 변명하고 기껏해야 "노력해 볼게." 정도만 되풀이하곤 했습니다. 저는 데보라에게 댄이 그녀 때문에 고통 받고 불안해하는 걸 아느냐고 물었습니다. 그녀는 자신도 알고 있지만 어떻게 해야 할지 모르겠다고 했어요.

저는 댄에게 진심으로 사과해 볼 것을 제안했습니다. 그러자 매우 불편한 기색을 드러내는 거예요. 그녀는 눈물을 흘리면서 지금까지 너무 부끄럽고 두려워서 해 보지 못했는데 한번 시도해 보겠다고 대답했습니다.

댄을 다시 만났을 때, 다른 때보다 편안해 보였어요. 사실 댄은 데보라의 과소비보다 그녀의 사과하지 않는 태도에 더 화나고 괴로워하고 있었거든요. 그녀가 미안해하고 진심으로 사과하자 마음이 열려 이야기를 나누게 됐고 방어적인 태도 없이 받아들였다고 했습니다. 두 사람은 상담사에게 상담을 받기로 했다는군요.

중요한 일이든 일상적인 사소한 일이든, "미안해."라고 말하는 건 일반적으로 스스로에게 먼저 유리하게 작용합니다. 이 말은 관계를 좋게 해주는 마법 같은 단어거든요.

94장

정말 그만하죠, 비교

첫아이가 태어나고 어느 저녁 식사 자리에서 있던 일이에요. 친구 캐시가 식사를 마치고 저를 보면서 "우리 남편도 리처드처럼 애들하고 보내는 시간이 좀 많았으면 좋겠어."라고 말했어요. 그때 이 말을 들은 그녀의 남편이 불같이 화를 냈습니다.

그는 저보다 자신이 아이들을 덜 사랑하는 사람이라고 말했다고 여겼어요. 캐시는 제가 아이들을 잘 돌보는 걸 칭찬하려는 의도였는데 안타깝게도 그날 이후 그들 부부와는 더 이상 만날 수 없게 됐답니다.

그날 캐시가 저와 데이비드를 단순하게 비교한 건 조심스럽지 못한 행동이라고 볼 수도 있긴 합니다. 저는 자영업자이기 때문에 일정이 다소 자유로웠고 15분 거리에서 일했거든요. 그녀의 남편은 대기업에 다녔고 왕복 두 시간 걸리는 곳으로 출퇴근하는 사람이었으니까요.

캐시는 악의 없이 그런 말을 했어요. 그저 데이비드가 아이들과 더 많은 시간을 보내지 못하는 데 불만을 표현했던 거죠. 그녀는 제가 시간을 자유롭게 쓰고 아이와 많은 시간을 보낼 수 있는 환경에 있다는 게 부러웠을 뿐입니다.

하지만 유감스럽게도 이렇게 악의 없고 이유가 분명한 것 같은 말도 소용없습니다. 대부분 그래요. 일단 내 사람을 다른 사람과 비교하면 그게 아무리 옳은 말이라도 자존심이 상할 수밖에 없으니까요. 당연하죠. 누구나 있는 그대로, 자신 그대로 사랑받고 싶어 하잖아요. 사실 화내지 않고 넘어갈 만한 문제도 비교는 좋을 게 하나도 없는 행동인 게 분명합니다.

입장을 바꿨을 때라도 유의할 게 있어요. 혹시 누군가와 내가 비교당하는 처지가 돼도 너무 예민하게 반응하지 않기로 해요. 내가 가끔 실수했듯 상대도 별 생각 없이 한 말일 거라고 넘어가면 좋겠죠.

캐시는 남편이 아이들과 더 많은 시간을 갖기를 바라고 있었어요. 남편 잘못이 아닌 것도 잘 알고 있었습니다. 데이비드가 아내 말에 담긴 진심을 알아차렸다면 그렇게 화를 내지 않았을 거예요. 어쩌면 이 계기로 아내의 근심을 볼 수 있고 진지하게 삶에 대해 이야기 나눠 볼 수 있었을 지도 모르죠.

저는 지금까지 남과 비교당하는 걸 고맙게 생각하는 사람은 만나보지 못했어요. 아마 앞으로도 그럴 거 같아요. 그러니 어떤 경우에도 남과 파트너를 비교하는 말을 할 필요가 없습니다. 결론이 좋지 않을 걸 뻔히 알면서 좋은 결과를 바라고 그런 말을 할 필요는 없잖아요.

95장

십 대에게 사랑을 배우다

전형적인 첫사랑과 연애, 평생을 함께 하기로 결정하는 사랑
에는 차이가 있습니다. 나이, 함께 보낸 시간, 책임감의 무게가 다
르니까요. 모든 게 미숙하고 경험이 부족했던 십 대 때의 어린 사
랑은 그저 만나는 게 설레고 좋고 헤어져도 금세 통화하고 내일 또
보고 싶고 떨어지고 싶지 않잖아요.

돌아보면 부족한 것 투성이지만 미소 짓게 만드는 게 어린 날
의 풋사랑인 거 같아요. 그런 면에서 보면 그때, 그 어리숙하고 아
무것도 모르는 그 사랑에서 배울 게 참 많은 거 같습니다. 지금은
잃어버린 마음 같은 것들이죠.

우선 세심한 배려가 참 많았죠? 그때는. 세월이 지나고 어른
이 돼 가면서 그 세심한 마음이 사라지는 것처럼 보입니다. 어리고

젊은 사람들의 사랑은 세심함으로 가득 차 있는 것 같아요. 그걸 바라보는 것도 참 흥미롭고 즐겁습니다.

최근에 저는 사랑에 빠진 두 젊은이가 공원 벤치에 함께 앉아 있는 걸 봤어요. 바람이 많이 부는 날이어서 소녀의 눈 쪽으로 머리카락이 날아들어 갔죠. 그러자 젊은 남자는 부드럽게 손을 뻗어 머리카락을 치워 주었고, 소녀는 고마움의 아름다운 미소를 지었습니다.

다시 바람이 불자 소녀의 파일 케이스에 담겨 있던 종이들이 사방으로 날렸어요. 청년은 즉시 일어나서 이리저리 종이를 줍고 제자리로 돌아와 하나하나 정리해서 다시 넣었습니다.

그 모습을 보는 것만으로 저절로 미소가 지어졌어요. 여러분도 상상하니까 그렇죠? 그때, 한동안 크리스에게 꽃을 선물하지 않았다는 생각이 떠올랐습니다. 설레는 두 사람의 행동이 금세 저한테까지 전이가 됐나 봐요. 그래서 꽃을 사러 가야겠다고 생각했습니다.

그들의 맞은편 벤치에도 커플이 있었어요. 그 두 사람은 조금 진지해 보이는 커플이었죠. 행동하는 방식과 손에 낀 반지를 보니 결혼한 커플인 거 같았습니다. 바람은 젊은 커플에게나 그 커플에게나 공평하게 불고 있었어요. 하지만 두 커플의 반응은 달랐어요. 그걸 보는 게 좀 웃겨서 혼자 웃었습니다.

젊은 커플에게 바람은 서로를 세심하게 배려하고 챙기는 좋은 구실거리였지만, 부부에게는 스트레스 받는 상황이었습니다. 똑같은 바람인데요. 한마디로 그들은 투덜거리고 있었어요. 옷이 자꾸 벌어지고 치마가 날리니까 동여매느라 신경질이 난 것처럼 보였거든요. 아, 결혼 생활에 부정적인 부면을 보는 것 같은 슬픈 장면 중 하나였습니다.

사랑에 빠진 십 대들은 열렬함도 남달라요. 그들이 보이는 열정, 열렬함을 보는 일은 사랑이 나한테 옮겨 오게 하는 마법 같아요. 저희 집 십 대 베이비시터에게 남자 친구와 어떻게 지내는지 물어보면 그들이 얼마나 멋지고 흥미진진하게 지내는지, 듣는 자체로 너무 유쾌해져요. 전화 한 통이나 간단한 메모까지 선물로 여기고 있으니까요.

하지만 제가 다니는 헬스클럽 라커룸에서 듣는 남자들의 얘기를 들으면 결혼이 이렇게 지루하고 재미없는 일이구나 싶은 생각을 하게 만듭니다. 안타깝게도 저는 아직 아내에 대해서 열정적이고 신나는 태도로 말하는 남자를 본 적이 없습니다. 그래서 그런 말을 듣게 되면 쓸쓸한 마음이 들어서 자리를 떠나곤 했어요.

열정은 전염성이 강해요. 열정적으로 말하고 생각하고 행동하면 상대도 보통 비슷하게 반응하는 걸 볼 수 있죠. 내가 행복하고 긍정적이고 삶에 열정이 넘치면 파트너에게 그런 감정들이 전염됩니다. 반면에 무겁고 진지하고 무기력해하면 파트너도 같은 감정선에 자주 놓여서 두 사람이 아예 그런 스타일의 삶을 살게 될 가능성이 점점 커져 버려요. 서로 견인하는 상황이 되거든요.

이건 정말 생각해 봐야 할 문제예요. 부부 관계는 어린아이들의 사랑과 다르다, 젊은이들의 책임 없는 사랑과 무엇이 같으냐, 젊을 때니까 그렇지, 라는 식으로 사랑을 이분화하고 결이 다르다고 치부하면 달콤하고 달달한 사랑은 영원히 못 하게 될 거예요.

남편도, 아내도 심장을 뛰게 했었잖아요. 지금도 그 심장은 똑같은 거예요. 다시, 심장이 뛰는 사랑하며 지내고 싶지 않으세요?

- 96장 -

나는 우기지 않습니다

얼마 전 주말에 딸아이 친구가 집에 놀러 와서 재밌게 노는 걸 봤어요. 지켜보는 것만으로 참 흐뭇해지는 장면이었습니다. 그러다 둘이 대판 싸우고 말았는데요, 서로 사과하라며 싸우는 통에 분위기가 한순간 썰렁해졌답니다. 아이들은 싸우는 것도 귀엽긴 해요. 웃음도 나죠. 그러면서도 저는 어른들의 관계로 그 장면을 이어서 생각했습니다. 제가 이 원고를 쓰는 중이라서 그랬나 봐요.

고집은 두 사람의 관계를 잘 망치는 행동입니다. '파트너에게 한 가지만 딱 바꿀 수 있게 허락된다면 어떤 걸 바꾸게 하고 싶은 가요?'라고 한 질문에 '고집'은 일관되게 나오는 단어예요. 고집을 좋은 성품이라고 말하는 사람은 없으니까요.

성인이 함께 살면서 의견 충돌은 없을 수가 없습니다. 아무리 사이가 좋아도 모든 상황에서 같은 관점을 가질 수도 없고요. 진짜 옳다고 확신하는 일에 전혀 다른 관점을 내놓기도 하니까요. 누구나 자기만의 방식으로 상황을 판단하고 내가 틀렸을 때라도 바로 보고 잘 처리하고 있다고 생각합니다.

딸의 주말을 돌이켜 보면, 문제는 말다툼 자체가 아니라 서로의 고집이었습니다. 한 명이라도 "미안해. 그냥 다시 시작하자."라고 했다면 싸우지 않았겠죠. 무슨 일인지, 누가 시작했는지, 누구 잘못인지 상관없이 순식간에 끝났을 거예요.

어른이라고 다를까요. 살다 보면 생기는 불행을 두고 그 원인을 상대 탓으로 돌리고 나와 다른 의견이라고 말다툼합니다. 하지만 진짜 범인은 대부분 무언가를 놓지 않으려는 마음, 내가 틀렸거나 부분적으로 책임 있다는 걸 인정하지 않으려는 마음, 내가 내린 결정이 옳아야 한다는 당위성을 포기하지 않으려는 고집입니다.

방어하지 않고 자존심을 다스리고 고집을 버리면, 대부분의 문제가 얼마나 빠르고 고통 없이, 큰 노력하지 않고도 해결되는지 놀랄 거예요. 중요한 건 상대가 아니라 내 고집스러운 태도가 관계의 적입니다. 관계의 성공은 내가 맞다고 조목조목 근거를 대가며 따지고 증명하는 게 아니라 겸손함에 있거든요.

어떤 의미로 고집은 가벼운 마음의 정반대예요. 계속 진지하고 팽팽한 관계를 유지하고 싶고 심각한 상황으로 몰고 가는 게 목적이라면 모를까 고집은 좋을 게 없는 거 같습니다. 고집의 크기와 관계의 깊이는 반비례한다고도 할 수 있어요. 그러니 지속적인 노력을 하겠다고 결심해 보세요.

고집, 그까짓 거 뭐가 대수예요. 내가 사랑하는 사람이 행복한 게 최고지. 그렇지 않나요? 여러분?

97장

인격의 수준이 높아질수록
행복은 배가 됩니다

'당신이 하는 말이 너무 시끄러워서 당신이 하는 말을 들을 수 없다.'

정말 멋진 명언이죠? 저희 부부는 이 명언을 삶 전체에 가장 큰 메시지로 생각합니다. 정직, 겸손함, 행복감, 연민, 관대함, 기꺼이 용서하는 마음, 다양하고 고귀한 품성은 자신이 어떤 사람인지 나타내는 특징이죠.

어떤 태도를 갖느냐의 여부는 관계에 정말 커다란 영향을 줍니다. 내 스스로 인격 수준을 높이면 다른 사람도 그 변화를 느끼고 이내 감동하죠. 다시 말해 이기심과 욕심을 더 적게 가질수록 사람들은 내게 끌리게 됩니다. 더 친절해지고 더 부드러워지고 더 잘 들을수록 내가 만나는 사람은 나에게 편안함을 느끼고 가까워지고 싶어 합니다. 겸손하고 온화해질 수 있는 능력이 커질수록 주변 모든 사람이 느끼거든요.

제가 브루스를 처음 만났을 때, 그는 건강한 관계가 어렵다고 털어놓던 청년이었어요. 그는 근사한 외모에 건강했고 좋은 직업, 여러 취미를 즐길 금전적인 여유까지 있었어요. 친절했고 유머 감각도 꽤 좋았죠. 한데 뭐가 문제일까요? 약 한 시간 정도 대화를 나누고 그 이유를 어렴풋이 알 수 있었습니다.

브루스는 자기 생각과 자기 이야기하는 걸 좋아했습니다. 상대방의 생각에는 거의 질문하지 않았어요. 말하는 걸 좋아했지만 잘 듣는 편이 아니었죠. 상대가 말을 시작하면 마음이 방황하는 게 보였어요. 그리고 말할 차례가 될 때까지 무관심한 태도를 보이곤 했습니다. 그는 좋은 자질을 많이 갖고 있었지만, 깊은 유대감을 가지고 오랜 관계를 맺기에는 어려운 사람이었어요.

다행히도 브루스는 뭔가 잘못된 부분이 있고 전문가의 도움이 필요하다는 걸 깨달을 만큼 겸손하고 지혜로웠습니다. 그는 상담사를 찾아갔어요. 상담사는 그에게 훌륭한 자질이 많지만 내면을 살펴보려는 노력이 필요하다는 말을 했어요. 구체적으로 상담사는 듣는 즐거움을 느껴보고 그 사람을 이해하는 기쁨을 실천하자는 목표를 제안했습니다.

몇 년 후 우연히 그를 만났을 때, 변화된 모습에 커다란 충격을 받았어요. 지난 시간 동안 큰 변화를 겪었다고 하더군요. 다른 사람에 대한 관심이 생겼고 듣는 능력이 좋아져서 관대한 사람이 된 거 같다고요. 그는 더 매력적으로 보였습니다. 존재감이 확실히 달라진 게 느껴졌죠. 더 차분해지고 주변 인간관계는 부드러워졌습니다. 무엇보다 행복해했어요. 그가 인성의 격을 높였기 때문에 누구라도 그를 좋아했을 테니까요.

그에게 가장 시급했던 건 자기중심적인 면을 줄이는 거였어요. 덜 방어적이거나 더 관대해지는 것이었습니다. 이런 특성은 저를 포함해 모두에게 필요한 부면이기도 해요. 자신의 인품의 격을 높이려면 인내심을 기르고 남의 말을 끊지 않으며 내 생각을 주장하는 과민 반응이 적어야 합니다. 그러면 인간관계의 질이 크게 좋아진다는 건 의심의 여지가 없어요.

정말 멋진 일은 좋은 방향에서 변화를 실천할 때마다 즉각적인 결과를 확인할 수 있다는 거예요. 거의 무한할 만큼 반복적으로요.

- 98장 -

가끔 폭발할 공간을 허용하세요

아무리 노력해도 인생이 풀리지 않을 때가 있습니다. 그때, 바로잡으려고 하거나 판단하거나 조언하지 않고 그냥 내 감정이 폭발할 공간을 내줄 수 있는 사람과 함께 있을 수 있다면 정말 좋을 거예요. 자유로운 기분이 들게 내버려두기 때문에 후련할 거 같아요.

흥분해서 길길이 날뛰어도 묵묵하게 받아주면 그 차분한 감정이 곧 전해져서 이내 긴장이 풀리고 흥분이 가라앉아서 이성을 되찾게 해주죠. 화가 난 이유를 불문하고 이렇게 할 수 있는 환경이라면 모든 문제를 극복하는 데 큰 도움이 되죠.

저는 자주 폭발하는 편이 아니에요. 대부분 행복하고 만족한 생활을 하지만 매번 그렇지는 못해요. 다행인건 아내와 함께 있을 때 제가 이성을 잃어도 크리스는 크게 반응하지 않는다는 점입니다. 언젠가 크리스에게 물어봤어요. "당신은 내가 흥분하고 이성을 잃었을 때 어떻게 괜찮을 수 있어?" 그때 대답이 아직도 기억 나요. "당신이라고 화가 나지 않을 이유가 없잖아!"

크리스의 말은 저나 다른 사람 모두 같은 일을 겪을 수 있다는 의미였어요. 최선을 다하고 있지만 각자만의 문제나 고민이 있고 압박감을 느끼거나 예상 밖의 일이 일어나는 걱정거리가 있을 수 있다는 거였죠. 그래서 낙담하는 마음이 들 때면 제 스스로 이런 질문을 하게 됐습니다.

'리처드, 너라고 남들 다 겪는 일을 겪지 말라는 법 있어?'

지금 이 문제가 빨리 사라졌으면 하고 바라게 될 때도 똑같은 질문을 합니다. '리처드, 왜 너는 네가 다른 사람과 다르기를 바라는 거야?' 이 질문을 할 때마다 정말 현상을 바라보는 관점이 달라지는 걸 느낍니다. 앞으로 파트너가 별일도 아닌 것에 폭발하면 한번 시도해 보세요. 그 사람이 보이는 반응에 화내지 말고, 지나치게 염려하거나 조언하기보다 그저 침착하게 있어 주세요. 안쓰러운 마음을 갖되 반응하지 않는 거예요. 합리적인 범위 안에서 필요한 만큼 화내고 소리 지르고 불평하게 두세요.

그 결과는 놀라울 거예요. 많은 경우 파트너는 마음의 평화를 느끼고 긴장을 풀기 시작할 거예요. 내가 차분한 상태로 영향을 받지 않으면 파트너는 이전에 느껴보지 못한 편안한 안도감을 느낄 수도 있어요. 판단 없이 말을 들어주고 인간적으로 행동할 수 있는 여유를 갖게 해줬다는 마음 때문이죠.

곁에 있는 것만으로 가능해요. 아무 말도 할 필요가 없어요. 그런데도 이렇게나 큰 힘이 생기는 건 뭔가를 해서가 아니라 하지 않아서랍니다. 아이러니하게도 저는 제가 폭발해도 괜찮다는 걸 알기 때문에 오히려 덜 폭발하는 것 같아요. 만약 아내 앞에서 감정을 폭발하는 데 불안감이 있었다면 또 다른 압박감이었을 거예요.

여러분도 한번 시험해 보세요. 때때로 폭발했을 때 나를 그냥 허용해 주는 사람과 함께 있으면 큰 위로가 됩니다. 오히려 더 빨리 이성을 찾게 되고요. 이런 기질은 서로를 더 가깝게 만들어 줄 거예요.

99장

처음 사랑했던 그 순간의 마법 같은 날들로

〈라이프〉지에 '사랑의 과학'이라는 제목의 기사가 실렸는데, 연구 결과에 따르면 '너무 좋아 견딜 수 없는(신혼) 기간'은 대략 18개월에서 3년 정도라고 합니다. 만약 오래 만난 사이라면 처음 만났을 때의 그 마법 같은 기간을 되돌려 줄 전략이 필요하죠. 그래서 그 방법을 알려 드리려고 합니다. 사실 정말로 간단해요. '연애 감정을 되살리면 됩니다.'

시간을 내고, 함께 시간을 보내세요. 바쁜 일정에 쫓기다 보면, 연애 시절처럼 시간 내는 걸 잊기 쉬워요. 삶은 가족에 대한 책임, 더 나은 경제적 위치를 위한 경력 관리로 가득 차고 일상은 루틴으로 대체되어 버립니다.

이제 다시 별다른 이유 없이 꽃을 사주고, 몰래 넣은 연애편지로 깜짝 놀라게 하고, 서로를 위해 시를 쓰거나 손을 잡고 산책을 떠나보세요. 뭐든 좋아요. 그저 예전처럼 해보세요! 사랑한다고 말하고 그 순간을 소중히 여길 간단한 방법을 찾아보세요. 정말 많습니다.

10년 전쯤에 연애할 때만 해도 둘만의 시간을 더 내려고 갖은 애를 쓰던 저희는 아이가 태어나자 그런 시간이 많이 부족해졌어요. 그때 저희 부부는 그 사실을 자각했어요. 더 이상 함께 새벽에 조깅할 수 없었고 커피 마시던 한가함도 아이를 돌보는 시간으로 바뀌어졌다는 걸요. 그래서 빠듯한 살림이지만 매주 데이트할 시간을 내야 한다고 결정하게 됐습니다.

가정을 이루고 나면 부부 관계가 뒷전으로 밀려나기 쉽죠. 예리하게 알아차리지 않으면 생활에 밀려 완전히 멀어질 수 있어요. 언제나 돌봐야 할 아이나 가족이 있지만 두 사람을 최우선으로 두는 게 중요합니다.

매주 또는 한 달에 몇 시간씩 자녀를 맡기면, 두 사람이 방해받지 않고 행복한 시간을 보낼 수 있고. 그 시간에 왜 서로 끌릴 수밖에 없었던지 그 이유가 다시 보일 거예요. 저녁을 함께 보내는 것도 좋지만 주말을 함께 보내는 걸 추천합니다. 저희도 몇 년 전부터 매년 두세 번의 미니 주말여행을 시도 중입니다. 어렵다면 둘만의 시간이라도 만들어 보세요.

처음 사랑했던 그때 며칠, 몇 주, 몇 년을 되돌아보는 시간을 가지세요. 과거의 그 마음을 지금으로 가져와 배우자를 놀라게 해보세요. 예전에 했던 것들을 다시 해보고 사랑을 행동으로 옮기면 서로 관계에 다시 불이 붙을 것입니다. 무엇보다 처음 사랑의 마법에 빠졌던 그 열정이 기억나게 될 것입니다.

- 100장 -

서로를 소중히 여기세요

"나에게 가장 귀한 보물은 당신이야."

사랑하는 사람에게 들을 수 있는 근사한 메시지입니다. 누군가가 나를 소중하게 여긴다는 걸 알면 내가 가치 있는 사람이란 사실 자체로 행복감이 들어요. 따라서 누군가에게 그들이 소중하다는 걸 알리는 일은 최고의 칭찬이며 "사랑해"라는 말과 동일한 최고의 찬사가 돼 줍니다.

우선 말로 하는 게 가장 좋은 방법이겠죠. 파트너의 어떤 점이 마음에 드는지 자주 알려 주세요. 구체적이면 더 좋죠. 그의 미소, 그가 하는 어떤 일, 그게 뭐든 마음에 드는 것들을 말해 주세요. 알고 있다고 넘겨짚지 마세요. 모를 수 있어요. 모를 가능성이 더 커요. 너무 오래 말하지 않아서 잊었을지도 모르죠.

나를 소중하게 여긴다는 걸 알 때, 부부 사이에 긍정적인 면들이 더 강화되거나 강해지는 장점도 있어요. 서로 부족함을 대수롭지 않게 보는 태도가 커지고 어려워하는 걸 도와주려는 마음도 더 많아져요. 파트너가 좋아하는 게 확실하면 그걸 해주려고 드는 적극성도 커집니다.

좋은 면, 습관, 행동을 잘 바라보면 장점이 더 잘 보이고 즐거워하는 일에 관심이 쏠리죠. "내가 뭔가를 해줬을 때 당신이 언제나 감사해 주고 고맙다고 말해주는 게 정말 좋아."라고 자주 말하면 파트너는 이 긍정적인 칭찬을 더 많이 듣는 일을 한답니다. 반면에 이런 마음을 당연히 여기고 고마워하고 있다는 걸 모르면 이내 그 좋은 행동들은 서서히 줄어들고 말 거예요.

가까운 친구 중에 심리학자가 있어요. 그녀는 '연인이나 부부 관계에서 상대가 나의 어떤 점을 싫어하는지는 잘 알아도 나의 어떤 점을 좋아하는지 모르는 커플이 대다수'라고 하더군요. 그러니 상담을 받으러 갈 수밖에요! 상대에게 당신의 어떤 점이 좋은지 살짝 알려주거나 좋은 부분을 칭찬하기만 해도 어떤 관계든 호전된다고 덧붙였습니다.

이 관점에 저희 부부도 전적으로 동의해요. 저는 예전이나 지금이나 크리스의 장난하는 모습이 좋아요. 크리스도 그걸 알고 있죠. 또 아내가 아이들 생활에 관여하는 방식과 양육 방식이 좋아요. 어디를 가든 공간을 아름답게 꾸밀 줄 아는 감각이 좋고 정말 쉽게 친구를 사귀고 또 그들을 웃게 하는 그녀가 좋습니다. 이 모든 것들을 제가 좋아하고 있다는 걸 크리스도 잘 알고 있어요.

아내 역시 제가 집안일을 기꺼이 도와주는 모습과 아이들과 잘 지내는 모습을 좋아한다고 곧잘 말해요. 저희는 감사하게도 서로에게 좋아하는 점이 참 많아요. 그리고 솔직하고 거침없이 서로 말합니다. 이런 방식이 서로를 더 열렬히 사랑하게 해주는 것 같아요.

사실 저희 둘은 서로 매일 그날 좋아 보이는 것들을 잘 찾아내서 한 가지씩은 말하고 있는 거 같아요. 한번은 매우 드물게 싸운 때였는데 크리스가 말했어요. "그거 알아, 리처드? 난 당신이 어지간한 건 그냥 그러려니 넘어가는 성격이 참 좋아."

대치 중이었는데 그사이에도 적당히 넘어가려는 제 의도를 읽어 낸 건지 칭찬을 했답니다. 덕분에 그 싸움은 금세 끝났던 걸로 기억해요.

많은 부부가 그렇듯 저희 부부도 함께 지내며 많은 일을 겪었지만 대부분 좋은 일이었어요. 그리고 변하지 않는 한 가지는 우리가 서로를 진정으로 소중히 여긴다는 것입니다. 여러분과 여러분이 사랑하는 누군가도 그렇게 말하게 되기를 진심으로 바랍니다.

인간관계에서 최악의 실수 중 하나는 상대가 내 마음을 알 수 있다고 가정한다는 겁니다. 거기까지 생각하지 않아도 상대가 내 마음을 알아채기를 기대한다는 것이고요.

언젠가 한 친구가 자기 아내가 정리 정돈을 잘 못한다며 불평을 하기 시작했어요. 그 친구는 이 문제가 큰 골칫거리 같았죠. 이전에도 몇 번인가 이야기를 꺼낸 적이 있었거든요. 그래서 물어봤습니다.

"캐롤도 네가 이렇게 힘들어하는 걸 알아?"

캐롤은 그 친구의 불만을 모르고 있었습니다. 한 번도 말한 적이 없었기 때문이죠.

이런 상태의 문제점은 빨리 알수록 유익해요. 자신을 힘들게 하고 내적 혼란을 만들어서 스트레스에 빠지게 만들기 때문이죠. 내가 조절할 수 없는 일에 엄청난 좌절감을 끌어안고 문제가 해결되기를 바라는 상태와 다를 게 없습니다. 어떤 일에 화가 나고 괴롭고 짜증이 나는 사실을 아는 사람은 자신뿐이에요. 이 상황은 스스로 만들어 낸 스트레스 상황 아닐까요?

이런 상태는 배우자에게도 공평하지 않습니다. 배우자가 무슨 이유로 화가 나 있는지 모르고 이런저런 추측을 해 보지만 그나마도 정확하지 않죠. 대놓고 말하기도 뭐하고 그저 이상한 기류에 아닌 척, 모른 척해야 하니 얼마나 답답할까요?

제가 크리스를 만나서 처음으로 힘들었던 건 그녀가 약속 시간에 자주 늦는 일이었어요. 저는 그런 게 싫었고 불만이 쌓이다 친구들에게 하소연하고 그녀가 변했으면 좋겠다고 말했습니다. 그러다 도저히 참기 어려워질 때쯤 크리스에게 직접 말하기로 했죠. 그랬더니 크리스는 약간 당황하면서도 진지하게 말했어요.

"미안해요. 당신이 그렇게 생각하는지도 몰랐어요. 좀 더 일찍 말해줬으면 좋았을 텐데요."

알고 보니 저는 시간 약속을 강박적으로 지키려고 애쓰는 편이었고, 크리스는 몇 분 정도 늦는 걸 크게 문제 삼지 않는 성격이었습니다. 자신이 그런 걸 문제 삼지 않으니 제가 스트레스를 받을 거라고는 생각을 못 한 거죠.

사람을 기다리게 하는 게 좋은 건 아니지만 문제라고 생각한 쪽이 문제 해결의 주축이란 건 분명합니다. 문제 해결 책임은 분명 제 몫이었습니다. 저는 크리스가 제 마음을 읽어주기를 기대했어요. 물론 크리스에게 마법 같은 능력이 많긴 해도 제 마음을 읽을 수 있는 독심술은 없었습니다.

저희가 배운 것은 두 사람 사이에 자신을 괴롭게 하는 게 있다면 상대에게 알리는 게 좋다는 거예요. 다만 두 사람 모두 평화로운 상태일 때를 골라서요. 상대를 존중하며 과장된 감정 호소를 낮추고 비난 없이 상대의 무엇이 괴롭게 하고 있는가를 말한 다음 결과를 지켜보세요.

보통의 경우에 내 마음을 읽어주기를 기대하던 때보다 좋은 결과를 얻을 가능성은 훨씬 높습니다. 가급적 '저 사람이라면 내가 뭘 원하는지, 뭐가 필요한지 다 알 거야!'라는 손해 볼 게 뻔한 생각은 하지 않기로 해요. 상대에게 말해야 상대가 압니다. 그럴 때 두 사람의 사랑도 한결 부드러워질 것입니다.

세기의 책들 20선
천년의 지혜 시리즈 No.7 에세이 편 1부

사소한 것들로 하는 사랑이었다 Don't Sweat the Small Stuff in Love

최초 출간일 1997년

초판 1쇄 인쇄 2024년 7월 24일
초판 4쇄 발행 2024년 8월 21일

펴낸 곳	스노우폭스북스
지은이	리처드 칼슨, 크리스틴 칼슨
편저·기획	서진(여왕벌)
번역 감수	안진환
진행	진저(박정아)
교정	클리어(정현주)
도서 디자인	헤라(강희연)
마케팅 총괄	에이스(김정현)
SNS	라이즈(이민우)
커뮤니티	벨라(김은비)
유튜브	테드(이한음)
디자인	샤인(김완선)
미디어	형연(김형연)
영업	영신(이동진)
제작	해니(박범준)
종이	월드(박영국)
주소	경기도 파주시 회동길 527, 스노우폭스북스빌딩 3층
대표번호	031-927-9965
팩스	070-7589-0721
전자우편	edit@sfbooks.co.kr
출판신고	2015년 8월 7일 제406-2015-000159
ISBN	979-11-91769-76-0 03810
값 16,800원	

스노우폭스북스는 "이 책을 읽게 될 단 한 명의 독자만을 바라보고 책을 만듭니다."